KB094468

나의 살던 고향들,
그 속에서 놀던 때가

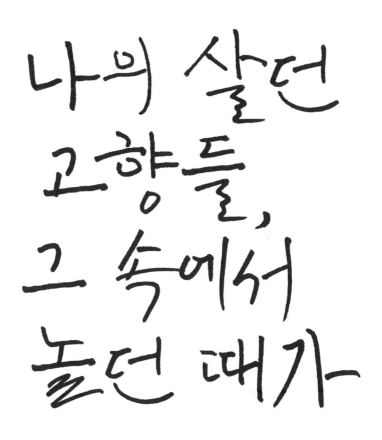

# 나의 살던 고향들, 그 속에서 놀던 때가

### 39년생 김동훈의
### 파란만장 해방일지

아버지 김동훈이 쓰고 아들 김형민이 다듬다

'□'

# 어느 '복 많은 놈'의 이야기

최근 몇 년 간 나는 '복 많은 놈'이라는 말을 많이 들었다. 그냥 복 많은 놈이 아니라 "부산에서 제일 복 많은 놈", 또 어떤 친구는 "세상에서 제일 복 많은 놈"이라고까지 불렀다. 그들 중에는 나와는 비교가 되지 않을 부를 쌓은 친구도 있고, 누가 봐도 유복한 말년을 누리는 이도 있는데 왜 그들은 나더러 '복 많은 놈'이라 부르는가. 잠시 갸웃하다가도 나는 이내 싱글벙글 웃으며 그 칭호를 수긍한다. 실로 내 삶은 복 받은 인생이었다. 즐거운 삶이었다. 행복한 여정이었다.

북도 사람으로 구사일생으로 '눈보라가 휘날리는 바람 찬 흥남부두'를 떠나 남쪽으로 향했을 때 내 앞은 캄캄한 물속 같은 암흑이었다. 제주도, 거제도, 대구, 부산 등 말 설고 낯비빌 데 없는 남도를 나그네처럼 헤맬 때도 그랬다. 하지만 부모님의 사랑과 헌신은 늘 내 머리 위에서 빛나 방향을 잡아주셨고, 어디에든 나를 친구로 반겨주는 이들이 든든한 바닥이 되어주어 그를 박차고 위로 솟구칠 수 있었으니 어찌 큰 복이 아니겠는가. 머나먼 곳에서도, 생판 낯선 곳에서도, 가족의 사랑과 함께할 친구가 있었으니 어찌 기쁘지 아니한가.

헤아리기도 어려운 빈번한 전학과 이사 와중에 배움을 게을리한 적은 있으되 포기한 적은 없었고, 어찌어찌 삶의 고빗길마다 등대 같은 이들을 만나 학업을 잇고, 직업을 택하고, 그 와중에 걸출하다고는 못해도 성실하고 꾸준하게 익히고 깨우치고 다듬고 만들어낼 수 있었다. 그래서 창대하다고는 결코 말할 수 없으나 내 가족 온전히 건사하고 지금껏 후회 적은 삶을 일구었으니 이 또한 즐겁지 아니한가. 배우고 또 익히고 다시 고쳐 배우고 거듭 익히면서 살아온 인생이 어찌 즐겁지 아니할까.

돌아보면 나는 내세울 것 없는 사람이었다. 키도 작고, 피부도 새까맣고, 학벌도 번듯하다고는 말하기 어렵고, 자랑할 만한 가문과 언덕이 돼 줄 친인척도 없었으며, 하다못해 힘들면 찾아가 몸과 마음을 쉴 수 있는 '고향'조차 없었다. 그래서 열등감에 시달리기도 했고 좌절이 무엇인지 느껴도 보았다. 하지만 실로 신의 축복 같은 아내가 나의 부족함과 어리석음과 급한 성정을 메우고 가다듬고 보듬어주었다. 두 아이도 무탈하게 자기 앞가림하며 행복한 가정들을 꾸리고 있다. 평온한 노후를 보낼 정도의 여유도 지녔다. 더하여 이렇게 공개적으로 내 생을 돌아볼 기회까지 가졌으니 더 바랄 것이 무엇일까. 남한테 과시할 것은 없어도 괄시받지도 않으며, 남에게 뽐낼 일은 아니되 누가 알아주지 않아도 서운할 일 하나 없으니 절로 신명나지 아니할까.

특별한 사람의 회고록도 아니고 위대한 업적의 후일담도 아닌 터에 이렇게 많은 이들에게 내 이야기를 남기게 된 것이 못내 겸연쩍고 송구스럽다. 그래도 1939년생 토끼띠 김동훈의 삶도 격동의 20세기 후반과 21세기 초반을 아우르는 한국 현대사를 구성하는 아주 작은 알갱이임은 분명한바, 내 또래라면 아스라한 공감으로, 내 아래 세대라면 너그러운 이해로 읽어주시면 감사하겠다.

김동훈 씀

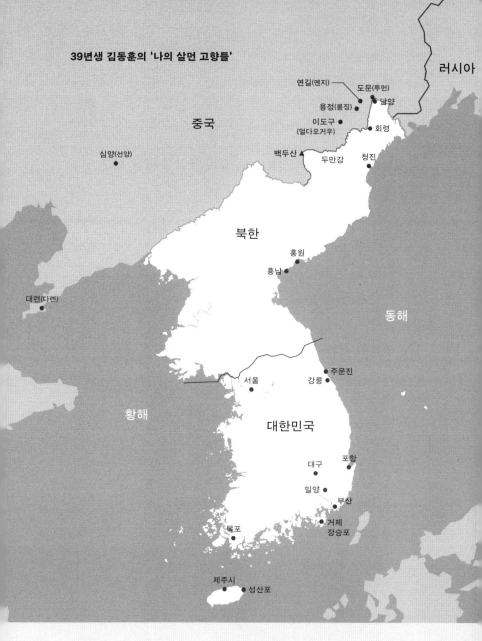

**39년생 김동훈의 '나의 살던 고향들'**

러시아

중국

연길(옌지) ― 도문(투먼)
용정(룽징) ● 남양
이도구 ● 회령
(얼다오거우)
심양(선양) ● 백두산 두만강 청진

북한

홍원
흥남

대련(다롄) ● 동해

주문진
서울 강릉

황해 대한민국

대구 포항
밀양 부산
거제
목포 장승포

제주시
성산포

도문(투먼) → 남양[태어난 곳] → 이도구(얼다오거우) → 용정(룽징) → 회령 → 청진
송평 → 홍원 → 흥남 서호부두 → (주문진항 → 포항 도구) → 부산[첫 피난살이] → 제
주 성산포 → 제주시 → 거제도 장승포[국민학교 졸업] → 밀양 → 대구 → 부산[국립
수산내학] → 주문진[수산검사소 첫 발령지] → 포항 → 부산 → 포항 → 목포 → 서울[결
혼, 수산검사소 퇴사, 고려원양] → 부산[동원산업 부산 지사장 부임 이후 정착]

1

평온했던
내 어린 시절:
만주벌과
두만강 이남

# 함경북도 남양에서 태어난 이유

함경북도 남양에서 두만강을 건너면 나오는 중국 땅은 도문 (투먼)이라는 도시다. 1939년의 늦은 봄날, 이곳 도문시의 어느 소학교에서 운동회가 열렸다. 연신 호루라기를 불면서 아이들의 달음박질을 챙기던 체육 선생 앞으로 새까만 일본 경찰이 다가왔다. 아이들 건사에 정신없던 체육 선생 얼굴을 유심히 살피던 그는 싱긋 웃으면서 체육 선생의 어깨를 두드렸다.

일본 경찰의 느닷없는 손길에 체육 선생은 인상을 굳혔다. 만주국이라지만 사실상 일본의 괴뢰 정부였고 일본 경찰들은 조선인들에게는 공포와 혐오의 대상일 뿐이었다. 그런데 일본 경찰 입에서 나온 말은 체육 선생의 얼굴을 백짓장으로 만들었다.

"김우용 씨, 당신이 여기 선생으로 있을 줄은 몰랐소. 그 옛날 당신이 나를 죽기 직전에 구해줬으니 나도 당신을 한번 살려주겠소. 스물네 시간 안에 도문을 떠나시오."

그제야 체육 선생은 일본 경찰의 얼굴을 알아보았다. 그로부터 십수 년 전 딱 한 번 만났던 사람이었다.

1899년생이었던 체육 선생 김우용은 십수 년 전 만주 일대의 조선 청년들 상당수가 그랬듯 독립군에 가담했고 유명한 홍범도 장군을 따라다닌 이력이 있다. 분대장 비슷한 직책을 맡아 부하 예닐곱 명을 데리고 이동하던 김우용은 어느 조선인 마을에서 한 나무꾼이 너무도 불쌍하게 두들겨 맞는 것을 목격한다. 나무꾼은 엉엉 울면서 자기는 밀정이 아니라고 살려달라고 빌고 있었는데, 무슨 확신이 있었는지 마을 사람들의 매질에는 살기가 돋아 있었다.

새까맣게 탄 얼굴에 꾀죄죄한 복색, 덮어놓고 엉엉 울면서 "아이쿠 아이쿠" 소리만 내뱉는 품이 불쌍하여 김우용은 마을 사람들을 설득했다. "죽이지는 맙세. 밀정이라고 해도 얼굴 알려져서 밀정 노릇 하지도 못할 것 아니오." 총을 멘 독립군이 나서서 이렇게 말하니 마을 사람들도 살기를 거두었다.

독립군 김우용은 "네가 진짜 밀정이면 이 짓 하지 말고 숨어 살고, 양민이거든 배밭에 가서 갓끈 고치지 말고, 남 의심 살 짓 하지 말고 살라"고 준엄하게 훈계하고 풀어주었다. 그런데 수십 번 고개를 조아리며 눈물 철철 쏟던 그 새까만 나무꾼이 십수 년 뒤 금술 달린 제복을 입은 일본 경찰 간부로 나타나 자신의 이름을 똑똑히 부르며 스물네 시간 안에 떠나라고 통보하는 것이다. 그는 진짜 밀정이었다. 이름까지 파악하고 있었던 걸 보면 이미 김우용을 발견한 뒤로도 계속 눈여겨보고 있었던 것 같다.

혼비백산한 김우용은 그길로 집으로 달려갔다.

"당장 보따리 싸라!"

세간살이고 무엇이고 챙길 틈도 없었다. 영문 모르는 아이들이 멀뚱멀뚱 쳐다보는 가운데 만삭의 아내는 불덩이를 머리에 인 사람처럼 성화를 부리는 남편의 아우성에 따를 수밖에 없었다.

"대체 어디로 가자는 거요?"

"두만강을 건너야 돼. 스물네 시간 안에. 내일까지!"

남편은 실성한 사람처럼 부르짖었다. 결국 가족은 세간살이 다 팽개치고 급하게 싼 보따리 몇 개만 든 채 두만강을 건넜다. 장마 전의 두만강은 물이 줄어 걸어서 건널 수 있는 좁은 여울목이 흔했다. 맏딸과 두 형제의 손을 잡고 배부른 아내를 건사하며 두만강 건너 조선 땅 남양에 들어와서야 김우용은 한숨을 내쉬었다. 아이고 살았다.

그제야 김우용은 두만강 건너 도문을 바라보면서 안타까운 한숨을 내쉬었다. 도문도 도문이지만 용정(룽징) 친구들에게 기척도 하지 못하고 국경을 넘었던 것이다. 갑자기 떠난 이유도 설명해야 했고, 조선 땅에서 살아가려면 여러 사람의 의견을 물어 대책도 세워야 했다. 특히 용정에 살던 문재린(문익환 목사의 부친) 형과는 어떻게든 기별을 해야 했다. 결혼 때부터 챙겨준 사람이었는데.

김우용은 용정에서 아내를 만났다. 당시 함경도와 도문, 용정 일대는 캐나다 선교회가 선교를 담당하고 있었다. 평안도와 황해도를 담당한 보수적이었던 미국 북장로교와는 달리 캐나다 선교회는 상대적으로 개방적이고 조선 독립운동에도 호의를 보였다. 김우용은 캐나다 선교회에서 운영하고 있던, 당시 함경도에서는 꽤 큰 종합병원이었던 제창병원의 수간호사를 만나 뒤늦은 결혼을 한다. 둘 다 서른을 넘기거나 서른에 가까운, 당시로서는 만혼(晚婚) 중의 만혼이었다.

1903년생이었던 김우용의 아내는 본디 황해도 재령 사람이었다. 어머니를 일찍 여의고 계모 밑에서 자랐는데 계모가 그다지 좋은 사람이 아니어서 고생이 막심했다. 당시 여자가 학교 가는 것은 가뭄에 콩 나는 일보다도 드물었지만, 이를 악물고 배움을 찾아 개성 호수돈여자고등학교를 졸업했다. 이후 고향을 떠나 만주 땅 용정시로 와서 간호사로 근무하다가 김우용을 만난다.

황해도 여자와 함경도 남자는 그렇게 결혼해서 옥자, 동희, 동식의 삼남매를 두고 있었다. 그리고 새롭게 터를 잡은 함경북도 남양에서 1939년 음력 6월 14일, 나 김동훈이 태어났다. 손위 형제들과 달리 나는 조선 땅에 태를 묻은 셈이다. 운동회에 별안간 나타나 아버지의 이름을 읊은 일본 경찰 간부 탓에.

# 아버지의 유학과
# 슈퍼우먼 어머니


나는 내가 태어난 곳을 남양으로 여태껏 읊고 있지만 행정구역상으로는 함경북도 온성군 남양면이다. 온성군은 한국 최북단의 지명이다. 한반도 지형을 토끼로 묘사하자면 길쭉한 귀의 끄트머리에 붙은 곳이고, 호랑이로 보자면 만주를 향해 포효하는 호랑이의 오른쪽 앞발톱에 해당한다. 여기서 부산 수영천보다도 폭이 좁은 곳이 지천인 두만강을 넘으면 오늘날의 옌볜(연변)자치구, 과거의 지명으로는 도문, 용정 등이 나온다.

허겁지겁 피난 나오다시피 건너온 식민지 조선 땅 남양에서 아버지는 교회 전도사 자리를 얻었다. 할아버지가 개신교로 개종한 이래 아버지는 독실한 신자였고, 목회자를 꿈꾸고 있었다. 그리고 맏이였던 옥자 누나와 동희, 동식, 동훈 형제가 그 슬하에서 자라났다. 1942년, 그리고 해방 이후 두 명의 여동생이 더 태어났지만 아버지는 막내아들인 나를 특히 사랑하셨다. 말문이 트이고 사람들 얼굴을 구별하게 될 즈음부터 아버지가 나를 아낀다는 느낌을 받았다고나 할까.

남양은 겨울에는 매섭게 추운 고장이었지만 여름이 되면 무척 더웠다. 후일 지리 시간에 배운 대륙성 기후의 전형이었다. 남쪽으로 왔을 때 제주도와 거제도에도 있었고 대구에서도 오래 살았고 부산에 터를 잡았지만 남쪽 더위가 함경도 더위보다 더하다고 생각한 적은 없다. 당연히 모기도 들끓었다. 너덧 살쯤 되었을까, 나는 모기 때문에 지독히 괴로워했다. 귓전에 앵앵거리는 모기 때문에 잠을 이루지 못해 울었고 온몸이 가려워 북북 긁다가 울었다.

어느 여름밤 아버지가 모기 때문에 악악거리는 나를 불렀다. 형들은 모기가 물건 각다귀가 뜯건 잠만 잘 자는데 이놈의 막내는 참 유난하구나 싶었으리라. 아버지는 나를 무릎에 앉히고 부채로 모기를 쫓으며 재웠다. 동이 트고 문득 깨어보니 아버지는 밤새 한잠도 주무시지 않고 부채를 부치고 계신 것이 아닌가. 어린 마음에도 얼마나 감사했는지 모른다.

나를 재우며 아버지는 나지막이 노래를 불러주셨다. 기억나지 않는 자장가도 있었지만, 아버지가 즐겨 부르던 독립군가도 있었다. 독립군가는 잠자리에서뿐 아니라 평소 교회 일 마치고 들어오시면 반겨 안기는 나를 무동 태우고 흥얼거리시던 노래였다. 그 가사의 일부는 지금도 선연하다.

동경 대판 깍닥빠리(게다 소리를 비꼬는 듯) 왜놈 아이야
껍질 문명 하였다고 자랑 말아라
충무공의 거북선이 둥둥 뜬 곳에
함몰하여 다 죽다가 남은 종자다
사나이 가는 앞길이 태산과 같이 험해도
승전가를 울러매고 나아갈 때에…. (이후 가사 기억 못함)

만주국도 아니고 엄연히 일본 땅이었던 조선 함경북도 온성
군 남양면에서 코흘리개 아들에게 이런 노래를 흥얼거리게
만드는 것은 분명 위험한 일이었을 것이다. 젊은 시절 독립군
활동을 한 이후 열렬히 항일운동에 가담하지는 않았던 것 같
지만, 이 노래를 부를 때의 아버지는 힘이 넘쳤다.

당시 두만강 일대인 도문, 용정, 그리고 조선 땅 온성, 회
령, 경흥, 무산 등은 일본 경찰이 보기에 심히 좋지 않은, 즉
'불온한' 동네였다.* 그런 분위기에서 아버지도 이 노래를 대
놓고 가르쳐주셨고, 나 역시 지금 이 나이 되어서도 기억할
만큼 많이 부르고 다녔다.

그런데 어느 날 아버지가 집을 떠났다. 어머니의 권유에
의해서였다.

"당신, 목사 되고 싶다고
하지 않았소. 당신 여기서
전도사 노릇하는 것도 좋지

* 1937년 1월 식민지 조선에서 외사경
찰과가 처음 신설된 곳은 경기도, 그
리고 함경북도였다.

22

마는, 사람이라는 거이 공부도 하고 내세울 것도 있어야 사람들이 알아주는 법이오. 일본 신학교에 유학을 가시오."

"무스근 소리를! 그럼 이 아이들은 당신 혼자 건사하갔소?"

"못할 것도 없지 않소. 당신은 그저 공부해서 목사 하시오."

평생 우리 집 살림은 어머니가 거지반 책임을 졌거니와 아버지는 돈 버는 데에는 재주가 없는 사람이었다. 성실하고 반듯하고 자식들 사랑하고 신앙심 깊었지만 경제적으로는 유능하지 못하셨다. 하지만 어머니는 달랐다. 호수돈여학교가 개성 여학교로 처음 섰던 게 1899년이고 호수돈여숙 고등과가 10명의 졸업생을 배출한 게 1913년의 일이니, 호수돈여학교를 졸업했다면 당시 여성으로서는 꽤 또르르한 엘리트 여성이었을 것이다. 혈혈단신 황해도 재령 고향을 떠나 두만강 너머 용정에서 자기 힘으로 일하며 먹고살았던 분이니 비 기다리는 천수답처럼 남편바라기만 할 처지는 아니었던 셈이다.

어느 지역의 어머니들이 연약하겠냐마는 함경도 여성들의 생활력은 굉장했다. 예로부터 함흥 이북 특히 마천령산맥 이북은 적어도 남도 사람들에게는 유배지나 군사기지 이상의 의미는 적었던 변방이었다. 조선시대 영토 개척을 하며 사람들을 옮길 때에도 두만강변으로 보낼라치면 반발이 심했다고 들었다. 그래도 사람들은 터를 잡았고 두만강 이남에서 못살겠으면 두만강 넘어 북간도에서 땅을 일구고 논을 만들어 (그 위도에서 쌀농사라니) 먹고살았다.

이렇게 기구하고 박복한 역사를 지닌 곳이기에 함경도 사람들은 생활력 강하고 기질이 굳세기로 유명하지만 그중에서도 함경도 여성들은 한술 더 떴다고 한다. 남쪽 지역 여성들이 장터에 나서지 못하고 야시장에 구경꾼으로나 기웃거리던 시절에도 함경도 시장은 거의 여성들로만 북적거렸다고 하니까 말이다.

어머니도 그랬다. 황해도 사람이지만 이미 함경도 어머니들도 혀를 내두를 억척이였고 슈퍼우먼이었다. 시장에 함지 이고 나가 장사를 했고 학교에서 배운 실력을 살려 산파 노릇하며 곳곳에서 태어나는 아이들을 받아내면서 돈을 벌었다.

그래서 아버지의 유학 경비를 대고 참새 새끼들 같은 사남매를 살뜰히 거두었을 뿐 아니라 상당한 재산까지 모았다. 두만강 너머에도 몇 뙈기의 땅까지 장만했었으니 어머니의 수완은 실로 대단했다 할밖에. 아버지의 유학 기간은 2년 정도였는데 지금 생각하면 아쉽다. 그 유학 기간이 길어졌다면 우리 집은 어쩌면 떵떵거리는 땅 부자가 되지 않았을까. 하긴 그래 봐야 그 피땀 흘려 모은 재산 중국에 북한에 놓아두고 평생 배 아파했을지도 모르겠지만.

# 옥자 누나의 죽음,
# 그리고 다시 만주로

아버지가 돌아왔다. 일본 신학교를 졸업함과 동시에 목사 안수를 받고 조선예수교 장로회 목사가 되어 남양교회에 부임하게 된 것이다. 두만강가의 시골에서 일본 유학을 끝내고 돌아온 나이 마흔을 넘긴 중년 목사의 귀환은 요즘 말로 '아이돌'까지는 아니어도 적어도 남양 근방에서는 꽤 화제가 될 만한 소식이었다.

다섯 살쯤 됐던 내가 보기에 아버지는 더할 나위 없는 멋쟁이 신사였다. 그 후 학교에서 배웠던 '영국 신사'의 전형은 적어도 내게는 서양인이 아니라 당시 위풍당당하게 돌아온 아버지였다. 아버지는 실크햇을 단정히 쓰고 카이젤 수염을 기르고 있었다. 요즘 사람들은 '카이젤 수염'이라고 하면 잘 모르는 이들이 많을 것이다. 이 '카이젤' 수염은 과거 제1차 세계대전을 일으킨 독일 제국의 황제, 그들 말로 '카이저'였던 빌헬름 2세의 수염 스타일에서 비롯된 이름인데 일제강점기에 꽤 오래 유행을 탔던 스타일이다.

임시정부 국무총리를 지낸 이동휘 선생이나 몽양 여운형 신생, 그리고 김좌진 장군이나 아버지가 따라다녔던 홍범도 장군도 비슷한 수염을 하고 다녔다. 단정한 양복에 하늘로 솟은 실크햇, 그리고 멋들어진 카이젤 수염을 바람에 휘날리는 아버지는 한동안 남양 읍내의 화제였는데, 그 패션의 완성은 따로 있었다. 지팡이였다. 적어도 조선 제품은 확실히 아닌 고급 지팡이를 영국 신사 우산 다루듯 능숙하게 돌리는 모습은 그 자체로 대단한 볼거리였다.

거기에 내가 덩달아 신난 아이템은 아버지가 일본에서 가져온 자전거였다. 이때만 해도 자전거는 그리 흔한 물건이 아니었다. 요즘 해운대 도로를 오가는 흔해 빠진 벤츠 자동차보다 더 귀하다 할 수 있는 것이 당시의 자전거였다.

영화 〈내일을 향해 쏴라〉에는 폴 뉴먼이 캐서린 로스를 자전거 앞에 태우고 경쾌하게 달리는 장면이 나오는데, 아버지의 자전거 앞자리는 언제나 내 독차지였다. 아버지는 나를 태우고 동네 곳곳을 즐겨 달렸다. 아버지의 앞자리에 앉아 입을 귀에 걸고서 두만강 강바람을 가르던 시간은 지금도 어린 시절 기억의 으뜸으로 남아 있다.

그렇게 신나게 자전거를 타다가 의기양양하게 집으로 돌아오는 나를 맞아주었던 것은 바쁜 어머니 대신 야무지게 집안 살림을 돕던 옥자 누나였다. 우리 집의 맏딸이었던 옥자 누나는 나의 또 하나의 자랑이었다. 1933년생으로 당시 국민학교를 마칠 정도의 나이였던 옥자 누나는 남양에서 소문날 정도로 공부를 잘했고, 지나가던 사람들이 몇 번이고 돌아볼 만큼 예뻤다. 운동도 잘해서 운동회 때마다 단골로 릴레이 선수로 뛰었다. 언젠가 릴레이 경기에서 옥자 누나가 대역전극을 연출했을 때는 학교 교장과 교감이 같이 뛰면서 이 기특하고 촉망되는 제자를 격려할 정도였다. "김 목사네는 아들 셋보다 딸 하나가 더 낫다"는 말이 들릴 정도였으니 여북했을까.

그런데 옥자 누나는 오래 살지 못했다. 일제강점기 내내 숱한 조선 사람을 쓰러뜨렸던 폐결핵의 희생자가 된 것이다. 결핵은 무서운 병이었다. 한 해에도 수만 명의 조선인들이 결핵으로 죽었다. 인터넷에서 간단한 검색만 해봐도 춘원 이광수, 〈벙어리 삼룡이〉의 나도향, 〈날개〉의 이상, 영화감독 나운규 등 쟁쟁한 인물들이 결핵으로 유명을 달리했음을 알 수 있다.

그토록 건강하고 명석했던 옥자 누나도 단번에 시들어버렸다. 옥자 누나가 죽었을 때 아버지와 어머니는 대성통곡을 했다. 그렇게 슬퍼하는 부모님을 처음 보았거니와 어린 나에게 죽음이란 무엇인가를 어렴풋이나마 알게 해준 사건이었다. 언젠가 어머니는 손자 형민에게 이때 이야기를 해준 적이 있다고 한다. 그때 나는 상여를 가로막고 우리 누나 데려가지 말라고, 우리 누나 곧 일어날 거라고 발버둥 치며 울었다고 한다. 나는 기억이 잘 나지 않지만 분명 그랬을 것 같다.

살아오면서 옥자 누나 생각을 여러 번 했다. 병을 이겨내고 살았더라면 '삼형제 묶어 세워도 그 누나 못 당하는' 총명하고 야무졌던 누나는 우리 집의 큰 기둥이 되었을 뿐 아니라 본인도 많은 일을 할 수 있었을 텐데. 이런 '누나'들에 대한 추억은 당시 어린이들에게 많았던 모양이다. 그즈음, 그리고 이후 내 또래들이 부르던 동요에는 '누나'가 빈번히 등장하고 있지 않은가. 이런 노래를 들을 때마다 나는 옥자 누나에게 마음이 가닿았다.

결핵이라는 병의 가장 큰 적은 만성적인 영양 결핍이라고 들었다. 즉 못 먹고 배고픈 사람들일수록 결핵균의 먹이가 되기 쉽다는 뜻이겠다. 생활력 강한 어머니가 웬만큼 생활 터전을 닦아놓았지만 당시 우리 가족은 배고픔에 허덕였다. 태평양전쟁이 막바지에 다다르면서 조선에서는 배급 경제가 시행되고 있었다. 배급량은 너무 적어서 배를 곯기가 일쑤였고, '두병(豆餅: 콩기름을 짜고 난 뒤의 찌꺼기, 콩깻묵)'이나 삭아버린 무로 주린 배를 달래야 했던 것이다. 나는 막내여서 그 끼니나마 거르지 않았지만 옥자 누나는 그렇지 못했으리라.

사정을 알 리 없던 철없는 막내는 밥투정이 심했다. 별안간 형편없이 떨어진 밥의 양과 질을 참아내지 못하고 "엄마는 밥할 줄도 모르는 바보야?" 하고 밥상을 걸어차버리는 일이 한두 번이 아니었다. 남쪽의 '양반집' 자식이라면 천하의 불효자식으로 혼찌검이 나도 여러 번 났을 일이겠지만 아버지와 어머니는 나에게만은 그렇게 엄하지 아니하셨기에 무사할 수 있었다.

하지만 뻔질나게 밥투정을 하며 날뛰는 막내를 두고 고민이 많으셨을 것이다. 두 형은 얌전히 주는 대로 먹고 하라는 대로 하는데 이 막내 녀석은 끼니때마다 난리니 머리가 어찌 아프지 않으셨을까. 거기다가 결핵으로 애지중지하던 맏딸까지 잃으셨으니 부모님의 마음 또한 싱숭생숭했을 것이다.

두 분은 또 한번 결단을 내린다.

"조선 땅에 있다가는 배곯다가 죽을지도 모르니 다시 만주로 가자."

당시 만주는 식민지 조선보다는 상대적으로 풍요로운 땅이었다. 그리고 만주에서 태어난 아버지로서는 조선보다는 더 낯익은 곳이었다. 몇 년 전 두만강을 건너 조선 땅으로 들어오게 했던 일본 경찰의 서슬을 생각하면 도문으로 돌아갈 수는 없지만 만주는 넓고 조선 사람들도 많았다. 아버지의 선택은 만주 길림(지린)성 화룽(허룽)에 있는 이도구(二道溝, 얼다오거우)였다. 내 기억으로는 중국어를 섞어서 '얼또구'라고 불렀다. 중국어로 '이(二)'는 '얼'이었으므로.

# 달 속 십자가의 조짐

다시 두만강을 건너가 정착한 이도구에서 보낸 시간은 내 어린 날 마지막으로 평온했던 시절이 아니었나 싶다. 흙으로 만든 토성이 감싼 마을에 육백여 가구가 모여서 살았는데, 그 대부분은 조선인이고 중국인은 소수였다. 그런데 중국인에 대한 어머니의 시선은 그리 곱지 않았던 것 같다.

일본놈이라면 치를 떠는 어머니였지만 나에게 항상 이런 말을 했다. "내가 너희들 커서 일본 여자 데리고 오는 건 봐도 중국 여자 데리고 오는 건 싫다." 나쁘게 말하면 중국 여자들은 조선 여자들에 비해 게으르면서도 드셌고, 좋게 말하면 그때 중국 여성들은 조선 여성들에 비해서 가정에서 꽤 독립적이고 강력한 지위를 가졌던 게 아닌가 싶다. 그러니 남편을 하늘로 섬기라고 교육받은 조선 여성들에게는 안 좋게 보일 수밖에.

아버지는 이도구교회 담임목사로 부임했다. 북한에 살던 시절 영민한 사업 수완으로 우리를 먹여 살리고 재산까지 장만했던 어머니는 이도구 일대에 땅을 사놓으셨었다. 이도구로 옮기자는 결심이 선 것도 어머니가 장만한 땅에 대한 믿음 때문이었으리라. "내 땅 안 밟고 연변 못 다닌다"는 수준의 대지주에는 어림도 없이 못 미쳤지만, 근면하고 딱 부러졌던 어머니 덕에 우리 집은 이도구 근방의 비옥한 토지 몇 뙈기를 지닌 지주 겸 자작농이었다.

이도구는 흡사 중세 유럽 봉건시대의 성(城) 같았다. 낮에는 저마다 흩어져 성 밖에서 농사일을 하고 나무도 해오고 일상생활을 영위하다가 저녁이면 성 안으로 들어와 잠을 잤다. 토성이 필요했던 이유는 마을을 덮치기 일쑤였던 마적, 비적들의 노략질 때문이었다. 언젠가 아들 형민이 "과거 비적, 마적이라고 불렸던 사람들은 대개 항일 빨치산들"이라고 멋모르고 우기기에 알지도 못하면서 떠든다고 나무란 적이 있다. 당시 만주 벌판을 활보하던 이른바 비적 가운데는 항일 빨치산도 있었겠지만, 그보다는 피도 눈물도 없이 사람들 죽이고 재산 빼앗는 무법자들이 훨씬 많았다.

그때의 만주는 미국의 서부 개척시대와 비슷했다. 개척하고 개간하고 소출을 거두면 도적 같은 만주국 관리들이 눈에 불을 켜고 몰려왔고, 마적들이 서부 영화 속 인디언들처럼(인디언들은 나쁜 사람들이 아니었지만) 불시에 뻔질나게 총칼 휘두르며 쳐들어와 사람들의 목숨과 재산을 노렸다. 내가 이도구 살던 무렵에 그들에게 습격당한 적은 없었지만 성벽 넘어

먼발치에서 '행군'하는 그들을 본 적이 있다. 더럽고 남루한 옷을 입은 수십 명의 무리가 가족들까지 데리고 어디론가 가고 있었다. "저것들이 마적들이야." 그게 내가 봤던 유일한 마적이었다.

이도구의 토성 안에서 교회는 하나의 구심점이었다. 주일이면 교회는 성도들로 꽉 찼고, 교회의 파워가 대단했다. 용정에 머무르던 캐나다 선교사들은 평안도 지역이나 기타 한국 선교를 담당했던 보수적 교단과 달리 조선 독립운동과 핍박받는 조선인들의 삶에 온정적이었다. 병원부터 학교까지 각 분야에서 크게 활약하며 용정 지역의 조선인들을 도왔던 캐나다 선교사들은 일제 말엽, 일제에 의해 죄다 내쫓기게 된다. 하지만 그들의 선한 영향력은 남만주 일대 곳곳에 배어들어 있었고, 이는 교회에 대한 신뢰로 이어졌다.

이도구 전체 체육대회가 열리면 그 1등은 항상 교회 대표팀의 차지였다. 우승한 교회 청년들과 웃고 떠들며 환호하던 즈음은 내 유년기의 마지막 평온한 시간이었다.

막 학교 문을 두드리기 전의 어느 날 밤이었다. 수많은 교인들이 모여서 하늘을 보면서 고함을 치며 연신 손가락질을 했다. 구름 사이에 모습을 비친 달 안에 놀라운 모습이 보인 것이다. 휘영청 밝은 달 안에 십자가 모습이 선연히 박혀 있었다. 자연 현상이 낳은 우연이겠지만 사람들은 그 자연 현상에 의미를 두고, 또 따지기 마련이다. 해방이 올 징조라느니,

하나님이 하시고 싶은 말씀이 있는 거라느니, 커다란 박해가 있을 것 같다느니. 나 역시 달 속 십자가를 보았기에 정말 신기하다 여겼다. 하나님이 무슨 뜻으로 저걸 만드신 걸까.

결과적으로 달 속 십자가는 역사적인 격변의 전조가 되긴 했다. 머지않아 일본의 패망 소식이 들려온 것이다. 일곱 살 나로서야 해방이 뭔지 독립이 뭔지 울림 있게 알아챌 수는 없었지만 "왜놈들이 망했다"는 건 분명히 알아들었다.

해방 소식이 전해진 후 교회에 교인들이 모여들었다. 무엇이 그리 좋은지 덩실덩실 춤을 추며 만세를 외치다가 노래를 부르다가를 반복했다. 그때 교인들이 목청을 돋워 함께 부른 노래 중 하나는 〈만세반석 열린 곳에〉였다.

만세반석 열린 곳에 내가 숨어 있으니
원수 마귀 손 못 대고 환난 풍파 없도다
만세반석 열린 곳에 내가 편히 쉬리니
나의 반석 구주 예수 나를 숨겨주소서 (1절)

험한 풍파 지나도록 순풍으로 도우사
평화로운 피난처에 길이 살게 하소서
만세반석 열린 곳에 내가 편히 쉬리니
나의 반석 구주 예수 나를 숨겨주소서 (4절)

사람들 얼굴에는 기쁨이 넘쳐흘렀다. 내 아버지만 해도 만주에서 태어났으니 함경북도 사람들이 살기 팍팍한 조선을 떠나 두만강을 건넌 것은 거의 두어 세대 전이었거니와, 경술국치 이후에는 더 많은 사람이 식민지가 된 조국을 떠나 만주로 몰려왔다. 독립을 위해 몸 바친 이도 있었고 밀정도 적지 않았지만 그저 먹고살려고 죽을힘을 다한 사람들이 대부분이었다. 하지만 나라 잃은 백성들의 설움은 성경 속에서 앗수르(아시리아)*에 망하고 바빌론에 끌려간 유대인들과 하나도 다를 것이 없었다. 어머니는 '일본놈들'이 사람을 잡아 목을 치던 얘기를 곧잘 회고했다.

"큰 칼로 사람 목을 치니 단번에 목이 떨어져 나갔어. 그런데 대체 어찌된 일인지 목 없는 몸이 픽 쓰러지는 게 아니라 팔짝팔짝 뛰는 거야. 다들 놀라서 기겁을 하는데 저 악독한 일본놈들은 담요를 싸서 기름을 끼얹고 불을 지르더라."

그런 꼴을 일삼아 보았던 사람들, 중국인 지주들에게 괴롭힘 당하고 마적들 칼부림에 상처 입어도 호소 한 자락 할 데가 없었던 사람들에게 '해방'이란 정말로 큰 의미였으리라. '원수 마귀 손 못 대는' 나라, '환난 풍파 없는' 시간, 그리고 '내가 편히 쉴 수 있는' 만세 반석이 튼히 놓인 시대의 출발이었으리라. 어린 나도 마냥 들떠서 노래하고 춤추

* 아시리아는 메소포타미아와 이집트, 시리아, 레바논 지역을 망라한 오리엔트 최초의 통일국가였는데, 기원전 722년경에 북이스라엘 왕국을 멸망시켰다.

며 어른들을 기쁘게 했다. 나도 좋았다.

해방 얼마 뒤였던 어느 날 나는 어머니를 따라 소학교에 입학하러 갔다. 전입학생이 차례로 교장 선생님과 면담을 했는데 내 차례가 되니 교장 선생님 말씀이 엉뚱했다.

"동훈이라고 했느냐. 얘야, 네 뒤의 학생을 한 대 때려보아라."

지금도 그 말씀의 의미를 모르겠다. 하지만 다른 사람도 아니고 교장 선생님 말씀 아닌가. 어릴 적부터 깡다구는 있다 소리 들었던 나는 주먹을 불끈 쥐고 뒤로 돌았다. 뒤에는 또래 아이 하나가 역시 영문 모른 채 멍하니 서 있었다.

녀석은 겁을 먹고 있었다. 주먹을 쥔 나보다는 뒤엣놈 때려라 하는 교장 선생님의 명령이 더 무섭고 지엄했으리라. 하지만 친구의 표정 앞에서 나는 주먹에 힘이 풀어져서 다시 뒤로 돌아를 해버렸다. 교장 선생님이 왜 그냥 돌아서느냐고 묻자 나는 이렇게 대답했다.

"불쌍해서 못 때리겠습니다."

그러자 웃음이 터지고 좌중에서 그놈 똑똑하다며 칭찬이 쏟아졌다.

지금도 대관절 교장 선생님이 왜 그런 일을 시켰고, 무얼 시험하려 했는지 모르겠다. 하지만 교장 선생님의 말을 듣지 않은 것이 그때껏 살면서 처음으로 잘한 일이었다는 것은 알 것 같다. 해방 이후에 우리 가족을, 그리고 기껏 되찾았다고 생각한 나라를, 만주와 한반도에 걸쳐 살아가던 조선인들을 덮친 것은 일제강점기 일본인들이 보여준 것보다 더한 폭력과 증오였다. 내가 보았던 달 속 십자가는 길조만은 아니었다.

# 내가 마지막으로 본 만주

언젠가 〈하얀 전쟁〉이라는 영화를 봤는데, 한창 전쟁이 벌어지던 베트남에서 한 베트남 노인이 지나가는 한국군을 바라보며 뭐라 중얼거리는 장면이 있었다. 통역병에 따르면 대충 이런 말들이었다. "이 길로 중국인들도 왔다 쫓겨갔고 프랑스인들도 그랬고 미국인들도 그럴 거고, 한국군 너희들도 그럴 것이다." 외국 군대의 침략을 무시로 받았던 베트남 역사의 축약판이라고나 할까. 그 장면을 보며 나도 참 많은 종류의 군대를 목격하며 살았구나 싶은 생각이 들었다.

가족들과 함께 이동하던 남루한 마적들의 행렬을 보았고, 노란 각반을 차고 긴 장총을 메고 행진하는 일본군들을 보았고, 만주국 깃발을 든 군인들도 내 앞을 거쳐갔다. 해방된 뒤 만주 전역을 장악했던 소련군들은 온갖 횡포를 다 부리며 활개 치고 다녔고, 해방 무렵에 갑자기 많이 보았던 파란 무명 군복에 긴 '싸리총'(중공군 총을 그렇게 불렀다)을 든 중공군과 그리고 그들의 포로가 돼 어기적거리며 걸어가던 국민당군도 기억에 선연하다. 후에 조선 인민군, 대한민국 국군, 미군과 유엔군까지 두루두루 봤으니 내 경험 역시 우리나라 현대사의 한 단면이 될 수 있을 듯하다.

해방되던 해 학교에 들어가서 공부란 것을 시작했지만 사실 그렇게 별다른 것을 배운 기억은 없다. 누런 종이에 조악한 인쇄본으로 된 조선어 책에서 "떴다 떴다 둥근 해가 떴다"로 시작하는 내용의 글귀를 목청껏 읽은 기억이 나고, 산수 시간에 더하기 빼기를 배운 정도였을까. 그런데 입학한 지 며칠 안 돼 나는 너무나 무시무시한 광경에 넋을 잃게 된다.

어느 날 학교에 갔더니 교정에 사람들이 구름처럼 몰려 있었다. 어른들 다리 사이로 요리조리 빠져서 단상 근처로 가 보니 교장 선생님이 훈화하시던 단상에 낯선 사람이 올라가 쨍쨍 연설을 하고 있었고 그 옆에는 누군가 덜덜 떨면서 꿇어앉아 있었다. 그의 연설은 살벌했다. 내용을 대충 돌이키면 이런 것이었다.

"여러분! 이놈은 우리 인민들의 피를 빨아 착취를 일삼고 자기만 배불리 잘 먹고 잘 살던 반동 지주 아무개요. 인민의 이름으로 이놈을 처단하고자 하니 처단에 동참하고 싶거나 이자에게 원한이 있는 사람은 올라와 이놈을 응징하시오."

그러자 놀라운 일이 벌어졌다. 몇 사람이 몽둥이 또는 자기 가죽 혁대를 풀어 들고 올라가서는 그 사람을 사정없이 두들겨 패기 시작했던 것이다. 몇 대 맞지도 않고 피가 터졌고 단상은 피바다가 됐다. 호기심 그득했던 소년도 기가 질려서 사람들 사이를 빠져나와 집으로 달리기 시작했다. 지주가 도대체 무엇이기에 저렇게 사람을 때리나. 얼마나 밉기에 저렇게 사람을 아프게 때리나. 달리면서 오들오들 떨었던 기억을 잊을 수 없다.

소련군이 만주 전역을 장악한 후 일본과 만주국에 저항하던 공산주의자들이 발호했던 것은 당연한 일이었다. 또 조선인들 가운데는 독립운동가도 많았지만 밀정도 허다했고 친일파도 들끓었다. 일본군이 일으킨 여러 학살 사건의 피해자는 남만주 곳곳에 널려 있었고, 이 피해자들은 해방 이후 조선인 지주와 친일파들에게 강력한 반감을 폭발시켰다.

세상이 바뀐 것이다. 그것은 사람이 가벼워진다는 것을 의미한다. 판이 뒤집힐 때마다 사람들 목숨은 새털처럼 아무렇게나 흩날려 떨어졌고, 새로운 정의를 외치는 사람들은 새털 같은 목숨들을 아무렇게나 후후 불어대면서 자신들의 정의감을 만족시켰다. '인민재판'은 참혹할 수밖에 없었다.

인민재판의 끔찍함에 치를 떨며 집까지 한달음에 달려온 나는 더욱 크게 놀랐다. 집에 두 형만 남아 있었던 것이다. "어머니 아버지는 용정으로 피하셨어. 빨갱이들이 무슨 짓을 할지 모른다고 하셔서…" 지주만 적이 아니었다. '인민의 아편'을 파는 서양 제국주의의 앞잡이 교회 목사 또한 그들의 새 세상에서는 축출돼야 할 '인민의 적'이었다.

나는 몰랐지만 실제 우리 가족에 대한 협박도 있었고, 피신하라는 권유도 여러 번 받았던 모양이다. 철부지 막내였던 나는 아버지 엄마가 없으면 누가 밥을 해주냐고 울먹였다. 교회 교인들이 돌아가면서 밥을 해주어 배는 오히려 더 불렀지만 부모님 없이 어린 형들과 함께 오들오들 떨었던 기억은 지금도 생생하다.

이틀 후에 어머니가 혼자 나타나셨다. 어머니는 손에 들 수 있는 짐만 챙기게 한 후 급히 용정으로 거처를 옮겼다. 용정은 만주 조선인들의 수도 같은 곳이었다. 이도구보다 훨씬 큰 도시로 볼 것도 많고 먹을 것도 많고 사람들도 셀 수가 없었다. 시내 중심가에 나가면 둘러 보이는 사방천지가 다 구경거리였다. 그중 기억에 남은 풍경 하나는 해방 이후에 일어났던 엄청난 인플레이션이었다. 화폐 단위가 사정없이 절하돼 어머니는 쌀 한 말을 사기 위해 중국 돈을 가마니에 담아가야 했던 것이다.

원래 이곳저곳 쏘다니는 걸 좋아했던 나는 흙으로 덮인 신작로를 우리 집 마당인 양 활개 치고 돌아다녔다. 그 큰길에 붉은 돌담이 있었는데 사람들에게 물어보니 그 안쪽을 '영국댁'이라고 불렀다. 영국 사람들이 살던 곳이라 했다.*

* 영국댁이 아니라 '영국데기' 또는 '영국덕이'라고 부르던 곳이다. 데기는 '언덕'을 뜻하는 말인데 영국인들의 조차지로 일본이나 만주 공권력이 손을 쓸 수 없어 독립운동의 온상이 되었던 곳이다.

용정시가 크다고는 하나 아버지가 숨어 지내기에는 문제가 있었다. 중공군은 만주를 근거지로 하여 국민당군과의 한판 승부를 준비하고 있었고, 그 기반을 닦기 위해 조선인 사회에서 공산주의에 반하는 요소들을 제거하려고 들었다. 목사는 그중 가장 좋은 표적이었다.

결국 아버지는 조선 땅으로 먼저 남하하셨다. 그 후 식구들을 데리고 조선 땅으로 남하하는 것은 어머니의 몫이었다. 어머니는 '월천(越川)꾼', 즉 두만강을 건너다니는 직업 밀수꾼들과 협상을 벌였다. 네 아이 거느린 여자가 그 거친 밀수꾼들 상대하기가 얼마나 힘겨웠을까마는 어머니는 어찌어찌 날짜를 받아왔다.

"얘들아, 마음 단단히 먹어라. 이날 우리는 두만강 건너 조선으로 간다."

출발 전 어머니는 남자 옷을 두 벌씩이나 껴입고 나타났다. 지금 생각해보면 어머니가 남자 옷을 입었던 이유는 월천꾼이나 그 밖의 거친 남정네들의 성폭력을 우려하셨기 때문인 것 같다. 하지만 어린 마음에도 엄마 왜 남자 옷 입었어 물어보지 못할 만큼 긴장된 시간이었다. 어머니는 연신 손가락을 입에 갖다 댔다.

"무슨 일이 있어도 소리 내면 아이 된다."

우리뿐 아니라 수십 명의 도강자가 있었다. 내 또래의 아이들도 많았다.

두만강을 건너면서 나는 어느 젊은 월천꾼의 어깨에 올라 탔다. 덕분에 어렵지 않게 강을 건널 수 있었지만 조선으로 들어와서도 안심할 수는 없었다. 소련군과 그 치하의 청년대 원들이 국경을 수비했고 무단 월경자들은 총에 맞을 수도 있었다.

"지금부터를 더 조심해야 하오."

오히려 강 넘어 만주에서 두만강까지 오는 길은 순탄했는데 조선 땅에 발 디딘 후의 길은 계속 험한 고갯길이었다. 세 살 버릇 여든까지 간다던가. 나이 여든 넘은 지금도 버리지 못한 나쁜 버릇, 짜증나면 버럭 화를 내는 불뚝밸이 그 긴박한 탈출 과정에서도 삐져나오고 말았다.

"엄마! 이런 길밖에 없나!"

빽! 소리를 질러버린 것이다.

2

눈보라
휘날리던
바람 찬
흥남부두

# 내세우자 인민의 대표

"엄마! 이런 길밖에 없나!"

소련군과 그 지휘를 받는 조선인 경비대의 눈을 피해 험한 길을 골라 들어오던 우리 일행은 일순 모든 동작을 멈췄다. 우악스런 손이 내 입을 막았고 내가 숨 막혀 컥컥거렸음에도 불구하고 죽어도 할 수 없다는 듯 강한 힘으로 내 온몸을 죄어들었다. 신음조차 새어나오지 못할 정도였다.

해방 후 북한 사람들이 월남하면서 삼팔선을 넘을 때 아이가 울자 그 입을 막았는데 나중에 보니 아이가 죽어 있더라는 얘기를 들은 적이 있는데, 당시 내가 겪은 분위기도 다르지 않았다. 돌이켜보면 내 또래의 어린아이들도 많이 있었지만 다들 불평 한마디 하지 않고 숨죽이고 어른들을 따랐다. 나만 참을성 없고 우둔하여 그런 큰일 날 짓을 했던 것이다.

천신만고 끝에 먼저 조선 땅으로 들어왔던 아버지를 만난 곳이 함경북도 회령이었다. 우리가 머문 곳은 조선의 변방 중에서도 오지에 해당하는 곳이었다. 낮에도 곰이 출몰할 정도로 한적한 곳이었던지라 나 혼자 산이나 들로 외출하는 일은 금지됐다. 사방팔방 정신없이 쏘다니는 걸 재미로 알았던 나로서는 불만이었지만 그래도 거처에서 조금만 나가면 두만강 지류가 있어 맑은 물 첨벙거리며 물고기나 가재들을 잡는 것이 큰 즐거움이었던 기억이 난다.

아버지는 회령에서 조그마한 교회를 맡게 됐는데 인구도 적고 교회도 작았다. 함경북도 도청 소재지였던 청진에는 아버지의 친구들이 많이 활동하고 있었던바, 친구들은 아버지를 청진으로 끌어주었고, 아버지는 청진의 송평교회라는 곳으로 옮기게 됐다.*

이삿날이 됐다. 아버지 어머니, 그리고 아들 삼형제와 1942년생 여동생. 이렇게 온 가족이 보따리를 싸고 올라탄 것은 당시 조선에서는 그리 흔하지 않던 목탄차 트럭이었다. 조수석에 아버지가 타고 어머니와 다른 식구들은 짐칸에 탔지만 여동생이 있었음에도 막내 근성을 버리지 않았던 나는 조수석의 아버지 무릎 위에 앉았다. 덜컹거리고 불편한 길이었지만 조수석에서 내다보는 풍경은 상쾌하고 즐거웠다. 하지만 나는 곧 겁에 질리고 말았다.

우리들의 이삿짐 차가 어떤 차를 추월했는데 갑자기 그 차가 나는 듯이 뒤에서 달려와 우리 차를 멈춰 세웠다. 차에서 내린 것은 노랑머리의 소련 군인이었다. 그는 허

*청진 송평을 검색해보면 함경북도 청진시 송평동이라는 지명이 나온다.

둥지둥 차에서 내린 운전수를 뭐라뭐라 연신 몰아세우며 호통을 쳤다. 그러고는 총을 들더니 차 헤드라이트를 향해 방아쇠를 당겨버렸다. 총소리와 차 망가지는 소리에 우리 가족은 공포에 떨 수밖에 없었다. 운전수의 이야기는 황당했다.

"해방군을 몰라보고 추월한다고 그런 겁니다."

얼마 전에도 미군은 점령군, 소련군은 해방군 운운하는 이야기가 들렸는데 일고의 가치가 없는 얘기라고 생각한다. 미군이든 소련군이든 해방군이자 점령군이었다. 미국과 소련 덕에 해방이 됐으니 해방군이라면 해방군이겠지만 소련군이 북한 지역에서 보여준 행태는 결코 우의(友誼)에 가득한 군대가 아니었다. 소련군이 총을 휘두르고 쏘아 갈길 때 우리 일행은 그 누구도 이의를 제기하지 못했다. 그저 손 모으고 머리 조아릴밖에. 어린 마음에도 "쟤들은 우리보다 힘이 센 사람들이구나" 하며 서글펐던 기억이 난다.

송평교회는 회령교회와는 비교가 안 되게 큰 교회로, 건물도 멋있고 교인도 많아서 목회 환경이 무척 좋았다. 나는 그 당시 송평인민학교에 1학년생으로 편입했다. 이후 이어지는 무지막지한 전학 이력의 시작이었다. 계속 이야기가 나오겠지만 나는 초등학교를 여덟 번 옮기고, 중학교는 세 번, 고등학교는 두 번을 옮기게 된다. 송평인민학교는 두 번째 초등학교였다.

그런데 산수 과목 진도가 맞지 않았다. 나는 덧셈과 뺄셈

밖에 배우지 못해 더하기(+)와 빼기(-)만 알고 있었는데 어느 날 산수 시험에 곱하기(×)와 나누기(÷) 문제가 나왔다. 나는 '선생님이 뭐 이런 실수를 하나' 싶었다. 더하기(+)를 쓴다는 걸 ×로 잘못 쓰고 빼기(-)를 ÷로 엉터리로 썼다고 생각했기 때문이다. 그래서 자신 있게 덧셈 뺄셈을 해서 답을 내놓고 나니 넉넉하게 빵점이 나오고 말았다. 빵점의 충격은 컸다. 이후 나는 공부에서 완전히 손을 뗀 불량학생(?)이 됐다. 노는 데만 정신을 팔던 내가 두각을 드러낸 분야는 싸움질이었다.

하루는 교회 주일학교에서 예배 시간에 기도하는데 옆구리를 쿡 찌르는 손이 있었다. 돌아보니 누군가 시치미를 뚝 뗐다. 그래서 다시 돌아서 기도하고 있는데 이번에는 손가락이 옆구리를 내질러왔다. 아이들로 치면 '한번 해보자'는 도발이었다. 거기서 묵묵히 있으면 속된 말로 호구가 되는 것이다. "왜 이러니. 이러지 말라." 좋게 타일렀는데 이 꼬마 녀석 하는 말이 내 울화를 건드리고 말았다. "예배 마치면 가만 아이 두겠어." 바짝 약이 오른 나도 맞받아쳤다. "예배 끝나고 보자."

그리고 예배를 마친 후 출구 계단에서부터 주먹을 날리기 시작했다. 한참을 치고받다가 그 친구가 코피가 나서 울음을 터뜨리면서 싸움이 끝났다. 애들 싸움이야 코피 나는 쪽이 지는 것 아닌가. 그러자 교인들이 몰려와서 어디서 굴러먹다 온

못된 아이가 송 장로님 자제 코피를 터뜨렸느냐 야단이 났다. 그런데 어떡하나. 코피 터뜨린 아이는 새로 온 목사 자젠데. 그때부터 나는 더더욱 공부보다는 싸움에 자신이 붙어서 또래들이나 두어 살 위의 아이들에게까지 엉기고 다니는 겁 없는 아이가 되어갔다.

하지만 무서운 건 덩치 큰 아이들이 아니라 나라였다. 공산화가 차근차근 진행되던 북한에서 교회는 탄압의 대상이었다. 어느 날 크리스마스 축하 행사 준비를 위해 교회에 앉아 있는데 별안간 주먹만 한 돌멩이가 날아들어 내 머리를 맞혔다. 나한테 맞은 아이가 던진 게 아니었다. 알지 못하는 어른이 교회에 대한 증오를 담아 던진 돌이었다. 졸지에 나는 된장을 덕지덕지 바르고 얼굴까지 퉁퉁 부은, '폼 안 나는' 모습으로 한동안 지내야 했다.

청진 역시 추위는 만만치 않은 동네였다. 11월쯤 되면 무시로 영하로 떨어졌다. 그런데 영하 10도가 넘는 꼭두새벽에 학교에 나갈 일이 생겼다. '새벽송'을 부르기 위해서였다. 김일성도 기독교 집안 출신이라 그런지 김일성이 하는 짓은 기독교를 본뜬 게 많았던 것 같다. 이북에서 처음 실시하는 선거 날 새벽, 아이들로 하여금 가가호호를 돌아다니며 '새벽송'을 부르게 한 것이다.*

한참 단잠을 자고 있는 나를 깨운 건 아버지였다.

* 이 선거는 북한에서 1946년 11월부터 이듬해 봄까지 실시됐던 인민위원회 선거를 말하는 듯 보인다.

두꺼운 양말과 외투를 입혀주시면서 그 모진 새벽 칼바람 맞으며 새벽송 부르는 데 내보내는 아버지의 안타까운 얼굴이 지금도 눈에 선하다. 크리스마스에 새벽송 부를 때는 하나도 추운 걸 몰랐는데 내키지 않는 걸음 때문인지 그날 추위는 유난히 혹독했다. 그때 내가 부른 선거 종용 새벽송 가사 일부를 나는 아직도 기억하고 있다. "인민의 한 표 한 표 떳떳이 바치어 내세우자 지지하자 인민의 대표…."

# 내가 교사를 평생 싫어한 이유

북한 공산주의자들도 종교의 자유는 보장한다고 틈만 나면 얘기했다. 나중에 조선민주주의인민공화국이 따로 섰을 때 그 헌법에도 종교의 자유는 명시돼 있었다고 알고 있다. 그런데 동시에 "종교는 인민의 아편"이라고 학교에서 교사들이 대놓고 가르칠 '자유'도 있었다. 교회에 가서는 안 되고, 절에 다녀서도 안 된다고 고사리 같은 아이들을 세워놓고 선생들이 앙칼지게 가르쳤다. 목사의 아들이었던 나는 대놓고 표적이 되었다.

운이 나빠서인지 내 담임선생님은 하필이면 열성 공산당 세포위원장이었다. 월요일만 되면 나는 앞으로 불려나갔다. 그리고 '자아비판'을 해야 했다. "나는 인민의 아편을 먹었습니다" 하며 교회에 다녀온 것을 공개적으로 밝히고 반 친구들의 성토와 눈총을 감당해야 했던 것이다. 세 살부터 여든까지 가는 것은 버릇만이 아닌 것 같다. 코흘리개를 갓 면한 무렵에 감당해야 했던 아픔은 지금까지도 딱지도 다 앉지 않은 상처로 남아 있다. "김동훈 동무 나오시오" 하는 소리는 지긋지긋했고, 그 말을 하는 선생님 역시 싫었다. 그 후로도 나는 평생 선생님에 대해, 교사라는 직업에 대해 신뢰를 갖지 못했다. 이후 몇 분의 좋은 선생님을 만났음에도 불구하고 말이다.

공산당의 핍박을 견디기 어려웠던 아버지는 남한행을 꿈꾸었던 것 같다. 한때 그런 생각을 한 적이 있다. 소련군이 남한에 들어오고 미군이 북한에 들어왔으면 차라리 나았을 것 같다는. 남한은 지주 소작 갈등도 치열했고 좌익세가 강했다고 들었지만 북한의 경우는 기독교세가 완연히 강했다. 조선 시대에 차별받고 벼슬길에 나간 사람들도 적었던 평안도와 함경도라 그런지 사람들이 빨리 개화했고 기독교 전파가 빨랐다. 그러니 북쪽 사람들이 미군과 오히려 쿵짝이 맞고 남쪽은 소련군과 더 잘 어울리지 않았을까 싶은 것이다.

공산주의자들이 설치기 시작한 이후 평안도와 황해도의 기독교인들은 해방 이후 대거 남하했다고 들었다. 그러나 우리가 살던 회령과 청진은 남쪽에서 멀어도 너무 먼 함경북도에 있었다. 아버지는 자신과 가족의 생존을 위해 한 발짝이라도 남쪽으로 가야 한다고 여겼고, 다시 함경남도 홍원의 홍원교회로 옮기게 된다.

홍원은 동쪽으로 북청과 닿고 서쪽으로 함흥에 면하고 동해를 끼고 있는 곳이다. 홍원교회는 홍원 읍내에 있었지만 목사 사택은 좀 떨어진 홍원인민학교 근처에 있었다. 학교 정문은 수백 미터 떨어져 있었지만 집 옆 학교 담장에는 개구멍이 있어서 나는 그리로 등교를 했다. 이사 와서 전학 온 지 얼마 되지 않아 친구도 없던 나에게 유일한 낙은 아버지가 사주신 축구공(고무로 된 좀 작은 것으로 당시에는 아무나 가질 수 없던 귀한 것)을 가지고 혼자서 노는 것이었다. 어차피 목사 아들이라 요즘 말로 왕따가 될 것이 뻔했으니 더욱 그랬던 것 같다.

한참을 땀 흘리며 놀고 있는데 그네 있는 쪽에서 나를 부르는 소리가 들렸다. "어이! 이리 와봐." 부르면 가야지. 찬찬히 그쪽으로 가봤더니 네댓 명이 나를 부른 아이 중심으로 서서 나를 지켜보고 있었다. 녀석들은 뭔가 재미있는 장난감이 생겼다는 듯 기분 나쁜 미소를 머금고 있었다.

대뜸 가운데 아이가 하는 말이 "어이, 내 그네 좀 밀라!", 다짜고짜 명령조였다. 가뜩이나 이리 오라 저리 오라 하는 놈이 보기도 싫고 울화가 치밀어 오르는 참인데 난데없이 그네를 밀라니. 만주에서부터 동네에서건 학교에서건 누구한테 기죽어 본 적이 없는 내 대답은 빨랐다. "싫다." 그랬더니 녀석이 용수철처럼 튀어 오르더니 내 뺨을 후려쳤다. "이 종간나새끼르… 어디서."

이미 각오하고 있던 상황이었다. 나 역시 "그럼 한번 붙어보자" 하며 대들었고 드디어 싸움이 시작됐다. 한참 치고받으며 서로 엉켜 붙들고 돌아가다 드디어 내가 승기를 잡았다.

녀석을 눕히고 그 위에 올라탄 것이다. "맛 좀 봐라!" 나는 녀석의 얼굴을 주먹으로 내리쳤고 어린애들 싸움의 정석대로 녀석의 코피가 터지면서 싸움은 끝나버렸다. 기세등등하던 녀석은 "우앙!" 울음을 터뜨렸고, 의기양양한 내 귀에 아이들의 놀란 수군거림이 들렸다. "저 아이가 쌍식이를 이겼습메." 녀석의 이름은 쌍식이었다.

그런데 이 쌍식이라는 녀석이 보통내기가 아니었다. 홍원 인민학교에서 이름난 싸움꾼인 쌍식이는 둘째 형과 같은 반 아이로 나보다는 2년이나 선배였던 것이다. 쌍식이를 때려눕힌 뒤로는 애들과 귀찮은 서열 싸움을 할 필요가 사라졌다. 텃세를 부리는 녀석도 없었고, 너 주먹 얼마나 센가 보자며 치근대는 애들도 없었다. 언젠가 홍원 읍내로부터 10리 밖에 있는 연안항 전진에 놀러갔는데 부둣가 아이들도 나를 알아보며 "쌍식이를 이긴 애다" 하고 자기들끼리 속삭이며 나를 슬슬 피하는 것을 느낄 정도였다. 쌍식이와의 싸움 한 번으로 그럭저럭 전학생의 설움은 피할 수 있었다.

목사 아들에 대한 학교 교사들의 성화는 여전했으나 홍원에서는 살 길이 열렸다. 월요일만 되면 불려나가 인민의 아편 운운하는 자아비판을 하고 친구들의 비판을 받아야 했는데, 엄청난 세도를 부리던 당 간부의 아들이 쌍식이를 이긴 나를 좋게 본 것이다. 그 친구 앞에서는 교사들도 설설 기었다. 교사들이 아부하는 게 어린 내 눈에도 뻔히 보일 정도였으니 그 행태가 너무 유치하고 한심했다고나 할까. 내가 자아비판에 나서면 항상 그 친구가 나서주었다.

"김동훈 동무는 이러이러하니 봐줍시다."

"이만하면 충분한 거 같습니다. 김동훈 동무는 노래도 잘 부르고 여러 가지 열심히 합니다."

그러면 신기하게도 살기등등하던 선생님들의 손이 모아지고 나를 가리키는 손가락에 힘이 빠졌다. 대충 분위기가 가라앉으면 당 간부 아들이 내 손목을 잡았다.

"동훈아, 놀러가자."

당 간부 아들과 친하게 어울리니 선생님들은 나까지도 어려워했다. 그때 역시 강한 이에게 약하고 약한 이에게 강한 교사들의 행태를 똑똑히 느끼고 어린 마음에도 뭐 이런 사람들이 있나 경멸했던 기억이 난다. 선생님이 나를 부를 때 무슨 문제가 있다 싶으면 그 친구를 팔았다.

"아무개가 어딜 같이 가자고 하는데요."

그러면 신묘하게도 선생님의 대답은 "아, 그럼 어서 가기요"였다.

이후 나이가 든 뒤에도 이 무렵 배운 노래들은 생생히 기억하고 있다. 교회가 한국 사람들에게 미친 영향 중 하나는 '음악의 세례'라고 생각한다. 교회에 다닌 사람들은 기본적으로 음치를 면했으므로 나 역시 노래를 빨리 배우고 부르는 편에 속했다.

"장백산 줄기줄기 피어린 자욱"으로 시작하는 〈김일성 장군의 노래〉는 지금도 가사 하나 틀리지 않고 부를 수 있거니와, "저기 솟은 우리 공장 인민의 공장"의 곡조 경쾌했던 〈흥남 비료공장의 노래〉를 비롯해 북한 노래부터 인민군 군가까지 여러 노래를 부르고 다녔다. 집에서는 찬송가를 불렀지만 밖에서는 '인민의 노래', 즉 빨갱이 노래를 열심히 부르는 이중생활이었다고나 할까.

1950년이 다가오면서 분위기는 점차 삭막해졌다. 당시 우리 집 앞에는 기찻길이 하나 있어 화물차의 왕래가 잦았다. 함경선(咸鏡線)이라고 하여 함경남도 원산에서 함경북도 종성에 이르는 기나긴 구간의 철도였다. 상행선에는 사과나 농산물, 그리고 철광석이나 석탄 같은 광물을 실은 열차가 기적을 울리며 올라갔지만 하행 열차에는 탱크나 무기 같은 것이 천막으로 덮어 씌워져 흥남 쪽으로 내려가는 것을 여러 번 보았다.

전쟁이 난다는 소문은 점점 사실로 다가왔다. 수업 중 비상종이 울리면 전교생이 운동장으로 달려나가 코와 입을 막고 엎드리는 공습 대비 훈련이 시도 때도 없이 있었다. 그리던 어느 날 교장 선생님이 단상에 올랐다. 1950년 6월 25일이었으리라.

# 그해 여름은 뜨거웠다

무더워지기 시작할 즈음의 초여름 일요일이었다. 일요일인데도 학교에서 전교생 소집이 있었다. 전교생이 운동장에 선 가운데 애국가(북한의 국가도 '애국가'라 부른다)를 불렀다. "아침은 빛나라 이 강산에 은금에 자원도 가득한…" 그리고 교장 선생님이 연단에 올라왔다. 그의 카랑카랑한 목소리로 나는 전쟁의 시작을 알았다.

"오늘 아침 남조선 괴뢰도당이 북침하여 와서 우리 영용무쌍한 우리 인민군대가 용감하게 무찔러 밀고 내려가고 있습니다. 우리 인민학교 학생들도 인민군에 대한 응원의 마음과 반드시 승리한다는 각오를 가져야 합니다."

전쟁이 터졌구나. 그때껏 전쟁을 직접 경험한 적이 없었기에 실감은 나지 않았다. 함경남도 홍원은 삼팔선으로부터 한참 떨어져 있었고, 총성과 포성을 들을 일이 없었기에 나나 내 친구들은 그저 덤덤했던 것 같다. 오히려 들떴던 것은 아버지 쪽이었다.

아버지는 남한에서 들려오는 비밀방송을 청취하고 계셨다. 남쪽의 이승만 박사 등등이 방송에 나와설랑 "전쟁만 나면 우리 국군의 힘은 능히 아침은 개성에서 점심은 평양에서 저녁은 신의주에서 먹을 수 있다"고 큰소리를 쳤고 아버지는 그걸 곧이곧대로 믿고 전쟁이 터지면 북한 공산주의자들이 며칠이면 쓸려나갈 줄로 기대하셨던 것이다.

인민위원회나 노동당사 앞에 놀러 나가보면 전황판이 날마다 바뀌었는데 커다란 한반도 지도에 지명을 그려놓고 인민군이 점령한 지역에 인민 공화국기를 붙여놓고 있었다. 그런데 하루가 다르게 인민공화국기가 남쪽을 뒤덮는 게 아닌가. 서울은 며칠 지나지도 않아 점령했고 그때만 해도 외국처럼 들리던 충청도 강원도 전라도 경상도 등등에도 인민공화국기가 물감 번지듯 뒤덮고 있었다. 아버지는 크게 실망한 듯 보였다.

전쟁 직전 북한 정권의 기독교 탄압은 극에 달하고 있었다. 김일성의 외삼촌으로 장로교 목사였던 강양욱은 북조선기독교연맹을 조직하고 북한 내의 모든 교회와 기독교인들의 가입을 강요했다. 여기에 불응하거나 강력히 항거하다가 어느 날 불시에 끌려가서 돌아오지 못한 목사나 장로가 부지기수였다. 아버지의 친구 중에도 그런 사람이 있었다 하니 아버지의 불안감은 컸을 것이다. 이 강양욱의 북조선기독교연맹은 남한을 괴뢰라고 부르며 조직에 가담하지 않은 기독교인들을 제명했다. 그 제명은 곧 '반동분자'의 표식이었고, 북한 정권은 그를 솎아내고 있었다.

전쟁 발발 후에도 한동안 평온했던 홍원에서도 최초로 전쟁을 실감하는 날이 왔다. 어느 날 운동장에서 놀고 있는데 별안간 빠르르르 하는 프로펠러 소리와 함께 새까만 비행기가 오더니 기관총을 난사하기 시작한 것이다. 기총 사격이 얼마나 무서운지는 그 후로도 몇 번 경험했다. 팔다리가 떨어져 나가고 사람이 두 쪽이 나는 건 별일도 아니었다. 사람들도 크게 놀랐다. 공습 대비 훈련을 받은 대로 행동하는 사람은 하나도 없고 죄다 숲속으로 들어가 그늘에 숨어 어찌할 바를 몰라 했다. 아 전쟁이란 이런 것이구나. 정말로 전쟁이 일어났구나 싶었다.

전쟁이 터진 뒤 남한에서는 보도연맹 같은 좌익 혐의자들을 제거했다고 들었다. 이즈음 북한 정부 역시 공산당에 비협조적인 사람들을 적극적으로 분리하기 시작했다. 체포 및 구금 사태가 잦아졌고 영영 돌아오지 않는 사람들도 더 많이 생겨났다.

아버지와 어머니는 당 조직이 맹렬히 활동하는 홍원 읍내를 떠나 탁기라는 시골로 갔다. 무작정 피신이었다. 그런데 어머니는 그 경황 중에도 나를 탁기의 학교에 보냈다. 목숨이 왔다 갔다 하는 상황에서도 배울 건 배워야 한다는 식이었다고나 할까. 이는 뻔질나게 이사를 다녀야 했던 이후의 삶에서도 계속 이어졌다. 어머니의 교육열은 그렇게 대단했다. 문제는 (그 후로도 오랫동안) 내가 공부를 전혀 하지 않았다는 것이었지만.

탁기는 아직 붉은 물이, 즉 공산주의 사상이 깊이 침투하지 않은 시골이었다. 마을 사람들도 인심이 좋았고 넉넉했다. 내가 가지고 있던 축구공, 아버지가 큰맘 먹고 사준 축구공은 마을 청년들에게 대인기였다. 공 하나로 온 마을 소년 청년들이 어울렸는데 어느 날 축구공이 터져버렸다. 그러자 이에 놀란 청년들이 동네에서 감자를 모아서 우리 집에 갖다줬는데 축구공 가격의 몇 배는 될 정도여서 포식을 했다. 평온한 생활이었으나 전쟁은 점점 우리 곁으로 다가왔다.

남한에 와서 보니 '호주(濠洲)기'라고 부르던(이승만 대통령 영부인 프란체스카는 오스트리아 사람인데 6·25전쟁에 참전한 오스트레일리아와 착각해 '이승만 대통령 처가댁 비행기'라고도 불렀던) 은빛 날개의 쌕쌕이 전투기가 무시로 하늘을 날아다녔고, 인민군의 해군기지였던 신포를 폭격하는 소리가 지축을 울렸던 것으로 기억한다. 산에 오르면 어마어마하게 큰 함정이 신포항을 향해 함포 사격을 퍼붓는 것도 볼 수 있었다. 멀리서 봐도 산더미 같은 함정에서 불이 번쩍하면 천지가 진동하는 소리가 나고 항구에서는 불길이 솟았다.

그러던 중 시골의 인민위원회에서도 아버지를 주목하기 시작했다. 어느 날 아버지는 별안간 인민위원회 호출을 받았다. 그들은 아버지가 목사인 것까지는 파악하지 못하고 있었던 것 같지만, 무엇 때문에 우리 가족이 이곳 탁기에 피난 와서 하는 일도 없이 무위도식하는지 경위를 밝히라고 으름장을 놓았다. 신분이 밝혀지고 사정이 드러나면 무슨 일을 당할지 모르는 판이었다. 곳곳에서 폭탄이 터지고, 함포 사격을 두들겨 맞던 북한 관리와 당원들의 눈에도 핏발이 서 있었다. 아버지와 어머니가 초주검이 돼 어찌할 바를 모르던 차에 구세주가 나타났다. 애초 탁기에는 아버지가 믿고 의지했던 성도가 한 분 있었는데 그분이 나선 것이다.

벌을 치는 양봉업자였던 그분은 적잖은 꿀과 건어물을 사 들고 인민위원회를 찾아갔다. 그분이 어떻게 이야기했는지 모르나 이 '사바사바'는 신통하게 인민위원회를 움직였다. 공산당에도 뇌물은 통한다는 사실을 나는 매우 어린 나이에 터득했다. 인민위원회 위원들은 더 이상의 시비 없이 아버지를 풀어주었다. 다만 탁기에 있지 말고 홍원으로 돌아가라고 명령했다. "시국이 이런데 동무도 홍원 가서 인민의 도리를 다 해야지 않겠음!"

더 이상 탁기에 머물 수가 없어 아버지 어머니, 형 둘과 나, 여동생 둘의 다섯 남매(해방 뒤 막내 여동생이 태어났다)는 다시 홍원 시내로 들어왔다. 그런데 그즈음에는 전세가 바뀌어 있었다.

'영용한' 조선 인민군은 엄청나게 빠른 속도로 패주했다.

한때 보무도 당당했던 '인민군대'는 비참한 모습으로 북쪽으로 도망가고 있었다. 군대뿐이 아니었다. 그렇게 세도를 휘두르던 핵심 당원들과 그 가족들도 허둥지둥 그 뒤를 따랐다. 한때 홍원인민학교에서 나를 감싸던 당 간부의 아들도 엉엉 울면서 피난을 떠났다. 감사나 이별의 인사를 나눌 틈도 없었다. 세상은 이상한 열기로 불타오르고 있었다.

공습은 더욱 심해졌고 밥 먹다가도 방공호나 숲속으로 달려가는 일이 비일비재했다. 그 혼란 와중에서도 세상이 바뀌고 있다는 걸 감지한 사람들이 있었다. 아니 세상이 바뀌기를 기다리는 사람들이었을 것이다. 반공 봉기를 주도하다가 대처 함흥을 떠나 홍원으로 숨어들었다는 소문의 주인공 김영도 청년 주도 아래 홍원교회의 청년들은 대담한 일을 벌이기 시작했다.

어느 날 김영도를 비롯한 몇몇 청년들이 무장을 하고 교회에 나타났다. 인민군 따발총과 각종 무기였다.

"이게 뭡니까? 어디서 난 겁니까?"

그러자 청년들은 단호하게 대답했다.

"인민군 패잔병들 때려눕히고 빼앗아 온 겁니다."

# 내 생애 최고의 한 달

남한에서 일어난 보도연맹 사건에 대해 여러 번 들었다. 대한
민국 정부가 후퇴하면서 좌익 혐의자나 전력자들을 잡아들
여 학살해버린 일이다. 북한에서도 비슷한 일이 일어났다. 함
경남도 최대 도시 함흥에서는 수천 명의 기독교인들과 우익
인사들이 학살당했다고 들었고, 인근의 다른 고장에서도 비
슷한 일이 벌어졌다.

교회 청년들의 무장은 그런 절박한 사정에서 비롯됐다.
"내가 죽느냐, 빨갱이들이 죽느냐"의 악에 받친 항거였다. 그
런 분위기에서 아버지도 "오른뺨을 맞으면 왼뺨을 돌려 대
라"는 성경 말씀만을 따르라 설교하지는 못하였을 것이다.
아버지는 적극적으로 나설 형편도 아니었고 그러지도 않았
지만 졸지에 '반공 빨치산'의 리더 격이 됐다.

기독교 청년들은 홍원 읍내를 장악했고 읍내 가장 높은
건물에 태극기를 매달았다. 그것이 주효했는지 태극기를 내
건 이후에는 폭격이 없었고, 인민군들도 홍원 읍내에 진입하

지 못하고 우회해서 후퇴했다. 그러나 위기는 항상 있었다. 하루는 홍원 읍내를 피해 도망가던 인민군들이 읍내에서 연기 피우는 집을 겨냥해 사격을 가해 온 동네 사람들이 밥을 굶는 일도 있었다.

인민군으로 치면 반란군이 자기네 도시를 점령한 셈이었다. 아무리 후퇴 중이었다고 해도 작심한다면 조악한 무기의 교회 청년들쯤은 어렵잖게 제거할 수 있었겠지만 인민군은 일단 후퇴가 급했다. 후퇴하던 인민군들이 십자가 있는 건물을 표적으로 따발총을 쏘아 우리 집 벽에 총알이 퍽퍽 소리를 내며 박히는 상황도 있었으나 후퇴하기 바빴던 인민군은 홍원을 재점령하기 위해 노력하지는 않았던 것 같다.

어느 날 교회에 교인들이 모여 있는데 읍내 남쪽 망루에 올라가 주변의 동태를 살피던 청년이 굴러들어오듯 급박하게 교회 문을 열고 뛰어들었다. 군용차에 인민군들이 그득 타고 홍원 읍내로 진입하고 있다는 것이다. 이제는 방법이 없었다.

"싸울 수밖에 없습니다!"

"싸우다 죽읍시다!"

"마귀들과 끝까지 싸웁시다!"

교회 청년들은 저마다 비장하게 말했고, 아버지 얼굴도 새파랗게 굳었다. 먼 훗날 영화 〈새벽의 7인〉을 볼 때 레지스탕스들이 죽기로 투쟁을 맹세하는 장면에서 그날의 청년들이 그린 듯이 오버랩됐다.

"목사님 기도해주시기요."

교회 마루에 청년들이 동그랗게 둘러앉아 무릎을 꿇었다. 총을 든 청년도 있었지만 몽둥이나 겨우 든 청년도 있었다.

"이들을 지켜주시옵소서."

아버지 역시 열띤, 또 울음 섞인 목소리로 기도를 했다. 아버지의 마지막 기도를 끝으로 청년들은 이를 악물고 일어났다. 멀리서 총소리가 들려왔고 이제는 정말 마지막이구나 지켜보던 소년의 눈에도 공포가 깃든 찰나, 또 한 명의 청년이 나는 듯 교회로 달려왔다. 숨이 턱에 닿은 그는 갈라진 목소리로 외쳤다.

"국군이오, 국군!"

트럭을 타고 밀려드는 군대는 인민군이 아니라 국군이었던 것이다. 찬송가 495장에 "슬픔 많은 이 세상도 천국으로 화하도다"라는 구절이 있다. 나는 그날 그 찬송가의 의미를 온몸으로 알았다. "국군이오, 국군!" 한마디에 새 하늘 새 땅이 열린 것이다. 트럭에 올라탄 이들은 인민군과 다른 군복을 입고 M1소총과 칼빈 소총을 비끄러 맨 국군들이었다.

국군이 들어왔다는 사실이 알려지자 수많은 사람이 손에 손에 태극기를 들고 나와 만세를 불렀다. 대체 이들은 태극기를 어디에 숨겨놓고 살았던 것일까. 며칠 전까지만 해도 인공기를 펄럭이던 사람들의 손에는 하나같이 태극기가 들려 있었다. 그리고 애국가를 불렀다. 북한 애국가 말고 남한 애국

가. 하지만 1948년 말 새롭게 지정됐던 안익태의 그 곡조가 아니라 과거 독립군들이 불렀던 '올드 랭 사인(작별)'의 그 곡조였다. "오랫동안 사귀었던…"의 곡조는 처량하고 구슬프지만 이 노래를 힘차게 행진곡풍으로 부르면 전혀 다른 노래가 된다. "동해물과 백두산이 마르고 닳도록…."

애국가 합창을 뚫고 선글라스를 낀 국군 장교가 권총을 축포처럼 쏘아대며 사람들을 집중시켰다. 그리고 흘러나온 남쪽 말투.

"안심하시오. 여러분 안심하시오. 이제 홍원은 해방됐습니다!"

사람들은 다시 한번 열화와 같이 만세를 불렀다. 마지막을 각오했다가 별안간 천군 천사를 만난 느낌이었을 교회 청년들은 만세를 부르다 못해 목이 쉬었고, 기쁨을 주체하지 못하고 덩실덩실 춤을 추었다.

어린 나는 어른들이 그렇게 좋아하니 마음이 놓이면서도 불안한 구석이 있었다. 국군을 볼 때 머리부터 보았다. 머리에 뿔이 나지는 않았는지 꼬리는 없는지 궁금했다. 교육의 힘이었다. 인민학교에서 마르고 닳도록 들은 얘기가 머리에 뿔난 괴뢰 국방군이었으니까.

일주일쯤 뒤 미군이 들어왔을 때는 더했다. 미군이 들어온다는 소식이 들리자마자 나는 그야말로 잽싸게 집으로 달려들어와 벽장 속에 숨었다. 두 살 위라 그래도 머리가 꽤 굵었을 둘째 형도 마찬가지였다. 학교에서 "입이 세 개요 코가 둘이요 기형으로 생겨서 어린아이들을 보면 잡아먹는다"고 배웠기 때문이다.

그렇게 벽장에 한참을 숨어 있다 보니 공포가 좀 가시고 호기심이 들었다. 밖에서 비명 소리는커녕 아이들 떠드는 소리만 들렸고 알아들을 수 없는 말들이 뒤섞여 있었다. 조심조심 벽장을 열고 사립문 밖을 나오니 저만치 공터에서 이웃 아이들에 둘러싸인 미군들 모습이 보였다. 키가 크고 코도 컸지만 입은 하나고 코도 하나였다. 그리고 아이들에게 뭔가를 나눠주기에 달려들어 하나를 받고 보니 초콜릿이었다. 그때껏 초콜릿 같은 것을 먹을 기회가 있었겠는가. 입에서 녹는다는 말이 무슨 뜻인지 그때 처음 알았던 듯싶다.

그렇게 세상이 바뀌었다. 오각별 인민공화국기는 쳐다봐서도 안 되는 흉물로 전락했고, 태극기는 깃대봉 높이 솟았다. 조선민주주의인민공화국의 긴 이름은 대한민국으로 간단하게 바뀌었고, "아침은 빛나라 이 강산에 은금에 자원도 가득한…" 대신 "동해물과 백두산이 마르고 닳도록"의 곡조를 배워야 했다. 그런데 사람들은 참으로 잘 배우고 잘 익혔다.

남한에도 '낮에는 대한민국 밤에는 인민공화국'인 시절과 지역이 있었다고 하지만 전쟁이 터졌을 때 북한 사람들도 본능적으로 언제 남쪽 군대가 북쪽으로 올지 모른다는 생각을 하고 있었던 것 같다. 그랬으니 그 많은 사람이 태극기를 들고 쏟아져 나올 수 있었으리라. 태극기를 들고 나온 사람들 가운데는 꽤 성실하게 '인민공화국'에 복무한 사람들도 많았다.

교회 청년들이 행동에 나선 것 때문에 덩달아 반공 유격대 사령관급으로 격상된 아버지는 홍원 내무서장, 즉 경찰서장이 쓰던 사무실에 국군과 함께 자치치안대를 운영하게 됐다. 이 말인즉슨 나는 흡사 홍원 최고 권력자의 아들이 됐다는 뜻이다.

자아비판에 전전긍긍하며 선생님한테 "인민의 아편을 먹은 동무"라고 허구한 날 욕을 먹던 나는 졸지에 학교 최고의 슈퍼스타가 됐다. 내 말이라면 안 되는 게 없었다. 선생님들도 내 앞에서 쩔쩔맸다. 내 비위를 맞추지 못해 안달이었고 입버릇대로 "동훈 동무" 했다가 기겁을 하는 선생도 있었다. 어린 마음에도 우스웠다. '선생님이란 사람들이 왜 이리 줏대가 없나.'

국군은 계속 북진했고 함경북도 도청 소재지인 청진도 떨어졌으며 일부 국군 부대는 압록강까지 진출했다고 들었다. 김일성 도당은 곧 쫓겨날 것이고 공산주의자들은 이 땅에서 물러날 것이었다. 바야흐로 통일이 눈앞이었다. 그리고 나는 더욱 기세등등했다. 가히 내 생애 최고의 한 달이었다. 그러나 이 '한 달 천하'는 비참하게 끝나고 만다.

# 흥남부두의 통곡

학교에서 흡사 왕처럼 거들먹거리던 내 눈에도 이상하다 싶은 풍경들이 비치기 시작했다. 바로 며칠 전 보무당당 의기양양하게 북으로 올라갔던 미군과 국군이 피곤에 찌든 모습으로 트럭에 실려 남쪽으로 향하고 있었고, 부상병들도 줄을 이었다. 그리고 먼 북쪽으로부터는 야포 소리가 둔중하게 들려오고 있었다. 중공군이 개입한 것이다.*

어느 날 아침 학교에서 공부하려고 책가방을 풀고 있는데 둘째 형이 쏜살같이 우리 교실에 뛰어들어 내 손을 붙잡고 마구 끌어냈다.

"빨리 나오라!"

* 국군의 함흥 수복이 1950년 10월 17일 이었으니 홍원 수복은 그 뒤였을 것이다. 그러나 이미 중공군은 국내에 잔뜩 들어와 있었고, 이들은 10월 25일 서부전선에서 1차 공세를 전개한다. 여기서 국군과 유엔군은 엄청난 타격을 입었고, 청진과 혜산진까지 치고 올라갔던 국군뿐 아니라 황초령 넘어 개마고원으로 들어갔던 미군 해병대 역시 후퇴 명령을 받는다. 미군 해병대의 철수 목적지는 함흥이었고, 곧 항구도시 흥남이었다.

"무슨 일인데? 책보나 싸고…."

"다 집어치우고 빨리 나오라!"

그렇게 끌려나온 나와 둘째 형은 죽을힘을 다해 뛰었다. 뛰고 보니 홍원역이었다. 플랫폼에서 숨이 턱에 닿아 헉헉거리는 내게 가족의 외침 소리가 들렸다.

"빨리 올라타라!"

화물열차에 우리 가족이 올라타 있었다.

아버지, 어머니, 큰형, 그리고 여동생 둘 모두 열차 안에 있었다. 둘째 형과 내가 올라타고 한 3분쯤 뒤 화물차가 움직이기 시작했다. 그것이 홍원에서 홍남으로 향하는 국군의 마지막 후퇴 열차였다고 한다. 3분만 늦었더라면 나와 둘째 형은 그 이후 삶을 조선민주주의인민공화국 공민으로 살아야 했을 것이다. '월남민'의 자식으로 온갖 설움 다 받아가면서 말이다. 생각만 해도 아찔하다.

객석 없는 화물차 칸에는 우리 가족과 더불어 아버지의 절친한 친구이며 북청에서 목회하시던 윤상호 목사님 가족이 타고 있었다. 그리고 칸마다 국군 한 명씩이 타고 있었다. 홍원 지역을 담당하던 국군 특무대장이 마지막 후퇴 열차 출발 한 시간 전에 아버지를 불러 말했던 것이다.

"가족들 데리고 지금 당장 홍원역으로 오시오. 한 시간 내로 안 오면 답이 없소."

"아니 지금 애들이 학교에도 가 있고…."

"어떻게든 불러 오시오. 기차는 기다려주지 않을 거요."

이름뿐이었을망정 '홍원 지구 반공 유격대장'에 대한 배려였다.

그 다급한 피난 와중에도 나는 새로운 먹을거리에 정신을 팔았던 기억이 난다. 열차 안에는 군수품이 많이 있었는데 호위하던 국군 병사가 대검으로 통조림을 따서 나눠주었다. 복숭아 통조림, 파인애플 통조림, 대추 통조림 등등. 그렇게 달콤하고 맛있는 음식은 생전 처음이었다. 통조림 몇 개를 거덜내는 중 열차는 멈춰 섰다. 적들이 가까이 와 더 갈 수가 없으니 흥남항으로 걸어가라는 것이었다. 우리가 내린 곳은 평라선 서호역 부근이었다. 서호역 다음 역이 흥남역이었다.

"일단 내려라. 서호교회로 가자."

서호교회는 이미 만원이었다. 홍원, 북청, 함흥, 고원 등등 함경남도 일대에서 우리처럼 급작스레 피난 나온 목사와 장로, 기독교인 가족들로 가득 차 있었다. 몇 년간 사지(死地) 같은 곳에 있다가 한 달도 채 안 되는 '해방'을 맞이했으나 또 다시 애급(이집트) 떠난 이스라엘 사람들 꼴이 된 교인들은 서로 부둥켜안고 위로하고 기도했다. 어찌 되었든 다 같은 처지가 아닌가. 그때 미군 트럭이 밀가루를 그득 싣고 갖다주었다. '교회는 폭격하지 않는다'는 속설이 북한 전역에 퍼져 있었던 만큼, 기독교인들에 대한 배려는 분명히 있었던 것 같다. 그러나 배려는 거기까지였다.

이튿날 아침 뜬눈으로 밤을 지새우다시피 한 교인들은 서호부두로 길을 잡았다. 그러나 부둣가에 이르렀을 때 모두 기가 질리고 말았다. 수만인지 수십만인지 모를 인파가 이미 부둣가에 들끓고 있었다.

이제는 홍원 유격대장이고 교회 목사고 장로고 소용이 없었다. 헌병들은 살벌하게 길을 막았고, 피난민들은 눈에 핏발이 선 채로 울부짖었다. 배에 탈 수 있는 건 군인하고 군 장비뿐이었다. 남쪽으로 가는 배를 어떻게 구하나. 아버지도 어머니도 얼굴이 새파래져서 이리 뛰고 저리 뛰었다. 그러나 방법이 없었다. 앞은 시커먼 바다, 뒤는 중공군과 인민군.

그런데 앞에 서 있던 아버지가 쏜살같이 뛰어나가더니 지나는 한국 육군 중령의 손을 잡았다. 처음에는 통사정을 해보려는 것인가 했는데 중령 역시 반가워하며 손을 맞잡는 게 아닌가. 그분은 마침 아버지의 일본 유학 시절 동창이었다. 최혁주 중령이라고 하여 이름까지도 기억난다. 구세주도 이런 구세주가 없었다. 그 난리통에 육군 중령이 어디 보통 '빽'이겠는가. 아버지는 최혁주 중령에게 간절히 부탁했다. 그의 한마디에 가족의 운명이 달려 있었다.

"가족이 모두 몇 명이오?"

"일곱 명이외다."

"알아보겠소. 꼼짝 말고 여기서 기다리시오."

홍해 바다를 가르는 모세의 지팡이 같은 말이었다. 바다가 갈라지고 살 길이 보였다. 배에만 올라타면 어쨌든 가나안 땅으로 가는 것이다. 젖과 꿀이 흐르는 곳은 아니었지만, 어쨌건 이곳에서 벗어나 숨 쉴 수만 있다면 그곳이 천국이겠다 싶었다. 그런데 뜻밖의 일이 벌어졌다. 이 소식을 들은 아버지의 동료 목사들이 몰려온 것이다. 그들은 아버지를 붙들고 뭐라뭐라 언성을 높였고 어떤 이는 눈물까지 보였다.

그 목사들은 아버지를 이렇게 몰아붙였다고 한다.

"어찌 당신 가족만 살아남을 수 있느냐. 자리가 난다면 여기 있으면 반드시 죽을 우리들을 먼저 태워야 한다. 여자하고 아이들이야 죽이기야 하겠느냐. 국군과 유엔군이 다시 북진하면 만나면 된다."

공산 정권 치하에서 숱한 동료들의 죽음과 행방불명을 목도했던 아버지는 고통스럽게 이에 동의했다. 그리고 우리에게 어렵게 이야기를 꺼냈다.

"나하고 동희(큰형)만 먼저 배에 탄다. 나머지는 내 꼭 다시 데리러 오마."

어린 마음에도 하늘이 노래지는 걸 느꼈다. 최혁주 중령이 다시 나와서 아버지를 인도할 제, 그 뒤를 따라 목선에 올라탄 것은 우리 가족이 아니라 목사들이었다. 지금 생각하면 그 목사들 역시 자기 가족들을 뒤로하고 그 배에 오른 것이었다. 얼마나 다급했으면 그랬을까마는, 나는 지금도 그 목사들은 물론 아버지의 선택이 마음에 들지 않는다. 대의고 우정이고 내 식구 팽개치는 사내가 세상을 살아갈 자격이 무엇이 겠는가.

그렇게 우두커니 부둣가에 버려진 우리 가족은 다들 철퍼 덕 주저앉아 땅을 치고 울었다. 바다가 갈라진 줄 알고 신나 게 홍해를 건너는데 별안간 머리 위로 바닷물이 덮치는 것 같고 동아줄 잡고 열심히 매달리고 있다 보니 썩은 동아줄이 었음을 알게 된 상황이었다. 내 평생 흘릴 눈물을 그때 반은 더 흘린 것 같다. 나만 그런 것이 아니었다. 어머니와 둘째 형, 여동생 둘도 자지러지게 울었다. 그때 그 거친 울음을 헤 치고 누군가 말을 걸어왔다.

"거 왜 그렇게 울고들 있소?"

# 구사일생, 흥남의 방주

"거 왜 그렇게 울고들 있소?"

하늘이 무너져라 땅이 꺼져라 울고 있는 우리 가족에게 그렇게 물은 사람은 생면부지의 국군 헌병 대위였다. 엄청난 인파 가운데에서 웬 가족 다섯 명이 죽으라는 듯이 울고 있으니 이상해서 물었던 것이다. 어머니가 나서서 울부짖었다.

"우리는 목사 가족이오. 여자하고 아이들은 괜찮을 거라고 하지만 전쟁 전에도 그렇게 괴로웠는데, 지금 빨갱이들이 돌아오면 무슨 일을 당할지 어떻게 압니까? 그런데 애들 아버지가 저렇게 친구들 구하겠다고 우리를 남겨놓으니 어떻게 울지 않을 수 있겠소!"

지금 생각해도 어머니의 외침에는 독기와 한이 서려 있었다. 아버지 뜻이야 잘 알고 그게 틀리지 않음도 알지만, 어쨌든 버림받았다 여기는 사람은 그저 어깨가 무너지고 다리에 힘이 풀리는 법이다. 그 느낌이 헌병 대위에게 전달된 모양이다. 헌병 대위는 아버지가 탔다는 배를 향해 험악한 욕지거리를 내뱉었다.

"목사라는 사람이 혼자 살려고 가족을 버리고 가면 되겠어?"

어쩌면 그건 아버지와 우리 가족만의 얘기가 아니었는지도 모른다. 철수 사전 통고를 받고 배려받아 배에 오른 목사들도 있었지만, 끝까지 '어린 양'들과 함께하겠다며 북한에 남은 목사들도 적지 않았다고 들었다. 절체절명의 상황에서 배에 탄 목사들을 비난할 수는 없다고 생각한다. 하지만 가족이건 신도들이건 남겨진 사람들 입장에서는 야속할 수밖에 없었고, 헌병 대위는 그 심경을 대변했던 것이 아닐까.

헌병 대위가 돌아서서 물었다.

"그래 아주머니 식구가 몇이나 되오?"

그러자 어머니가 몇 명이오 입을 떼기도 전에 대소동이 일어났다. "나요, 나요" 하면서 손 들고 헌병 대위 앞으로 몰려든 사람이 일순간 수십 명이었다. 우리 가족이 밀려날 지경으로 '아주머니 식구'들은 넘쳐났다. 저마다 내가 목사 아들이고 동생이고 조카고 마누라였다. 그 악다구니를 지켜보던 헌병 대위는 뭐라뭐라 외쳐보더니 또 욕지거리와 함께 천만낙심의 한마디를 내뱉었다.

"썅, 나도 모르겠다."

그러고는 휙 뒤돌아서 가버렸다. 동아줄이 대롱대롱 보이다가 다시 하늘로 쑥 올라가버렸다고나 할까. 곳곳에서 한숨이 터져나오고 아이고 소리가 난무했다. 그때 쨍하니 어머니의 갈라진 목소리가 들렸다. 쉰 목소리로 어머니는 사람들에게 하소연하고 있었다.

"지금 여기 부두에 모인 사람들이 탈 배가 한정돼 있는 건 다 아는 사실 아닙니까? 다 같이 갈 수 없다면 기회를 잡은 사람들을 붙잡지는 맙시다. 여러분 중에 누가 국군 장교 아는 사람이 있어서 그 식구들 나오라고 하면 내 그 사람 식구라고 우기지 않겠소. 살 사람은 살아야 하지 않겠습니까? 살아날 수 있는 구멍을 다 같이 죽자고 막아서야 쓰겠소!"

살 기회를 놓친 어머니는 그렇게 사람들에게 악을 썼다. 사람들도 일순 조용해졌다. 그런데 잠시 후 아까의 헌병 대위가 헌병들을 이끌고 나타났다. 그는 부둣가에 새끼줄을 치고 헌병들을 배치했다. 뭘 하려는 것인가 사람들이 골똘히 지켜보는 가운데 새끼줄로 통로 만들기를 완성한 헌병 대위는 우리 가족에게는 복음 같은 호령을 했다.

"아까 나랑 얘기한 목사 가족, 아주머니 가족 나오시오!"

그러자 우리 가족 근처 부둣가는 또 한번 아수라장이 됐다. 어머니의 호소는 일순간에 허공으로 날아갔고 또 사람들이 "나요, 나요"를 외치며 새끼줄 앞으로 달려들었다. 그러나 이번에는 헌병 대위의 대응이 달랐다. 헌병들은 몽둥이를 들고 있었고 막무가내로 고개를 디밀고 새끼줄을 넘는 사람들을 두들겨 패기 시작했다.

국군과 인민군을 두루 봤던 처지로 말하자면 인민군과 국군에는 꽤 눈에 띄는 차이가 하나 있었다. 서로 간에 물리적 폭력을 쓰는가의 문제였다. 인민군들은 자아비판이다 뭐다 정신적으로 정말 '돌아버릴 정도'의 고통을 주긴 했지만 장교가 사병을 구타하거나 고참이다 뭐다 하면서 뺨을 후려갈기는 일은 없었다. 학교에서도 동무들끼리 싸움박질은 많이 했으나 교사에게 두들겨 맞은 기억은 없다. 다 같이 '동무'라고 부르는 평등한 관계라는 선전 때문에 그랬던 것 같다.

차라리 몇 대 맞는 게 나을 것처럼 집요하게 쪼아대고 괴롭혔던 것도 사실이지만, 국군은 구타와 기합이 상당히 심했다. 군인들끼리 뺨을 때리고 몽둥이질하는 걸 여러 번 보았으니까. 새끼줄 앞에서의 헌병들의 몽둥이질도 자비가 없었다. 헌병들의 사정없는 몽둥이질에 여러 사람이 비명을 지르고 쓰러졌고, 그 살기 앞에 필사적이었던 인파도 일순 물러났다. 헌병 대위가 다시 외쳤다.

"아까 아주머니 가족 나오시오!"

그제야 우리 가족이 잰걸음으로 새끼줄 앞으로 나아갔다. 나는 혹시 이 헌병들이 우리 가족도 못 알아보고 몽둥이를 휘두르지 않을까 무척 겁을 먹었지만, 헌병 대위는 우리 어머니를 알아보았다.

"맞군. 다섯 명. 자 들어가시오."

지금도 이 헌병 대위의 이름은 모른다. 평생의 은인이지만 그때는 이름 석 자 알아볼 생각을 못했다. 그 이름을 기억했다면 후일 무슨 일이 있더라도 찾아가 인사를 하고 은혜를 갚았을 것이다. 생면부지의 장교가 베푼 뜻하지 않은 호의가 우리 가족을 살렸다.

우리 가족이 탄 배는 통통배 어선이었다. 집채만 한 화물선들과 군함들은 계속 무기와 군대만 싣고 있었고 부둣가에는 20만은 족히 돼 보이는 사람들이 그저 망연히 서 있었다. 혹여 태워주지 않을까 하는 심정으로. 그 사이를 뚫고 배에 오르는 느낌은 또 달랐다. 얼마 전까지 땅을 치며 데굴데굴 구르며 울부짖었던 나였지만 다른 사람은 엄두도 못 내는 배를 탄다고 하니 또 기분이 좋아져서 의기양양 배에 올랐다. 어디 뱃놀이라도 가는 듯이. 참 어린애는 어린애였다 싶다. 어선 안에는 이미 70명이 넘는 사람들이 타고 있었다.

그렇게 배에 머물던 중 황당한 일이 벌어졌다. 다른 배에 당신의 동료 목사들과 큰형을 데리고 탔던 아버지가 난데없이 우리 배에 나타난 것이다.

"아니 아버지, 여긴 어떻게…."

"아니 당신, 동희는 어떻게 하고?"

반가움 반 의아함 반의 상봉이었다. 사연은 또 황당했다. 아버지는 배에 올라탄 뒤 극심한 자괴감에 시달렸다. 가족을 두고 이렇게 가는 게 말이 되느냐…. 어떻게든 가족을 데리고 가거나 아니면 함께 남겠다는 심경으로 아버지는 배에서 내려버린 것이다. 너는 어떻게든 살아남으라며 큰아들을 홀로 배에 남겨두고 말이다.

아버지는 온 부둣가를 헤매며 우리를 찾았다고 했다. 종적을 알 수 없자 한창 중공군과 시가전이 벌어지던 흥남 시내까지 들어갔다가 울며불며 다시 부두로 돌아오는데 안면 있는 홍원 사람 하나가 아버지에게 말했다고 한다. "목사님 식구들은 딴 배에 탔슴다." 아버지는 물어물어 문제의 헌병 대위를 찾았고, 헌병 대위는 자신이 배에 태워준 가족임을 알아채고 우리가 탄 배로 안내해주었다. 우리는 반가웠지만 큰형은 다른 배에 남아 한동안 만나지 못하게 된다. 열여섯 살 큰형은 얼마나 두려웠을까.

아버지를 만난 후 더욱 안심되는 마음으로 배 위에서 다시금 부두를 돌아보니 그야말로 사람의 홍수, 사람의 사태였다. 내가 탄 배는 성경학교 때 배운 노아의 방주 같았다. 부둣가에 새까맣게 몰려들어 울부짖는 사람들 얼굴 하나하나가 지금도 기억난다. 울기도 지쳐서 꺽꺽거리던 여자들, 아이들, 두 손 들고 살려달라고 부르짖던 아저씨들…. 아마 용감하고 날랬던, 그래서 반공 유격대 활동을 주도했던 교회 청년들도 거기에 끼어 있었을지 모른다.

# 흥남부두를 떠나며

"눈보라가 휘날리던 바람 찬 흥남부두에…." 현인의 노래 〈굳세어라 금순아〉는 이렇게 시작한다. 이 노래를 들을 때마다 나는 당시 흥남부두가 선명하게 떠오른다. 이제나 저제나 배에 태워주기만 기다리며 침묵하던, 또는 울부짖던 수십만의 사람들. 다행히도 나는 일찍 배에 탔지만 그 많은 사람들은 며칠간 뼛속 깊이 파고드는 추위와 그보다 더 지독한 절망을 견뎌야 했다.

산 같은 배들이 부두에 그득했지만 그 배에 오르는 것은 군인과 장비뿐. 저들이 다 타면 우리도 발 얹을 자리가 있겠지 막연하기만 한 소망으로 사람들은 까치발을 한 채 생으로 눈보라를 맞았다. 아버지와 헤어진 뒤 우리 가족이 그랬듯 곳곳에서 퍼질러 앉아 통곡하는 모습도 드물지 않았다.

다가올 누군가가 아무렇지도 않게 나와 내 가족을 죽여버릴 수 있다는 공포. 그 공포를 당해보지 않은 사람은 모른다. 그리고 그 공포를 벗어날 길이 없다는 절망. 그 절망 앞에 서

보지 않은 사람은 모른다. 그 소름과 한숨을 내가 겪었다고 해서 그것들을 안 겪은 사람들을 무시하는 것이 아니다. "안 당해봤으면 말을 말라!"는 것이 아니다. 다만 어떤 일이 있었는지는 알아야 하고, 그때 사람들의 감정과 고통과 가슴에 맺힌 것이 무엇이었는지를 더듬어본다면 당해보지 않은 사람들에게도 도움이 될 것이다. 전쟁이란 얼마나 비참한 것이었는지. 그리고 얼마나 그럴싸하게 포장되는지. 또 얼마나 우습게 벌어지기도 하는지.

몇 년 전 영화 〈국제시장〉이 설 연휴를 앞둔 겨울에 개봉되었다. 1950년 크리스마스에 며칠 못 미치던 그즈음 흥남부두에 열두 살 소년으로 서 있었던 나는 영화가 개봉되자마자 아내와 함께 극장을 찾았다. 주인공 덕수는 딱 내 나이였다. 막내 여동생을 안고 악착같이 배에 오르던 그 모습에서 나의 옛 모습이 오버랩됐다. 뜻하지 않게 덕수와 헤어지게 되는 덕수의 아버지 모습을 볼 때는 아버지와 떨어져 부둣가에서 대성통곡하느라 갈라지던 목소리가 몸을 감아왔고, 실감나게 재연된 흥남부두 풍경에서 그날의 추위가 다시 엄습해왔다.

며칠 뒤 아들과 사위 가족을 만났을 때 나는 물었다.

"영화 국제시장 봤냐?"

아들이 의기양양하게 대답했다.

"벌써 봤지요. 재미있게 봤어요."

나는 단호하게 이야기했다.

"또 봐라. 내가 돈 내줄게."

나도 또 보고 싶었다. 그래서 나와 아내, 아들과 딸, 사위와 며느리, 그리고 그들의 1남 1녀 모두 열 명의 우리 가족은 〈국제시장〉에 등장하는 남포동 극장가로 총출동했다.

가족 모두에게 '내 이야기'를 들려주고 싶었다. 그날 흥남부두를 벗어나지 못했다면 대구 사람 사위 외에는 지금 세상에 존재하지 않았을 것이다. 흥남부두는 우리 가족의 출발지 같은 곳이었다. 언젠가 가족과 함께 거제도 포로수용소 공원을 간 적이 있다. 후에 이야기하겠지만 거제도에서도 피난살이를 했던 내게는 매우 각별한 장소였다. 거기에는 김백일 장군 동상이 있었다.

김백일 장군이 누구인지 나는 잘 모른다. 소개에 따르면 김백일 장군은 흥남 철수 작전 당시 국군 1군단장이었고 미국 장군을 설득해 피난민을 수용하도록 했다고 한다. 그런데 그가 친일파라고 해서 동상을 허무니 마니 하는 논란이 있었다는 얘기도 들었다. 그 사연을 다 들은 나는 그 동상 앞에 깊숙이 고개를 숙였다. 그가 친일파였는지는 모르겠다. 그러나 소개된 대로 "피난민들을 태우라. 우리 국군은 걸어서 철수하겠다"고 미군 장군을 을러서 피난민들을 받게 했다는 말이 사실이라면, 아니 그렇게까지 영웅적인 설득을 하지 않았다 하더라도 미군 장군에게 읍소라도 해서 민간인들을 구원하는 일에 조금이라도 기여했다면, 나는 그 동상을 부수자는 이들에 맞서 고함을 지를 것이다.

그 사람은 1917년생이니 해방 때 스물여덟의 젊은이였다. 그 새파란 젊은이가 친일하며 죽인 사람이 있는지 모르겠지만, 적어도 흥남에서 그가 피난민들을 수용하도록 미군을 설득했다면, 꼭 그 혼자가 아니더라도 일익을 담당했다면, 그는 적어도 수만 명을 살렸다. 그리고 수십만을 새롭게 태어나게 했다. 그가 친일파라고 해도 대한민국을 위해 싸운 사람이고, 김일성이 독립운동을 했다 해도 전쟁의 원흉이고 수백만 목숨을 앗아간 전범의 수괴다. 김일성을 찬양하는 사람들이 있는 판에 김백일의 동상이 대한민국에 서지 못할 이유는 없다고 생각한다.

다시 흥남부두 이야기로 돌아가자. 우리 가족이 탄 배는 요즘 말로 하면 통통배 어선이었다. 국군이 일찌감치 징발했던 어선으로 정원 이상의 사람들이 타고 있었다. 배가 움직였다. 산더미 같은 배들과 장비 사이로 천천히 빠져나간 배는 중앙 지휘부로 간다고 했다. 출항을 허가받고 남행길에 오른다고 했다. 집안 장손이었던 큰형은 다른 배에 따로 떨어져 있었으니 도합 여섯 식구가 함께 남행길에 올랐다.

각 배에서는 한국어 욕설과 명령도 들렸고 미군들이 무슨 소리인지 모를 말로 고래고래 외치는 것도 들렸다. 그러던 중 한 사람이 껑충 뛰며 박수를 쳤다.

"아이고 잘됐다. 만세다!"

왜 그럽니까, 하고 물으니 그는 자신이 영어를 알아듣는데 미군들이 흥남부두에 늘어선 사람들을 배에 태우라고 했다는 것이다.

"물건 버리고 사람 실으라고 명령이 떨어졌대요."

마침내 모세의 지팡이가 흥남부두 앞바다에 내리쳐진 것이다. 나는 그 장엄하고도 끔찍한 광경을 보지는 못했다. 배마다 문을 열고 사람들을 받아들이고, 우리 같은 통통배가 아니라 어마어마한 배들이 사람들을 실어대는, 그걸 타겠다고 악착같이 기어오르고 그러다가 떨어져 죽고, 바다에 떨어진 사람이 살려달라 외쳐도 묵묵히 줄사다리 타고 배에 오르는, 그 큰 배에 더 큰 사람들의 사태가 덮쳐서 배가 뒤집어질지도 모를 상태로 동해 바다를 가로지르는 그 모습을, 나는 생생한 이야기로 들었고 〈국제시장〉 영화로 보았지만 직접 보지는 못했다. 우리 배는 출항 신고를 마치고 동해로 빠져나왔던 것이다. 내가 마지막으로 본 북도(北道)였다.

후일 흥남 철수 경험담을 가끔 들으면서 부러웠던 것이 하나 있다. 수만 명이 뒤엉켰을망정 커다란 수송선에 탔으면 멀미는 하지 않았을 것 아닌가 하는 생각 때문이다. 그만큼 동해 바다에 뜬 통통배는 끔찍한 멀미를 안겨주었다. 갑판 밑 어창에 대충 가마니를 깔고 지내는데 깊게 밴 생선 비린내에 그야말로 일엽편주처럼 파도의 마루와 바닥을 오가는 배의 움직임은 '환장하겠다'는 표현 외에는 걸맞은 것이 없을 것 같다. 그저 죽은 듯이 누워 있을 수밖에 없었다. 누워만 있어도 내장은 요동치고 머리는 빙빙 돌았다.

그날 하루가 지난 아침, 갑자기 사람들의 "와아! 와아!" 하는 소리가 갑판에서 들렸다. 목소리에 섞인 감정은 매우 솔직하게 드러난다. 그것이 놀라움이든 공포든 기쁨이든 탄식이든. 왜 축구장 밖에만 서 있어도 그 함성 소리만으로 골이 들어갔는지, 아쉽게 크로스바를 맞았는지, 어림도 없이 슛이 빗나갔는지 알 수 있지 않은가. 갑판 위의 함성은 감탄의 소리였다.

호기심 넘치는 소년이었던 나는 멀미로 비틀거리면서도 갑판 위로 올라갔다.

"뭐야, 뭐야. 뭐 때문에 그러오?"

그런데 새벽녘 동해 바다 위에 펼쳐진 풍경에 나도 "와아!" 소리가 절로 나왔다. 신선들이 산다는 데가 저기일까 싶은 절경이었다. 그곳은 바로 해금강이었다. 해변에는 바위들이 기둥처럼 서 있고, 멀리 바라보이는 금강산은 어린 눈으로 봐도 기가 막히게 아름다웠다. 아마도 내가 금강산에 가장 가까이 다가간 순간이었을 것이다. 나는 김일성의 자식에게 돈 보태주기 싫어 금강산 여행을 다녀오지 않았으니까.

얼마 후 처음으로 배가 육지에 닿았다. 남한 땅 주문진이었다. 그곳에서 나는 남쪽에 왔다는 것을 최초로 실감하게 된다.

# 3

# 남도의
# 끝섬들에서

# 남녘땅의 나그네 가족

주문진이라는 듣도 보도 못했던 남한의 항구. 죽을 것 같던 멀미는 땅에 내려도 가라앉지 않았다. 위액까지 토해냈으니 죽을 것같이 어지러우면서도 배가 끊어질 듯이 고팠다. 그런데 함께 배에 탔던 어떤 가족들이 웬 과일을 육지에서 사와서는 맛있게 먹는다. 좀 얄밉게 말하면 다람쥐 도토리 까먹듯 먹는 품이 그렇게 부러울 수 없었다. 대체 저게 뭐랍니까, 물으니 "저건 감이다"라는 답이 돌아왔다. "남쪽에서 나는 과일이다."

감나무는 원래 추위에 약하다. 영하 20~30도의 추위가 이어지는 겨울을 버텨낼 수가 없다. 그래서 내가 살던 만주와 함경북도 지역에서는 감나무가 자라지 못했고, 주문진에 와서야, 즉 남녘땅에 와서야 감이라는 과일을 처음 본 것이다.*

남녘 사람들은 "세상에 감을 몰라?" 했을 테지만 우리 가족은 그렇게 세상 물

* 함경남도의 맨 남쪽 안변 감이 북한에서 유명하고 황해도 해주의 감도 맛있다고 하는데, 그 위쪽 지역에는 감나무가 살기 어렵다고 한다.

정 모르고 경험도 없는 북녘의 나그네였다. 나는 저 감이라는 걸 먹고 싶다고 칭얼댔고, 아버지가 움직였다. 그런데 막상 보따리를 뒤지던 아버지가 머리를 긁었다. 어머니 역시 아버지와 가방을 번갈아 바라보며 머리를 짚었다.

"아니 북조선 돈을 이리 가져오면 어찌합니까? 가방 하나 다 돈이라도 여기서는 동전 한 닢 못 쓰는 거를."

"혹시라도 쓸모 있을까 싶어서 그냥 다 가방에 끌어넣은 긴데."

"빨갱이라고 안 끌려간 게 다행이오."

아버지 가방에 그득한 것은 백두산이 그려진 북한 화폐였던 것이다. 아버지로서는 모처럼의 준비성을 발휘한 것이었지만 차라리 가만히나 있었으면 좋을 일을 정성스럽게 한 셈이다. 흥남의 그 긴박한 부둣가에서 북한 돈 그득 담은 보따리를 신줏단지 모시듯 감싸 안고 다닌 걸 생각하면 슬며시 웃음이 나올 정도다.

감이라는 진기한(?) 음식을 발견하고 배 움켜쥔 자식 앞에서 부모님은 낭패한 얼굴로 서 있었다. 그 얼굴은 지금도 그려낼 수 있을 듯 생생하다. 그 곁에서 "아버지, 돈 없어요?" 무람없이 물으며 울상이 돼 있던 나는 그저 감 먹는 사람들을 처량하게 지켜보는 수밖에 없었다.

"얘야, 이거 하나 먹거라."

그때 뭍에서 감을 사 온 아저씨 한 분이 큼직하고 탐스러운 감 하나를 건네왔다. 감 먹는 모습에 대고 불쌍한 레이저 광선을 쏘아대는 소년이 안쓰러웠나 보다. 성경 속 이스라엘 민족이 광야에서 '만나'(여호와가 내려주었다고 하는 기적의 음식)를 보았을 때 그 심경이 이랬을까. 감사합니다 말할 겨를도 없이 감을 받아 든 나는 역시 비슷하게 군침만 삼키고 있던 둘째 형을 불렀다. "먹어보자." 형제는 감을 쪼개서 나눠 먹었다. 그 이후로 감을 무수히 먹었지만 그때 감 반쪽만큼 맛있는 감은 먹어본 적이 없다. 처음 먹은 감이 최고의 감이 된 셈이다.

피난선 안에서 먹을 수 있는 음식은 미군 밀가루를 맹물에 끓인 수제비가 전부였다. 그렇게 이틀을 지내니 그 밍밍함과 닝닝함에 다들 진저리를 쳤다. 그렇다고 배 안에 쌀이 있나 반찬이 있나, 죽지 않으려면 수제비를 먹어야 했는데 누군가 어창에 버려진 염장 고등어를 발견했다.

"이거라도 삶아 먹읍시다."

수제비 삶던 물에 고등어를 넣고 끓여서는 그 국물을 나누기로 했다. 그마저도 부족했다.

"딱 세 모금씩이오. 더 마시면 아이 되오."

고등어 삶은 물을 둘러싸고 수십 명이 모였다. 유일한 단백질 공급원이었다고나 할까. 사람들이 세 모금씩만 들이키다가 내 차례가 왔다. 나도 쫄쫄 굶은 지 며칠에 속이 말이 아니었지만 그릇 앞에서 손을 멈추고 말았다. 그 물 냄새가 역하고 비릿하여 도저히 먹을 수가 없었던 것이다.

"나는 안 먹을래요."

배가 덜 고팠다고 할 수도 있겠지만, 어린 마음에 오기 같은 게 들었던 것 같다. 이런 걸 어떻게 먹어 하는. 그러자 갑자기 어머니가 내 등짝을 때렸다.

"먹어라! 먹어야 산다."

평소에 손찌검을 그리 하는 편이 아니셨던 어머니의 손때는 매웠다. 몇 번이나 먹으라고 다그치셨지만 내 고집도 보통은 아니었다.

"아이 먹으면 너 굶어 죽는다."

어머니는 무섭게, 또 애타게 호소했지만 내 입은 열리지 않았다.

"굶어 죽는 게 낫지. 이건 못 먹겠다."

마음이 그리 단단한 편은 아니지만 싫은 것은 목에 칼이 들어와도 싫고, 한번 정 뗀 것은 돌아보지 않는 내 성미는 그 어린 시절에 이미 깊어졌는지도 모르겠다.

승강이를 하는 도중에도 우리가 탄 통통배는 계속 남쪽을 향해 내달렸다. 그렇게 하룻밤을 보낸 다음 도착한 곳이 포항 주변 도구라는 곳이었다.

"사정상 이 배는 부산까지 갈 수 없소. 다들 여기 내리시오."

오늘날 도구해수욕장 근처에는 포스코가 우람하게 들어서 있지만 당시의 도구는 그야말로 바닷가의 허허벌판이었다. 내리라니 내렸지만 갈 데도 없고, 가야 할 길도 몰랐다. 말도 낯설고 눈에 보이는 풍광도 북쪽과는 다른 고장, 우리가 살아온 곳과는 수천 리 멀어진 곳에 별안간 뚝 떨어진 나그네 가족이었다.

굶주리고 지친 몸으로 우리는 어쨌든 배를 떠나 걸었다. 어디로 가야 하나. 일단 의지할 곳은 십자가뿐이었다.

"여기도 교회가 있지 않을까. 교회를 찾아가 보자."

그래서 찾은 곳이 도구교회였다. 등 붙일 곳은 찾았으니 이제 배 채울 것을 찾아야 했다. 여기서도 키를 잡은 것은 어머니였다.

"이거라면 남쪽에서도 통할 겁니다. 마침 장날이 오늘이라니 내 이걸로 먹을거리를 장만해 오겠소."

어머니의 손에서 뭔가가 반짝였다. 그리고 굶어 죽을 듯 늘어져 있던 우리 식구들 얼굴에도 화색이 돌았다. 엄마가 용케 저걸 챙겨 오셨구나….

# 회중시계와 동해남부선

소련군이 만주와 북한에 들어왔을 때 그들의 군기(軍紀)는 형편없었다. 따발총을 든 소련군이 나타나면 마을 여자들은 숨기 바빴고, 보기에 좋은 물건은 모조리 그들의 차지가 됐다. 그들은 특히 시계 욕심이 많았는데 손목시계를 여러 개 차고 다니는 이들도 많았다. 소문에 의하면 어느 멍청한 소련군이 괘종시계를 보고서는 그 크기에 욕심을 내어 자신이 차고 있던 금딱지 손목시계와 바꾸자고 들이대는 바람에 횡재를 한 사람도 있었다고 한다.

손목시계만큼이나 인기 있었던 것이 회중시계였다. 하릴없이 북한 돈만 잔뜩 가지고 나왔던 아버지와 달리 어머니는 이 회중시계를 챙겨 나왔고, 회중시계는 남쪽에서도 귀한 물건이었다. 어머니는 회중시계를 들고 시장으로 나가 자그마치 쌀 한 말과 바꾸어 오셨다. 흥남부두를 떠난 이후 제대로 된 끼니를 먹은 적 없던 우리 가족은 이 쌀로 죽을 쑤어 먹으면서 겨우 정신을 차릴 수 있었다. 그제야 우리가 어디에 있고, 어떤 신세인지 새삼 돌아볼 여유가 조금이라도 생겼다.

당시 포항 도구교회는 미자립 교회로 현 장로라는 분이 교회를 맡고 계셨다. 어느 주말, 현 장로님이 아버지에게 설교를 부탁했다. 한때 아버지는 동만주에서 이름난 부흥사였고 구수한 설교로 많은 사람을 감동시켰던 목사였다. 옮기는 교회마다 환영받았고, 신도들의 신망을 얻었다. 하지만 그건 북녘땅에서였고, 사투리도 판이하게 다르고 기독교세도 북한과는 비교도 안 되게 약한 남한에서 아버지가 어떻게 받아들여질지는 미지수였다.

그러나 주일 연단에 오른 아버지는 지금 생각해도 절절하고도 감동적인 설교로 사람들을 들었다 놨다 하는 힘을 발휘하셨다. 다음은 아버지의 설교 중 기억에 남은 타이타닉호의 일화다.

타이타닉호라는 큰 배가 있었습니다. 그 배는 절대로 침몰하지 않는 배라고 알려졌고, 승무원들도 승객들도 그렇게 믿었습니다. 한창 항해 중이던 북대서양에는 빙산이 떠다니고 있었습니다. 타이타닉호에서 가장 가까이 있던 배의 무선사가 타이타닉호의 무선사에게 근처에 빙산이 있다고 알려주었는데 그 무선사는 코웃음을 치며 경고를 무시하고 되레 면박을 줬습니다. "어이 그쪽이나 신경 많이 쓰시오."

면박을 당한 다른 배 무선사는 무안하기도 하고 화도 나고 하여 무선을 꺼버리고 잠자리에 듭니다. 타이타닉호 외에는 무선을 나눌 배도 없었습니다. 그 잠은 깊었습니다. 그가 깊이 잠든 사이에 타이타닉호는 빙산에 부딪혀 순식간에 침몰하고 맙니다.

타이타닉호의 무선사는 필사적으로 무전을 보냅니다. 그 무전을 받은 것은 전속력으로 달려도 몇 시간이나 걸리는 거리에 있던 배들이었습니다. 수십 분이면 타이타닉호에 닿았을 근처의 그 배는 타이타닉호의 무선을 듣지 못했습니다. 그리고 그들이 아무것도 모르는 사이 수없는 사람들이 죽어갔습니다.

겸손해야 합니다. 타이타닉호의 무선사가 오만하지 않았더라면, 그래서 근처에 있던 배의 무선사를 화나게 하지 않았더라면 타이타닉호가 침몰하기 전 근처의 배가 달려왔을 것이고 수많은 목숨을 구할 수 있었을 겁니다.

쉽게 화내지 말아야 합니다. 설사 모욕을 당했더라도, 우스운 꼴을 당했더라도 쉽게 성을 내지 말아야 합니다. 가까운 배의 무선사가 화풀이로 무선만 끄지 않았더라면 그는 엄청난 공을 세우고 수많은 이들의 은인이 되었을 겁니다. 그러나 그 화 때문에 그는 수많은 사람을 죽였습니다.

끔찍한 전쟁이 계속되고 있습니다. 저 사악한 붉은 무리들과의 싸움에서 우리는 이겨야 합니다. 이기기 위해서라도, 더 많은 사람들을 살리기 위해서라도, 우리는 겸손해야 합니다. 오만하지 말아야 합니다. 우리가 잘났다고 뻗대지 말아야 합니다. 그리고 노하기를 더디해야 합니다. 노하기를 더디하는 자는 용사보다 낫다고 하듯, 한 번 화를 참으면 한 명의 목숨을 구할 수도 있습니다.

아버지의 설교는 몇 되지 않은 시골 교회 사람들의 마음을 사로잡았다. 그리고 교회의 좌장 격이었던 현 장로님은 아버지의 열렬한 팬이 됐다. 현 장로님은 아버지에게 도구교회에 담임목사로 눌러앉아 주기를 청했다.

아버지에게 그런 요청이 들어왔다는 말을 들었을 때 우리 식구들은 기뻐서 어쩔 줄을 몰랐다. 천애고아들처럼 오갈 데 없던 남녘땅에서 마침내 엉덩이를 붙이고 머리를 누일 곳을 찾은 것이다. 그러나 일은 그렇게 쉽지 않았다. 도구교회가 속한 노회에서 딴지를 걸어왔기 때문이다.

"이북에서 내려온 뜨내기 목사에게 우째 교회를 맡긴단 말이고."

지금 생각하면 노회의 반응도 이해가 간다. 거기도 체계가 있고 사람들이 있을 텐데 아무리 시골 개척교회라고 해도 '굴러온 돌'을 자기 구멍에 떡 하니 박아준다는 것은 어려운 일이었을 것이다. 내가 노회 사람이라고 해도 반대했을 것 같다. 하지만 당시 우리 가족으로서는 썩은 동아줄을 잡았다가 천 길 낭떠러지 아래로 떨어지는 것 같았다. 희망은 현 장로님이었다. 현 장로님은 흥분해서 아버지에게 말했다.

"노회를 탈퇴하더라도 목사님 모시렵니다."

그러나 절망은 아버지로부터 왔다. 아버지가 "절이 싫으면 중이 떠나야 하고, 교회에 분란이 생기면 목사가 떠나야 한다"고 선언한 것이다. 교회 분란의 책임은 무조건 목사에게 있고, 목사는 그 책임을 지고 떠나야 한다고 했다. 현 장로님도 경상도 아저씨 특유의 말투로 본인이 책임지겠으니 목사님은 계시기만 하면 된다고 우겼으나 아버지가 더 완고했다.

"교회와 노회 사이에 알력이 생기는 건 두고 볼 수 없소."

어린 마음에는 아버지가 참 원망스러웠다. 차려놓은 밥상을 걷어차도 유분수지, 당장 우리 여섯 식구는 또 어디를 가며, 다른 배를 타고 남하한 큰형은 또 어떻게 만나며, 교회를 나가면 끼니를 어떻게 해결할 것인가. 눈 딱 감고 교회 신도 몇 수하에 두고 목회를 이끌어나가면 될 일이고, 본인들이 그렇게 하겠다는데 무작정 떠나자는 아버지가 마음에 들지 않을밖에.

아버지는 부산으로 간다고 선언했다. 교회 쪽 연락망을 통해 큰형이 홀로 타고 남하한 배가 부산으로 갔다는 소식을 들은 것이다.

"동희가 부산에 있단다."

도구를 떠나 부산으로 향하는 날은 무척 추웠다. 칼바람이 쇳소리를 내며 휘몰아치던 날 우리 식구는 동해남부선 철도를 따라 무작정 걸었다. 철도는 끝없이 이어졌다. 레일 위를 걸으면서, 또 둔중한 소리를 내며 오가는 기차를 탈 엄두를 내지 못하고 망연히 지켜보면서 진종일 걸었던 시간은 내게 트라우마로 남아 있다. 추위도 추위지만 갈 데가 없다는 막막함은 그야말로 공포였다. 부산에 가면 누가 있는가. 큰형을 만난다 한들 중학생 나이의 큰형이 뭘 하겠는가. 그렇게 암담하게 걷던 중 아버지와 어머니 간에 보기 드문 부부싸움이 났다.

"당신이 하기요."

"아니 어째 내가 합니까? 당신이 해야 하지 않소."

두 분은 언성을 높여가며 싸웠다. 싸움의 주제는 간단했다. 누가 민가에 들러 우리 식구 배를 채울 밥 좀 달라고 구걸하는가의 여부였다. 말 잘하는 목사, 그리고 가장이 나서서 이런 문제는 해결해야 하지 않느냐는 것이 어머니의 주장이었고, 아무리 그래도 구걸은 못 하겠다는 아버지가 맞섰다.

"지금이 체면을 따질 때요?"

어머니가 날카롭게 몰아붙였지만 아버지는 입을 다문 채 고개를 들지 않았다. 결국 패자는 어머니였다.

# 거지들의 재회

누가 구걸을 할 것인가를 두고 벌인 아버지와의 입씨름에서 먼저 두 손을 든 어머니가 나섰다. 어느 지역에서든 교회에 몸을 의탁한 적은 있었지만 일반 가정에 구걸하는 것은 처음이었다. 마을 어귀에서부터 어머니는 어느 집이 적당할지 꽤 오래 살폈다. 그러고는 한 집을 골라 대문을 두드렸다.

"계시오? 계시오?"

주인아주머니가 문을 열고 나오자 어머니는 정중하지만 비굴하지는 않고, 간절하지만 가련하지는 않은 느낌으로, 즉 매우 품위 있는 어조와 단어로 밥을 청했다.

"우리는 저 함경도에서 피난 나온 사람들입니다. 흥남에서 배를 타고 나와 포항에 내려서 부산 해운대까지 걸어가는 길입니다. 이 난리통에 정말 미안하지만 저 아이들이 오늘 하루 종일 아무것도 먹지 못해서 조금만 양식을 나눠줄 수 있으시겠소?"

저렇게 구걸해서 밥이 나올까 싶을 정도로 고상한 호소였다. 하지만 오히려 그게 주효했던지, 아니면 문 두드린 집 주인의 인심이 좋았던지 아주머니는 집 안으로 우리를 들였고 마침 밥하던 솥 주위에 둘러앉혔다. 밥 익는 냄새가 얼마나 구수한지는 밥 굶어본 사람만이 안다. 여섯 식구가 그렇게 이제나 저제나 하는데 갑자기 아주머니가 나와 둘째 형을 가리켰다.

"너희 둘은 내 따라오너라."

밥 앞에서 어딜 가자는 것인지 영문을 몰라 조바심이 났지만 어쩔 도리가 있는가. 장작이라도 패서 밥값을 하라는 건가 싶어서 맥없이 걸음을 떼는데 아주머니가 근처의 다른 집을 가리켰다. "우리 집 밥으로는 좀 부족하다. 저 집이 우리 동생 집이니 저리 가서 밥을 좀 달라캐라. 내 얘기해놨다."

아주머니 동생네도 인심이 좋았다. 우리 형제가 들어서자 어서 오라는 듯 자리에 앉히고 밥을 퍼왔다. 밥을 본 순간 온 뱃속에서 뱃고동이 울고 입에서는 침이 뚝뚝 떨어졌다. 와구와구 먹고 있는데 문득 아까 어머니 생각이 났다. 구걸을 하면서도 전혀 거지 같지 않았던 어머니의 품위가 떠오른 것이다. '그래 우리는 거지가 아니지.' 나하고 둘째 형은 의기투합했다.

"동훈아, 우리는 거지가 아니니까 싹싹 긁어먹지는 말자."

"옳은 소리야, 형. 조금은 남기자."

그나마 배가 약간은 찼으니 그런 여유가 나왔겠지만 그래도 배가 채워지려면 아직 멀었던 형제는 놀랄 만한 자제력을 발휘했다. 어머니의 모범을 보았기 때문일 것이다. 한 5분의 1쯤 밥을 남겼다. 주인아주머니가 더 먹어도 된다고 채근해도 의연하게 "일없습니다. 잘 먹었습니다"를 합창하며 자리를 떴다.

다시 부산 해운대로 걸어가는 길. 부족하나마 밥을 배 속에 채운 가족의 발걸음에는 힘이 실렸다. 어머니는 씩씩하게 걷는 우리 형제에게 물었다.

"너희들 간 집에서는 밥 맛있게 먹었니?"

나와 둘째 형은 우렁차게 대답했다.

"엄마, 다 먹지는 않고 조금 남겼슴다."

"참말로 맛있었는데 체면상 조금은 남기고 왔슴다."

그러자 그 말을 들은 어머니는 앞서 봤던 품위는 저 멀리 던져버리고 불같이 화를 내셨다.

"이 멍청한 놈들아, 거기서 체면을 왜 차리니. 너희들 먹던 밥은 거지가 먹던 밥이니 그걸 누가 먹겠니. 개도 아이 묵는다. 그건 다 수챗구멍으로 갈 겐데 그걸 남기고 왔다고? 다시 밥 먹을 기회가 언제 온다고 그거를 남기고 오니. 어찌 되었든 밥 빌어먹으면 거지다. 거지는 밥 앞에서 체면 차리면 굶어 죽는다."

어머니를 본받아 체면치레를 하고 품위 있는 어머니로부터 역시 내 자식들이다 칭찬을 받고 싶었던 형제의 바람은 산산조각이 났다. 정중하고 절도 있는 요청이 받아들여지지 않았으면 어머니 역시 눈물 콧물 바람을 하며 가족들 밥술을 얻어먹이기 위해 손이 발이 되도록 빌었을 것이다. 여러 곳에서 봤던 거지처럼 비참하고 필사적으로 "밥 한술 줍쇼"를 부르짖었을 것이다. 다행히도 인심이 좋은 가족을 만났을 뿐. 어머니는 그 말을 여러 번 되풀이했다.

"밥 빌어먹으면 거지다. 다른 게 거지냐."

배고프고 다리가 떨어져 나가고 겨울바람에 몸은 너덜너덜한 채 우리 여섯 식구는 해운대를 향해 걸었다. 해운대교회에 가면 흥남부두에서 홀로 떨어져 남쪽으로 온 큰형 소식을 들을 수 있다고 했다. 어떻게 지냈을까. 그리고 어떻게 지내고 있을까. 장남에 대한 아버지 어머니의 걱정은 배고픔과 피곤을 잊게 했고 우리를 다그쳐 쉬지 않고 걷게 했다.

마침내 해운대교회에 당도했을 때 우리는 또 한번 잊을 수 없는 밥과 김치를 먹을 수 있었다. 해운대교회 회계 집사님이 우리 가족 형편을 듣고는 두말없이 집으로 안내해 밥상을 차려주신 것이다. 이후 수십 년 동안 맛있는 밥을 많이 먹었지만 그날의 밥과 김치만큼 맛난 음식도 드물었다.

그리고 그날 저녁, 깡마르고 새까만 소년이 우리를 찾아왔다. 큰형이었다. 뜻하지 않게 흥남부두에서 가족과 떨어진 이래 혼자 아득한 타향에 떨어졌던 큰형이었다. 모든 가족이 끌어안고 엉엉 울었다. 그리고 신께 감사했다. 후일 '천만 이

산가족'이라 했고, 난리통에 식구들 헤어지고 못 만나는 건 특별한 일 축에도 들지 못했는데, 어쨌든 우리 식구는 다시 한자리에 모인 것이다. 한바탕 눈물 바람이 끝난 뒤 큰형이 어떻게 살았는지를 들었다.

흥남에서 아버지가 배에서 내리신 다음 배는 바로 떠났지. 아마 흥남에서 제일 빨리 떠난 배일 거야. 오는 동안 멀미는 안 했냐고? 사람들은 죽으려고 그러는데 나는 희한하게 멀미는 아이 나더라. 며칠을 내려오다가 내리라 해서 내리니 부산이라. 사람들은 들끓는데 먹을 것은 없고, 부둣가에는 일거리 찾아 눈에 핏발선 어른들이 천지고.

거리에서도 자고 어디 움막에서도 자고 하다가 일거리를 겨우 얻은 게 부산항에서 포탄 나르는 거였어. 포탄이 그렇게 무거운 건지는 몰랐어. 새벽부터 저녁까지 포탄을 옮기는데 어깨 살가죽이 벗겨지고 팔다리는 감각도 없어지더라. 그런데 내 말투가 문제야. 함경도 말씨를 쓰니 일단 흰 눈으로 보고 저거 빨갱이 아니야 수군거리기도 하고. 뭐 누구한테 말할 데가 있어야지. 그래서 여기 집사님한테 하소연을 하니 대청교회라고 큰 교회가 있는데 거기 교인증을 받으면 의심을 면할 수 있을 거라 하시대.

대청교회는 큰 교회고 높은 사람들도 오고 부자들도 많이 다니는 교회라고 했어. 거기 주일마다 나가고 예배도 드리고 사정도 얘기하고 해서 교인증을 받았지. 그건 고마운데, 야 나는 크게 실망했다야. 예수 믿는 사람들이 어찌 그러는지 모르겠어.

한번은 예배를 보는데 누가 등을 축축 찔러. 잘 차려입은 아주머니더라고. 어째 그럽니까 하니 손가락을 내밀어 뭘 보여주네. 이($蝨$)였어. 네 머리에서 이들이 기어다니니까 나가라 이거야. 그 표정이 얼마나 지랄 맞던지. 아이고 교회 다닌다는 여자가, 사람을 그리 사람 아닌 거지 취급을 해….

그렇게 '거지'들은 재회했다. 기뻤지만 서글펐고, 다행이다 싶었으나 갈 길은 암담했다. 우리 집에서 먹을거리라도 벌어오는 사람은 포탄 나르는 큰형뿐이었다. 아버지 어머니가 일거리를 찾아 분주하던 어느 날, 큰형이 옆구리를 감싸 쥐고 뒹굴었다.

# 두만강 소년 제주도 가다

무슨 병인지는 모르겠지만 큰형은 옆구리가 아프다고 비명을 질렀다. 하지만 그 와중에도 계속 부두에 나가서 포탄을 날랐다. 우리 가족도 해운대교회에 계속 얹혀 살 수는 없어서 해운대를 떠나 걸어서 부산 시내를 가로질렀다. 지도를 보면 알겠지만 부산은 일본처럼 활 모양으로 긴 도시다. 해운대에서 서면을 지나 당시 경남도청까지 가는 길은 지루할 만큼 멀었다. 오늘날은 동아대학교 박물관으로 쓰이고 있는 옛 경남도청 근처에는 피난민촌이 형성돼 있었고, 함경도에서 피난 나온 아버지 친구분들도 모여 계셨다.

피난민들은 날이 갈수록 넘쳐났다. 흥남 철수 때 피난민을 실은 배가 부산 입항을 거부당해서 거제도로 향했다는 얘기도 있으니 그 피난민의 사태, 사람의 홍수를 짐작할 수 있을 것이다. 정부로서도 대책을 강구해야 했던 모양이다. 어느 날 방이 나붙고 공무원들이 요란하게 안내를 하고 다녔다.

"피난민들은 모이시오. 이 일대 피난민들은 제주도로 가게 되었으니 준비하시오."

특히 함경도에서 나온 사람들은 거의 모두 대상자가 됐다. 부산이나 제주도나 어차피 '삼팔따라지'들로서는 가릴 처지가 아니었지만 그렇게 우리 가족은 또 한번 배에 오르게 된다. 나는 국토 최북단 군이라 할 함경북도 온성군에서 태어났다. 그리고 두만강에서 헤엄치며 유년 시절을 보냈고 남쪽에서는 흔한 감나무 하나 살기 어려운 함경도 추위를 버텼던 북도 사람이었다. 그런 내가 몇 주 사이에 국토 최남단 제주도로 향하게 됐으니 그야말로 언젠가의 TV 프로그램 제목처럼 '비교체험 극과 극'이었다고나 할까.

제주도 가는 길은 의외로 편안했다. 거대한 미군 수송선이 우리를 실어 날라준 덕분이었다. 멀미도 없었고 배도 고프지 않았다. 하룻밤 사이 우리 가족은 제주도에 상륙했다. 상륙한 곳은 성산포항이라고 했다. 그곳에는 피난민촌이 형성돼 있었다. 우리 가족은 골뱅이 통조림 공장 창고에 자리를 잡았는데 가마니를 벽 삼아 여러 피난민 가족이 함께 지냈다. 그때 우리 가족을 위시한 피난민들을 먹여 살린 것이 미국의 구호물자였다.

어떤 사람들은 '반미'를 외치기도 하고 미국 놈들이 얼마나 나쁜 짓을 했나 떠들기도 하지만 나로서는 이해가 가지 않는 망발일 뿐이다. 물론 그들에게도 이유가 있고 논리가 있겠지만 당시 미국이 안겨준 구호물자로 굶어 죽지 않을 수 있었던 내가 어떻게 받아들일 수 있겠는가. 그때 미국이 구호물자를 퍼붓지 않았다면 장담컨대 한국은 1960~1970년대 아프리카나 1990년대 북한에서처럼 수백만이 굶어 죽는 사태에 처했을 것이다.

어머니는 제주도에 와서도 흐트러짐이 없었다.

"너 학교 가야지."

북도와는 전혀 다른 남쪽 섬, 아름다운 풍경에 혹해 마냥 뛰어놀고 싶었지만 어머니는 내 손목을 잡아채 학교에 편입시켰다. 성산포국민학교. 하지만 나는 여전히 공부하고는 담 쌓은 아이였다. 제주도는 무척 아름답고 공기도 정말 신선했다. 이 좋은 곳, 천지 사방이 놀이터인 곳을 두고 웬 답답한 교실에서 공부란 말인가.

나는 툭하면 학교 대신 들로 산으로 놀러 다녔다. 놀기만한 건 아니었다. 반찬감이 없어 곤란해하는 어머니를 위해 바다에 나가 조개나 고기를 잡아왔고, 추수를 끝낸 밀밭이나 보리밭에 나가 그 뿌리를 주워 흙을 털어서 땔감으로 가져오기도 했다. 공부를 싫어했을 뿐 게으른 아이는 아니었다는 것이다. 궁색한 변명이라 해도 할 말은 없지만.

원체 많은 피난민이 몰리다 보니 조그만 학교에는 제주도 토박이들보다 더 많은 피난민 아이들이 넘쳐났고 피난민 학생과 원주민 학생 간에 상당한 알력도 생겼다. 일단 말이 통하지 않았다. 제주도 사투리는 억양이나 말투의 차이가 문제가 아니라 사용하는 단어부터 생판 외국어처럼 달랐다. 그런 아이들과 남한 사람들도 신기해하는 억센 함경도 억양의 아이들이 섞이니 서로 어색하지 않으면 이상한 일이었다.

그런데 피난민 아이들 가운데 이 영어 같고 일본어 같은 제주도 말을 가장 빨리 익힌 것이 나였다. 생존 본능이 강해서인지 눈치가 빨라서인지는 모르겠지만, 나는 금세 제주 말을 알아들었다. 그래서 아이들 사이에서 통역 노릇도 했고, 싸움이 나면 양쪽 말을 모두 쓰면서 싸움을 말리기도 했다.

하루는 피난민촌에 제주도 토박이 이장의 아들이 나타났다. 친구를 튼 녀석이었다. 목청이 좋았던 녀석은 나에게 쩌렁쩌렁 울리는 목소리로 얘기했다. 정확한 제주도 말이 기억나지는 않지만 이런 내용이었다.

"너 오늘 아무에게도 말하지 말고 성산포 성산 앞 공터에 오후 세 시까지 나오라. 낫하고 뭘 가지고 올 소쿠리 같은 것도 가지고 와라. 우리 어촌계 미역 채취하는 날이다."

나는 고개를 끄덕였지만 다른 피난민들은 전혀 알아듣지 못했다.

"무시기 소림메?"

"무스근 말인지 도무(도무지) 모르갔다."

시간에 맞춰 약속 장소에 갔더니 장관이 펼쳐졌다. 제주도 토박이들 백여 명, 해녀들과 남자들이 모여 있다가 물이 가장 많이 빠지는 시간에 맞추어 물에 뛰어들었다. 물에 들어가라는 신호를 듣고 나 역시 물에 뛰어들었다. 물속에선 미역이 마치 나를 환영하듯 훨훨 춤을 추고 있었다. 정신없이 미역을 따서 주워 담다 보니 물때가 바뀌었다. 삽시간에 물이 내 키를 넘어버리자 수영을 할 줄 알았음에도 공포에 질려 옴짝달싹 못했다. 한바탕 비명을 지르며 물을 꼴딱꼴딱 먹는데 해녀가 건져 올려 안전지대로 밀어넣었다.

미역 따다가 죽을 뻔한 것도 잠시, 나는 의기양양하게 그날의 전리품을 들고 피난민촌으로 돌아왔다. 광주리 가득한 미역은 물론 숫제 몸에 미역을 칭칭 감고서 나타난 나는 피난민촌에서 일약 스타가 됐다.

"아니, 미역 따능 거를 어찌 알았니? 여기 누가 친척이 있니? 제주도 말을 알아듣는다고? 야, 너 신통하구나."

"그놈 참 똘똘하다. 나중에 사위 삼으면 좋겠다."

그런 식으로 몇 번 미역이나 해산물을 얻어와서 이웃들과 나눠 먹었던 일은 고달픈 피난 생활 중 어깨가 으쓱했던 몇 안 되는 추억이다. 하지만 어깨가 늘어지는 일은 그보다 더 많았다.

# 열 살 기억 여든까지 간다

배고픔도 배고픔이고 피난의 설움도 설움이지만 어린 나에게 깊은 상처로 남은 것은 다름 아닌 옷이었다. 이북에서 입고 왔던 옷은 죄다 겨울옷이었던 데다가 다 해져서 입을 수가 없을 정도였다.

어머니는 바지런히 손을 놀려 자식들 옷을 일일이 기워놓았다. 나는 그 옷들이 징그럽도록 싫었다. 흥부네 자식들도 아니고 너덜너덜 덕지덕지 때우고 기운 옷을 입고 학교에 가는 게 얼마나 창피했는지 모른다. 아이들이 내 옷차림만 보는 것 같고, 뒤통수에 대고 거지새끼라고 놀리는 것 같았다.

성산포교회에 구호품으로 온 노란 셔츠와 파란 바지 하나씩을 얻었을 때 정말 머리가 하늘에 닿는 줄 알았다. 훗날 아이들이 부른 동요 가운데 〈새 신〉이라는 노래가 있다. "새 신을 신고 뛰어보자 팔딱 머리가 하늘까지 닿겠네." 이 노래를 들을 때면 성산포교회에서 옷 받은 날이 떠오른다. 그때 그 옷을 입고 얼마나 껑충껑충 뛰었던지, 결승골 넣은 축구 선수처럼 얼마나 펄펄 뛰었던지. 그러면서도 흙먼지 묻을세라 몇 번이고 털어냈던지.

옷 이야기가 나온 김에 추억 한 자락을 미리 끌어와본다. 제주 다음에 옮겨간 거제도에서도 여전히 옷은 부족했다. 주지의 사실이지만 거제도에는 포로수용소가 있었다. 당시 남이고 북이고 전체 한반도에서 의식주 분야에서 평균 이상을 누렸던 이들은 다름 아닌 포로들이었다고 생각한다. 미군 장군이 포로수용소장이었고, 미군이 포로들을 주로 관리했으니 미군 기준으로 포로 처우를 했고, 당시 포로들은 피난민들이 부러워할 정도의 음식을 지급받았다.

옷도 마찬가지였다. 피복을 자주 지급했고 헌 옷들은 수거해 불태우곤 했다. 그 헌 옷들 나오는 날이 우리에게는 옷을 얻어 입을 찬스였다. 어느 날 나는 정말로 입을 옷이 다 떨어져서 포로수용소에서 헌 옷 실은 차가 나오는 걸 하루 종일 기다리고 있었다. 차가 철문을 열고 나오자 나를 비롯한 아이들도 따라 뛰기 시작했다. 그나마 좀 성한 걸 얻으려면 가능한 한 차와 가까이 있어야 했던 것이다. 저걸 못 얻으면 아닌 게 아니라 그냥 고추를 내놓고 다녀야 한다 생각하니 정말 필사적으로 달리게 됐다.

나는 수없이 본 미군들에게 초콜릿 달라는 말을 해본 적이 없다. 아이들이 새까맣게 달려들어 "쪼코렛도 기브미" 하는 것이 그렇게 없어보였고, 미군들이 초콜릿이나 껌을 던지면서 아이들끼리 싸우게 만드는 꼴도 보기 싫었다. 언젠가 막내 여동생 혜자를 데리고 길을 가는데 미군 병사 하나가 아이들에게 둘러싸여 있었다. 아이들은 뭔가를 달라며 거머리 떼처럼 달라붙었다. 나는 그저 미군 병사의 생김새를 구경하며 동생 손을 잡고 서 있었는데, 미군과 눈이 마주쳤다.

'볼 테면 보라지, 나는 너한테 기브미 안 한다' 하며 뻔히 쳐다보는데 미군이 달라붙은 아이들을 헤치고 우리 남매에게로 왔다. 알 수 없는 영어를 쌀라거리던 미군은 큼직한 초콜릿 하나를 꺼내서 내 손에 쥐어주었다. 악다구니 쓰는 아이들 사이에서 말없이 자신을 응시하는 특이한 한국 꼬마가 눈에 들었던 것일까. 어쨌든 그게 내가 미군에게 얻어먹은 유일한 초콜릿이었고, 그 이전으로도 이후로도 먹을 걸 '기브미' 한 적은 없었다. 그런데 옷은 달랐다.

포로들이 입었던 옷을 불사르러 가는 트럭을 사력을 다해 따라가면서 나는 필사적으로 외쳤다. "기브미 즈봉(일본말로 바지)! 기브미 샤쓰!" 아마도 미군들이 전혀 못 알아들을 말을 번갈아 외치면서 트럭 뒤의 먼지를 따라붙었다. 그 결과로 'POW'*가 크게 찍힌 옷 한 벌쯤 얻었을 때 역시 내 머리는 하늘에 닿았을 것이다.

여든이 넘은 지금까지도 나는 밥 잘 먹는 것보다는 옷 잘 입는 것에 신경이 더 간다. 그렇다고 밥에 신경 쓰지 않

* 'POW'는 전쟁포로(prisoner of war)의 약어다.

는 것은 아니며, 옷에 돈 쓰는 것을 아까워하지 않지만 무슨 명품을 입는 것도 아니다. 다만 남 보기에 허름해 보이지는 않으려고 애쓴다. 그렇게 열 살 즈음의 기억은 평생을 지배하는 법이다.

평생 잊지 못할 선생님을 만난 것도 흥부네 자식처럼 덕지덕지 기운 옷을 입고 학교에서 잔뜩 기죽어 있던 제주도에서였다. 선생님은 달걀형으로 갸름한 얼굴의 미인이셨는데 소풍을 갈 때나 학교 밖으로 나갈 때 반드시 내 손만 붙잡고 다니면서 내가 기를 펴고 다니도록 배려해주셨다.

"동훈아, 사람은 바깥보다 속이 잘나야 한다."

먼 훗날 회사 다닐 때 제주도 성산포 출신의 회사 동료에게 이야기를 했더니 그 선생님을 기억하면서 서울 리라국민학교 교장 선생님이 됐다는 소식을 전해주었다. 필시 지금은 이 세상 분이 아니시겠지만 다시금 그분께 고마운 마음을 전한다. 혹여 생존해 계신다면 꼭 한번 찾아뵙고 싶다.

후에 주일학교 선생 노릇을 하면서, 또 학교나 회사에서 후배들을 가르치게 될 때 항상 그 선생님 생각을 했다. 그 선생님을 본받아 허름하고 추레한 옷차림을 한 이들에게 애정을 담뿍 쏟아주고 싶은데 도저히 그게 안 되는 것이었다. 어렵고 곤고한 삶을 살았던 건 나도 마찬가지인데 왜 번듯하게 옷 입고 여유 있어 보이는 애들에게 더 애정이 가는지 모를 일이었다. 그때마다 선생님을 생각하며 반성했다. 그 선생님도 그러셨는데 하물며 네가 이러면 안 되지 않겠느냐 스스로를 책하면서.

또 하나의 기억. 성산포 항구 근처에서 어물쩍거리고 있는데 정박해 있던 꽤 큰 배의 갑판 위로 새까맣고 깡마른 얼굴 하나가 나타났다. 난리통이라 형편없는 몰골이야 예사였지만 그 갑판 위의 얼굴은 그중에서도 출중할 정도로 비참했다. 글자 그대로 새까만 칠을 한 해골바가지라고나 할까. 나직한 목소리로 나를 부른 그는 주위를 살피다가 밧줄을 던졌다. 그러고는 두 손을 모으며 울먹였다.

"감자 한 알만 밧줄에 매다오. 부탁한다. 배고파 죽겠다."

내가 들고 있던 감자를 알아본 모양이었다. 배고프다는 호소는 그저 일상이었고, 나도 수만 번 해본 푸념이지만 그의 호소는 정말이지 간절했다. 눈물이 핑 도는 느낌이었다고나 할까. 들어주지 않으면 나중에 지옥에 갈 것 같아서 감자 몇 알을 비끄러매 주었다. 조심조심 감자를 끌어올린 그는 잠시 쏙 사라지더니 입이 터져나갈 듯 감자를 머금은 채 다시 고개를 내밀었다. 울고 있었다. 그리고 연신 고개를 숙이고 손을 비볐다. 감자를 씹으면서 고맙다고 하는 소리가 말하지 않아도 들렸다. 도대체 그는 누구일까. 어른들에게 물어보니 그는 국민방위군이었다.

1·4 후퇴 즈음, 6·25 초전에 인민군들이 '의용군'이라는 이름으로 남한 청년들을 끌고 갔던 전철을 피하고 병력 자원을

확보하기 위해 전국의 장정들을 끌어모아 만든 것이 국민방위군이었다. 하지만 그 국민방위군 간부들이 보급을 위한 자금 태반을 빼돌리는 바람에 수도 없는 사람이 굶어 죽고 얼어 죽었다.

일부 국민방위군 훈련지가 제주도였고, 그 불쌍한 국민방위군 청년은 보급도 없이 배에서 내리지도 못한 채 지나는 사람들에게 음식을 구걸하고 있었던 것이다. 모든 사람에게 절체절명의 위기가 일상처럼 다가왔던 시절이었다. 그리고 그 국민방위군의 절망적인 표정을 나는 며칠 뒤 우리 어머니에게서 보게 된다. 부산항에서 포탄을 나르며 중노동을 했던 큰형이 마침내 쓰러진 것이다. 늑막염이었다.

# 내 평생의 찰떡

어린 나이로 만리타향에 홀로 떨어져 무거운 포탄상자를 메고 날랐던 큰형은 몸이 상당히 망가져 있었는데, 늑막염 진단을 받고 드러누워 며칠을 신음했다. 그즈음 아버지는 자원입대하여 군목으로 육지에 나가 계셨기에 어머니 홀로 장남의 병구완을 해야 했다. 군목(軍牧)이라고 해도 급여가 제대로 나올 상황은 아니었던지라 좋은 약을 쓰기도 병원에 데려가기도 난감했다.

"성산포에 있다가는 아이 되겠다. 제주시로 나가보자."

성산포 시골 마을에서 아들을 생으로 시름시름 앓게 하느니 일단 제주도의 대처로 나가보자는 뜻이었다. 물론 '무작정'이었다. 당장 거처할 곳도 없었다. 당시 제주시 삼성혈 근처에는 구세군 교회 집단 피난처가 있었다. 어머니의 희망은 팔촌인지 십촌인지 아득한 먼 친척뻘이 된다는 구세군 참령이었다. 구세군 참령 할아버지는 별안간 찾아든 어머니의 읍소에 난감해하다가 말했다. "아들 셋은 우리 고아원에서 애들하고 먹고 자고 하고, 자네하고 딸들은 피난민 수용소 한 칸을 빌려봄세."

이렇게 비바람 피할 곳은 마련됐지만 제주시에 나온 가장 큰 목적은 장남의 치료가 아니었던가. 이번에는 십촌이든 십이촌이든 친척 연줄도 없었다. 그저 우리 아이 좀 살려주시오 병원 앞에 엎드려 빌밖에. 이 대책 없는 길에서 어머니는 1초의 망설임도 없었다. 병원 앞에 드러누워 의사 바짓가랑이라도 잡고 늘어질 결심이셨다. 그렇게 찾아간 곳이 제주도에서 가장 크다는 제주도립병원이었다.

병원 현관을 열어젖히고 의사를 찾는 어머니 눈에 나이 지긋한 의사 선생 한 분이 들어왔다. 어머니는 옳다구나 하고 그분에게 다가가 무릎이라도 꿇을 참이었는데 얼굴 윤곽이 뜻밖에도 낯익었다. 세상에…. 어머니가 결혼 전 간호사로 근무하던 만주 제창병원의 의사 선생님이었다. 20년쯤 세월이 흐른 뒤라 행여 못 알아볼까 걱정하며 어머니가 인사를 건네자 의사 선생님 역시 어머니를 단번에 알아보았다. 세상이 이렇게 좁다니!

삼천리 밖 만주에서 20년 전 맺어진 인연이 남쪽 끝 제주에서 행운의 꽃으로 피어날 줄이야. 그분은 자그마치 도립병원 원장님이었다. 할렐루야 소리가 절로 튀어나올 일이었다. 사정을 들은 원장님은 시원스럽게 말씀하셨다.

"당장 데려와서 입원시키시오. 다른 거 걱정하지 말고."

어머니는 그야말로 춤을 추듯 집으로 돌아와 큰형을 데리고 병원으로 향했다. 구하라 그러면 얻을 것이요, 두드려라 그러면 열릴 것이라는 성경 말씀이 그때만큼 사무친 적이 없는 것 같다. 큰형은 도립병원에서 완쾌의 기쁨을 누릴 수 있었다.

어머니는 나를 제주 동국민학교로 전학시켰다. 하지만 여전히 공부는 뒷전이었다. 언젠가 아버지가 내 손을 잡고 "동훈아 백만 원이라면 0이 몇 개냐?" 물으시기에 멀뚱멀뚱 하늘만 쳐다봤더니 아버지 역시 하늘을 올려다보며 탄식하신 적이 있다.

"아 이놈, 공부를 안 하는 거냐 머리가 나쁜 거냐."

학교를 몇 번씩 옮겨 다니니 무슨 공부를 했겠느냐 핑계 댈 수도 있었겠지만 둘째 형은 공부를 잘했으니 그것도 댈 핑계가 아니었다.

이 와중에 아버지와 어머니는 또 피난처를 옮기기로 했다. 흥남 철수 당시 함경도 피난민들이 대부분 떨어진 곳은 거제도였다. 우리처럼 부산이나 제주도로 온 함경도 사람들도 있었지만 태반은 거제도에 머물고 있다 했다. 이왕 피난살이 할 거, 그래도 고향 비슷한 곳에서 온 사람들이 몰려 사는 거제도로 가기로 한 것이다. 아는 사람이 하나라도 더 있고, 연줄이 조금이라도 더 있을 테니까.

그럼 거제도까지는 또 어떻게 가느냐. 일단 부산까지 가면 아버지가 부산에서 거제도 가는 배편은 마련하기로 했다. 하지만 부산까지 가는 건 어머니 몫이었다. 어머니는 동부교회라는 제주도 교회에 항만 관계 고위직이 출석한다는 사실을 포착하고 그분에게 매달렸다.

"어떻게든 부산에 떨구어만 주시기요…."

그때 그분이 내민 해답은 돼지 운반선이었다. 대충 한 200톤급의 목선이었는데 부산까지 가는 데 3박 4일이나 걸렸다. 예수처럼 물 위를 걷는다면 걸어가는 게 빠르겠다고 분통을 터뜨릴 만큼 느림보였다. 유독 멀미가 심한 나는 배 속의 모든 것을 게워내며 데굴데굴 굴렀다. 흥남 피난선보다 오히려 더 심한 멀미였다.

부산에서 거제도까지는 영복호라는 여객선을 탔다. 배가 닻을 내린 곳이 장승포항이었다. 부두에는 십자가 새긴 군복을 입은 아버지가 나와 계셨다. 거제도에서부터는 아버지에게 군목으로서의 급여가 어느 정도 지급돼 상대적으로 안정된 생활을 할 수 있었다. 상대적이라고 해봐야 굶어 죽거나 비바람 맞을 걱정 안 했다는 정도지만.

어머니는 장승포항에 상륙하자마자 아이들을 학교에 등록시켰다. 장승포국민학교. 도대체 몇 번째인지 모를 학교였다. 원체 많은 피난민들이 들끓어서인지 거제도에는 피난민 교실과 원주민 교실이 따로 있었다. 거제도 아이들은 높은 책상에 앉아서 공부하고 피난민 아이들은 천막 교실에서 70~

80명이 우글거리며 바닥에 앉아서 수업을 들었다.

제주도에는 전국 팔도의 피난민들이 함께 살았다. 함경도 사람들도 있었지만 서울 사람도 많았다. 그 아이들과 어울리는 통에 어영부영 내 말투에 서울 말씨도 섞였나 보다. 그런데 거제도 피난민 아이들은 99%가 함경도였다. 역시 흥남에서 왔다는 키 작은 놈 하나가 서울 말씨를 섞어 쓰니 영 비위가 거슬렸나 보다.

"종간나 새끼야. 니 왜 말을 워들거리니."

워들거린다는 말은 서울말을 쓰며 잰다는 뜻이었다. 지금껏 누구에게 기죽어 본 적 없는 나였다. 제일 큰 놈 하나를 찍어서 싸움을 벌이기로 했다.

"수업 끝나고 선생님들하고 여자애들 나간 뒤에 보자."

다른 함경도 친구들이 일방적으로 응원하는 가운데 나는 녀석과 주먹을 섞었다. 싸움에는 자신이 있었지만 언제나 임자는 있는 법이다. 덩치도 크고 싸움 기술도 뛰어난 녀석에게 나는 실컷 두들겨 맞았다. '아, 내가 싸움에서 질 수도 있구나' 하는 간단한 사실을 그날 나는 처절하게 깨달았다.

이렇듯 우여곡절은 많았지만 거제도에서 함경도 친구들, 거제도 친구들과 어울려 잘 지냈고 천막 교회에서 예배 드리고 빈한하지만 즐거운 소풍도 즐기곤 했다. 그 가운데에는 만주 용정이 고향이었던 문익환 목사의 일가친척들도 있었다. 문익환 목사의 부친 문재린 목사는 만주에서부터 아버지와 절친한 사이셨고, 문익환 목사의 동생 문동환 목사는 후일 둘째 형 동식과 잘 어울려 다녔다. 그 친척 가운데 환(煥)자 돌림이 또 한 명 있었는데, 거제도에 함께 있었다. 그 집안에 문성근 같은 배우가 나왔으니 얘기지만, 그 사람의 끼도 매우 충만했다. 다들 배곯고 헐벗었던 어느 날 교회에서 소풍을 갔다. 그때 그 문씨 친구는 딱 깍지를 끼고 열렬하게 기도를 시작했다.

"저에게 복을 주시려면 멋들어진 한'복' 하나 주시옵고, 저에게 벌을 주시려거든 양복 한 '벌'을 주시옵고…."

사람들이 뒤집어져서 웃는데 그는 연이어 찬송가 한 곡을 능청스럽게 불렀다. 원곡은 "내 평생에 소원, 내 평생에 소원, 대속해주신 사랑을 간절히 알기 원하네"였는데 이 노래 가사를 바꿔 불렀다. "내 평생에 찰떡, 내 평생에 찰떡, 찰떡에 기름을 발라서 한 조각 먹길 원하네…."

다들 처음엔 배를 쥐고 웃다가 잠시 뒤엔 모두 사무치게 같이 불렀다. 갑자기 배가 얼마나 고픈지 배들을 부여잡고서. 얼마나 기름 바른 찰떡이 혓바닥 위에서 아른거리는지 침을 꼴딱꼴딱 삼키면서. 처음에는 깔깔대던 아이들이 나중에는 울먹이며 불렀다.

"내 평생에 찰떡, 내 평생에 찰떡, 찰떡에 기름을 발라서 한 조각 먹길 원하네. 내 평생에 찰떡, 내 평생에 찰떡…."

# 오이의 비극

당시 거제의 우리 집은 항구에 붙어 있었고 만조 시에는 옷을 홀딱 벗고 바닷물에 뛰어들어 수영을 하기에 좋았다. 달빛이 화창한 어느 날 밤 나보다 한 살 아래인 친구와 같이 홀랑 옷을 벗은 채 수영하며 놀다가 어느 빈 배에 매달려 있는 보트에 올라타서 우리만의 뱃놀이를 즐겼다. 노를 좀 저어 가보니 멀리 고등어 건착선(띠 모양의 그물로 된 건착망으로 고기를 잡도록 설비한 배)이었다. 그 앞으로 지나는데 선원 둘이 우리를 불렀다.

"야, 그 배에 우리 좀 태워 육지로 데려다주면 뱃삯을 주마."

아마도 술추렴이나 하려던 것 같다. 거절할 이유가 없어 선원 둘을 육지에 태워주고 기다렸다가 다시 보트에 싣고 건착선으로 귀환시켜주었는데 이 사람들이 모습을 감추더니 도통 나올 생각을 하지 않았다. 친구는 그냥 가자고 했지만 나는 발끈했다.

"그냥 가자. 이거 우리 배도 아닌데."

"우리가 노 저어서 뭍에 데려다주고 다시 태워왔잖아. 왜 돈을 안 줘!"

나는 내처 불빛이 새어나오는 브리지*로 가서 창을 두드렸다. 안에서 누군가 책을 보고 있다가 화들짝 우리를 보았다.

"누고?"

그는 '어로장'이었다. 다수의 어선이 하나의 선단을 이뤄 한 통의 어구를 조작하여 어로 작업을 하는 어업의 경우, 어로 작업과 항해 업무를 통괄하는 어로장 중심 체제로 운영된다. 한 배의 어른은 선장이지만 어선 다수를 지휘하는 사람이니 대단한 끗발을 지닌 사람이었다. 내가 나서서 자초지종을 늘어놓으니 이 어로장이 호령을 했다.

"아이들하고 약속하였으면 지켜야지 뭐하고 있노?"

그러면서 선원들에게 고등어를 내줘라 명령했다. 선원들은 찍소리 못하고 고등어를 서너 양동이 담아 주었다. 이를 가지고 돌아가니 어머니가 그렇게 좋아하실 수가 없었다. 늑막염 이후 영양 보충이 절실했던 큰형에게 그만한 '고단백' 음식이 없었기 때문이다.

아, 어머니가 이렇게 하면 좋아하는구나. 나는 이후 뻔질나게 뭔가를 가져와서 어머니에게 건넸다. 이를테면 어머니가 나무할 때 사용하

* 배에서 브리지(bridge)는 선교(船橋)라고도 부르는데, 진체 선박을 지휘할 수 있는 공간을 뜻한다.

시던 갈쿠리(갈고리)를 가지고 나가 조선소 앞 바위에서 학꽁치떼가 수면에 오르기를 기다렸다. 학꽁치떼가 물살을 일으키는 걸 보고 갈쿠리를 내리치면 대개 몇 마리가 기절해서 물 위에 떠올랐고, 그걸 건져 집에 가져가면 어깨에 힘이 들어가도록 칭찬을 받았다.

아, 뭘 벌어오면 칭찬을 받는구나. 어깨가 우쭐했던 나는 구두닦이 소년이 돈을 짭짤하게 번다는 소리를 듣고 구두통을 메고 나가려다가 어머니에게 들켰다. 그때 어머니는 정색을 하고 꾸중을 하셨다.

"우리가 지금 피난 중이라 형편이 어려운 것은 사실이나 네가 구두통을 메고 나가야 할 정도는 아니다. 너는 공부만 하면 된다."

이렇게 몰아세우시는 바람에 구두통을 내 손으로 부술 수밖에 없었다. 그래도 뭔가 집에 가지고 오고 싶었던 나는 어느 날 어머니에게 어마어마한 체벌을 받는 사고를 치게 된다.

구두닦이 시도가 무산된 뒤 친구들과 장승포 읍내 뒤쪽 한적한 농촌에 가게 됐는데 거기에는 오이밭이 있었고, 오이가 줄기줄기마다 탐스럽게 영글어 있었다. 마침 주인도 없었고, 몇 개 따 가도 티도 안 날 것 같기에 같이 간 친구와 오이밭에 들어가 오이를 따서 목을 적시고 또 몇 개를 따서 속옷 안에 감추어 가지고 집으로 왔다. 그러면서 예전처럼 어머니에게 내놓으며 식구들하고 나눠 먹자고 얘기했는데 갑자기 어머니의 표정이 하얗게 변했다.

"너 이거 어디서 난?"

바다에서 꽁치를 잡아오는 것이나 들에 난 오이를 따오는 것이나 큰 차이가 없다고 생각했던 나는 갑자기 돌변한 어머니 앞에서 말을 더듬거리며 자백할 수밖에 없었다.

"장승포 읍내 갔다가… 오이밭이 있고… 오이가 많이 열렸길래…"

그 순간 하늘에서 별이 번쩍했다. 어머니가 사정을 돌보지 않고 내 뺨을 후려갈긴 것이다. 어머니가 종아리 때리고 등짝 갈기고 한 적은 있었지만 그렇게 모질게 뺨을 때리신 건 그때가 처음이었던 것 같다.

"네가 도둑놈이냐? 왜 남의 밭에서 네 맘대로 남의 물건에 손을 댔느냐. 내가 도둑놈의 새끼를 키웠구나."

그야말로 울음을 터뜨릴 새도 없이 뺨에서 불이 일도록 맞고 정신을 수습하는데, 어머니가 내 목덜미를 잡아끌었다.

"오이밭으로 가자. 네가 가져온 오이 다 가지고 따라오라."

어머니는 나를 앞장 세워 오이밭으로 향했다. 이미 내가 무슨 일을 저질렀는지를 깨달은 나는 주인이 올까 겁먹으면서 오이밭으로 어머니를 인도했다. 다행히(?) 주인은 나타나지 않았고 누구의 밭인지도 몰랐다. 그러자 어머니는 나에게 오이를 내밀었다.

"오이를 원래대로 붙여놔라. 딱 그 자리에 붙여놔라."

될 리가 없는 일이었지만 나는 오이를 들고 붙여보려고 발버둥 쳤다. 그만큼 살기등등한 어머니가 무서웠던 것 같다. 당연히 오이는 땅에 몇 번이고 떨어졌다. 어머니의 손바닥이 다시 내 뺨에 작렬했다.

"다시 붙여라. 이 쌍놈의 새끼야. 오이 하나 제자리에 붙일 재주도 없는 놈이 왜 남의 물건을 훔쳤나."

손이 발이 되도록 빈다는 말을 그때 실감한 것 같다. 나는 엉엉 울면서 다시는 그러지 않겠노라 잘못했노라 빌었다. 어머니도 팔이 아프셨는지 때리는 것을 멈추셨기에 대충 끝나는 줄 알았다. 그런데 다음 말씀에 나는 거의 기절할 지경이 되고 말았다.

"도둑놈이 됐으면 경찰서에 가서 자수를 해야지."

겁주는 말이 아니었다. 어머니는 내 목덜미를 잡고 진짜로 근처 지서로 향했다. 순경 아저씨 앞에서 어머니는 아들의 죄상을 읊었고, 순경 아저씨는 심각하게 고개를 외로 꼬았다. 어려서 소련군 몰래 두만강을 넘어올 때보다, 인민군 총알이 집 벽에 드르륵 박힐 때보다 그때가 더 무서웠던 것 같다. 울음조차 나오지 않아 하악하악거리고 있는데 순경 아저씨가 무겁게 입을 열었다.

"소행은 절도범이나 아직 나이도 어리고 오이 주인의 고발도 없고 하니, 네 어머니의 면을 보아 특별히 이번에 한하여 용서한다."

복음도 그런 복음이 있었을까. 나는 살았다는 듯 어머니를 쳐다보았고 어머니는 아직 분이 풀리지 않은 얼굴이셨지만, 경찰이 훈계 방면한다 하니 깊숙이 고개 숙이고 나를 데리고 나오셨다. 집으로 돌아온 뒤 어머니는 다시 나를 꿇어앉히고 맹세하게 했다.

"죽어도 남의 물건에 손대지 않겠습니다!"

어려운 시절이었다. 피난민들 사이에서도 슬쩍 남의 물건에 손대는 일은 비일비재했고, 뭘 들키지 않고 훔쳐와서 식구들 배부르면 모두 눈 감고 넘어가는 경우도 흔했다. 어머니는 그런 일에 질색을 했고, 막내아들 녀석이 뭔가를 자꾸 집에 들고 들어올 때 칭찬을 하면서도 그 출처를 소상히 물었던 것을 그제야 깨달았다. 그러다가 꽁치도 아니고 오이를 따온 것을 보고 사태를 직감했고, 작심을 하고 내 버릇을 고친 것이었다.

후일 경찰이 정말로 오이밭 주인을 부르고 고발하면 어떻게 됐을까 상상해봤다. 어쩌면 어머니는 며칠 나를 유치장에 가둘 작정이었는지도 모르겠다. 생전에 어머니가 그렇게 격노했을 때는 손을 꼽거니와, 내가 어머니 앞에서 그렇게 설설 기었던 것도 처음이었다. 그때 어머니가 남긴 말은 지금도 생생하다.

"어려울수록 곧아야 한다. 어렵다고 휘어버리면 어떻게 클지 모른다."

# 거제도의 졸업식

피 튀기는 전쟁과 모진 피난살이, 하루아침에 만리타향에 떨어진 우리 가족도 고달팠겠으나 어려운 시기를 살았던 건 남쪽 사람들도 마찬가지였다. 거제도만 해도 포로수용소를 만들기 위해 마을 몇 개가 싹 갈려나간 데다 별안간 거제도에 뿌려진 피난민만 수만 명이었으니, 좋든 싫든 그들과 삶의 터전을 나눠야 했을 거제도민들은 얼마나 황당했을 것인가. 사람 사는 곳이니 텃세를 부리는 이들도 있고, 심술궂은 자들도 없지는 않았지만 거제도 인심은 대개 넉넉하고 따뜻했다.

무엇보다 고마운 것은 그 어려운 시절에도 학교에 피난민 아이들을 수용하고, 바닥에서 공부시킬지언정 책을 내버리지 않게 했고, 피난민 중에서 교사 해본 사람들을 수소문하여 모시면서까지 아이들을 가르치게 했다는 점이었다. 다른 나라 사정은 잘 모르겠지만 이런 어려운 상황에서 아이들을 그렇게 공부시키고, 또 쫄쫄 굶을지언정 당장 돈 벌어오라고 아이들을 학교에 보내지 않는 부모들이 거의 없었던 나라가 지구상에 있었을까 싶다.

미군 부대의 하우스보이나 구두닦이로 연명할 수밖에 없었던 아이들도 흔했고 고아들도 널려 있었지만, 정말 할 수 있는 데까지는 했고, 끌어올 수 있는 데까지는 끌어와서 아이들을 가르쳤다. 그런 열정들이 폐허만 남았던 한국을 이만큼 끌어올린 게 아닐까. 전쟁을 일으키고 서로 죽고 죽인 못난 어른들이었지만, 또 어떤 면으로는 참 장한 어른들이었다.

학교에서는 점심때쯤 아이들을 운동장에 모아놓고 미군이 주는 우유죽(정확한 명칭은 모르겠으나 이렇게 불렀다)을 끓여 배식했다. 누더기 입고 배를 움켜쥔 아이들이 장사진을 쳤다. 피난민 아이들은 물론이고 형편 좋지 않은 거제도 원주민 아이들도 당연히 함께였다. 줄을 서 있는데 동생 혜자가 뒤늦게 나와 끄트머리로 가는 게 눈에 띄었다. 자칫하면 못 얻어먹을 수도 있는 판인지라 나는 오빠로서의 책임감을 발휘하기로 했다.

"야, 이리 와서 내 앞에 서라."

어린 여동생이고 하니 눈총 몇 번 받으면 될 줄 알았다. 그러나 우유죽 앞에서 굶주린 아이들의 날카로움은 내 예상을 뛰어넘었다.

"노이라! 노이라!"('나오너라'라는 뜻의 경상도 사투리 '나오이라'를 빨리 발음한 것으로 추정된다) 소리가 사방에서 튀어나왔고, 어떤 아이는 내 어깨를 치며 여동생을 줄 끝에 세우라고 호령했다. 나는 이를 악물고 여동생 어깨를 꽉 쥐고 버텼다.

"내 동생이다. 원래 여기 서 있었다."

그러자 분위기는 더 험악해졌다.

"이누마가 어디서 거짓부렁을."

두어 명이 동시에 내 앞으로 다가서 여동생을 떠밀자 나도 지지 않고 그들을 밀어젖혔고, 신호탄이라도 되듯 아이들이 무더기로 우리 남매 앞으로 몰려들었다. 몰매를 맞는가 싶던 상황, 갑자기 함경도 사투리가 반갑게 귀에 들어왔다.

"거 므스근 일임메."

피난민 아이들이 내 등 뒤로 우르르 줄을 선 것이다. 꼬마 여자애 하나 가지고 뭘 그러냐, 줄을 서야 될 거 아니냐, 우리도 동생 많다 등등의 날선 소리가 오가다가 결국 주먹이 날아가고 발길질이 난무하는 패싸움이 벌어졌다.

"날래 동무들 불러오라. 이 종간나 새끼들."

"이 문디 자슥들이 고마 확."

함경도 욕설과 경상도 욕지거리가 뒤섞이는 가운데 싸움은 점점 더 커져갔다. 선생님들이 허둥지둥 달려나와서 이리 뛰고 저리 뛰며 아이들을 뜯어말려 더 크게 번지지는 않았지만 그래도 코피가 터지고 땅바닥에 나동그라진 애들도 몇 명 눈에 띄었다. 그때 함경도에서 피난 나와 교원 경험을 인정받아 학교에서 우리를 가르치던 선생님이 피난민 아이들을 수습해서 교실로 들어갔다.

사태의 원흉이 된 터라 호된 꾸지람이 있을 것 같아 가슴을 졸였는데, 피난민 아이들이 얼추 들어온 것을 보자 갑자기 선생님이 울음을 터뜨리는 게 아닌가. 두 손으로 얼굴을 감싸고 서럽게 토해내는 울음 앞에서 우리 모두는 얼음이 되어버렸다. 왜 이러시는 것인가. 선생님은 강한 함경도 사투리로 이렇게 말씀하셨다.

"너희들 여기 피난 나와 있지만 북한에서는 근본 있는 집안 출신들이고 못 배운 부모 밑에서 막 자라지도 않았을 것이다. 낯선 땅에서 배곯고 살아도 자존심들은 지켜야 한다. 우유죽 한 그릇 때문에 이러면 안 되는 것이다."

선생님이 그렇게 말하면서 울자 함경도 아이들도 죄다 훌쩍거리기 시작했고 교실은 울음바다가 되었다. 이후로도 '삼팔따라지'로 남한 사회에서 살아가면서도 북한 출신 사람들의 마음 깊은 곳에서는 '그래도 우리는…' 하는 긍지랄지, 믿음이랄지, 하여간 깃대 같은 것을 움켜쥐고 살았다고 생각한다. 이런저런 사연 많았던 장승포국민학교 졸업식 날도 그랬다.

강당에 모여든 졸업생과 하급생이 한데 엉켜 웃고 떠들며 생애 첫 '졸업'의 느낌을 만끽하던 중 갑자기 한 친구가 "느이 어머니 아니냐?" 하고 나를 쳐다보았다. 방금 전 교장 선생님이 의례적으로 "내빈 중 축사하실 분 계십니까?" 묻는 것을 들었는데, 글쎄 우리 어머니가 자리를 메운 학부형들 사이에서 걸어나와 강단으로 향하고 계셨다.

나만큼이나 남루한 옷. 여기저기 기운 흔적 역력하고 제대로 먹지 못해 깡마른 모습의 어머니는 성큼성큼 큰 걸음으로 강단에 올라오셨다. 뜻하지 않은 '내빈'의 출현에 아이들은 조용해졌다. 처음에 나는 피식 웃었다. 어머니를 무시해서가 아니라 하실 말씀이 뭐가 있으셔서 굳이 강단까지 오르시나 싶었던 것이다.

그런데 어머니가 말문을 트자 사람들 모두가 놀랐다. 그리 긴 축하는 아니었다. 선연한 이북 말투긴 해도 어머니는 거제도 아이들에게도 또렷이 전달되도록 또박또박 말씀을 이어나갔다. 기억나는 대목은 이렇다.

여러분은 여러분 가정에서 귀한 자식들입니다. 천금을 갖고 와도 자식과 바꿀 부모는 없으니 여러분 하나하나 얼마나 귀합니까. 힘들고 어려워도 여러분이 귀한 사람들이라는 사실은 변함없습니다. 가정에서 귀한 자식들인 만큼 더 배우고 자라서 나라에도 귀한 사람들이 되십시오.

어머니는 우레와 같은 박수를 받았다. 그리고 우리는 노래를 불렀다.

"잘 있거라 아우들아 정든 교실아. 선생님 저희들은 물러갑니다."

여기까지는 괜찮았는데 다음 가사에서 콧날이 시큰했다. 어머니의 축사 때문이었을까.

"부지런히 더 배우고 얼른 자라서 새 나라의 큰 일꾼이 되겠습니다."

공부는 지지리도 안 하고 놀기만 한, 그러나 함경도와 제주도, 거제도의 여덟 개 인민학교와 국민학교를 거쳤던 어린이는 마침내 초등학교 졸업장을 손에 쥐었다. 장승포국민학교 26회 졸업생이었다.

4

밀양과 대구의
악동,
부산의 대학생이
되다

# 밀양 친구 수봉이

치매에 들어도 어릴 적 기억만큼은 선명하다는 이야기를 들은 적 있다. 기억은 가까운 것부터 사라진다던가. 오늘 아침 뭘 먹었는지는 까먹어도 70년 전 전쟁과 피난통에 어떤 음식을 먹었는지는 선연히 기억하는 것이 사람이다. 나 역시 그렇다. 그래서 국민학교(지금은 초등학교지만)를 졸업할 때까지는 더욱 상세히 기억나고 6·25라는 거대한 태풍 속에 얽힌 에피소드들도 짙고도 진해서 할 이야기도 많았다. 하지만 머리가 점차 굵어지기 시작한 청소년기부터는 그렇지 못하여 아쉽다. 남기고 싶은 이야기들이 숱하게 기억 속에서 사라져버리거나 가물거린다.

거제도에서 국민학교를 졸업한 나는 거제중학교 학생이 됐다. 1935년생 큰형과 1937년생 둘째 형은 이미 고등학생이었다. 후일 한양대학교 건축학과에 입학하게 되는 둘째 형은 공부를 잘했다. 공부와는 담을 쌓고 노는 데에 정신이 팔렸던 셋째가 어지간히 걱정됐나 보다. 하루는 나를 붙잡고 앉아서는 단호하게 얘기를 했다.

"너는 수학은 글렀지만 영어만 잘해도 빛을 볼 수 있으니 영어를 열심히 배워라."

지긋이 앉아서 문제를 풀어야 하는 수학 같은 건 취미가 없었지만 뛰어놀면서도 단어를 외울 수 있는 영어는 차라리 나았다. 그리고 천행으로 외우는 머리는 있어서 영어만큼은 남보다 잘했던 것 같다. 예나 지금이나 영어에 왕도는 없다. 그저 단어, 숙어, 문장 많이 외우는 놈이 이긴다.

등교하다가 길 옆에 멸치배에서 멸치를 잡아와 그물에서 털어내는 것을 보고는 그예 그물 밖에 떨어진 (어부들이 신경 쓰지 않는) 고기들을 주워 담느라 학교를 홀랑 땡땡이치는 도중에도 영어 단어는 외웠다. 그러던 중 군속 문관으로 일하던 아버지가 밀양 야전병원으로 전근을 가시게 됐다. 만주에서 태어나 두만강가에서 살다가 흥남부두에서 남쪽을 향하는 배를 타고 부산과 제주도, 거제도의 바닷가에서만 살던 우리 식구들은 그래도 내륙이라 할 밀양으로 이사를 가게 됐다. 밀양이고 삼양이고 낯선 곳이기는 마찬가지였다.

우선 좋았던 것은 거제중학교 같은 천막이 아니라 가건물이기는 해도 번듯한 학교 건물이 있었고, 바닥에서 공부하던 피난민 학생 신세를 면하고 높다란 책상 앞에 앉게 됐다는 점이었다. 밀양은 유서 깊은 고장이다. 학교 위쪽으로는 영남 제일의 누각이라는 영남루가 우뚝 솟아 있었고 그 주변에는 대나무숲이 누각을 호위하듯 빽빽이 서 있었다. 학교 아래쪽으로는 남천강이 유유히 흘렀는데, 남천강 위 밀양교는 정월대보름이면 인산인해를 이뤘다. 정월대보름 날 자기 나이만큼 다리를 밟으면 복 받는다는 속설이 있었는데 집에도 안 들어가고 수십 번 밀양교를 밟고 다녔으니, 그 후의 내 복된 삶은 그 덕이 아닐까 생각도 해본다.

하지만 학교 군기는 엄청나게 셌다. 등굣길에는 키 작은 나보다도 더 땅딸막한 3학년 '기합대장'(선도부장쯤 되었을 것이다)이 교단에 버티고 서서 등교하는 하급생들을 늘어세우고 눈을 감긴 뒤 용의 검사를 해서 책이 잡히면 사정없이 두들겨 팼다. 행사 때면 브라스밴드의 우렁찬 반주에 맞춰 목이 터져라 교가를 불렀는데, 밀양중학교에 얼마 다니지 않고 이사를 갔음에도 불구하고 그 교가 가사는 70년 넘게 흐른 지금도 입에 즐겨 붙는다.

"미리벌 복판에 솟은 우리 집 / 바람에 가득 찬 젊은 우리들…."

이 교가 덕에 나는 평생의 친구 하나를 얻게 된다. 먼 훗날 국립수산대학생이 되었을 때, 학교의 텅 빈 강당에 앉아서 이 노래를 흥얼거리다가 그예 가사를 붙여 불러댔는데 누군가 내 곁으로 급히 달려온 것이다.

"니 이 노래를 우예 아노?"

김수봉이라는 이름의 동급생이었다. 그는 밀양중학교 출

신이었다. 족보를 따져보니 밀양중학교 1년 선배였다. 하지만 그런 것 따지지 않고 친구가 되기로 했고 부산에서 평생 친구로 수십 년을 함께 보냈다.

그는 나에게 등산을 가르쳐준 친구이기도 하다. 하루는 어느 등산용품 가게에 가서 내게 등산 장비를 선물하기도 했는데, 이후 십수 년을 써도 말짱했을 만큼 최고급의 장비였다. 또 열렬한 축구팬이기도 했던 나는 한국 대표팀 A매치가 부산에서 열리는 날에는 어김없이 구덕운동장 근처에 살던 그와 함께 운동장을 찾아 응원에 열을 올렸다. 역시 축구를 몹시 좋아했던 아들 형민과 수봉이가 함께 구덕운동장을 찾았던 것도 여러 번이었으니 아들의 기억에도 분명히 남아 있을 것이다.

그렇게 수십 년을 친하게 지낸 친구였지만 다 늙어서 사소한 이유로 잠깐 동안 틀어지기도 했다. 늙어가면서 경계해야 할 일은 뜻밖에도 누군가와 척을 지는 일이다. 젊어서는 혈기로 누군가와 싸우고 멀어지는 일이 많다지만, 쉬이 화해하고 다시 어깨동무하기가 어렵지 않다.

하지만 귀가 순해진다는 이순(耳順)을 넘어서 귀가 순해지는 사람은 의외로 드물다. 오히려 더 예민해지고 완강해진다. 별것 아닌 말에 화를 내고 아무것도 아닌 말에도 상처받고 끙끙대다가 더 심한 상처를 주고 그대로 굳어져서 아름다운 평생의 우정이 흉터로 남는 일이 비일비재하다. 잠깐이나마 나와 수봉이도 그랬다.

어렵사리, 하지만 막상 시도하고 보면 너무 어이없이 쉽게 화해를 하고 다시금 절친한 친구로 돌아간 것은 실로 다행스러운 일이다. 지금은 세상에 없는 그 친구가 그렇게 풀어지지 않고 떠났다면 나는 그가 간 뒤에 얼마나 후회했을 것인가. 그 역시 가는 발걸음이 가볍기만 했겠는가.

그가 세상을 떠났을 때 나는 다시금 밀양의 풍경을 떠올렸다. 영남루의 하늘 같은 기와와 햇살 부서지던 남천강, 그 악스럽고 독살스럽게 뺨을 때리고 기합을 주던 선도부 선배, 그래도 피난 뒤에 처음으로 앉아본 학교 책상. 아울러 브라스 밴드에 맞춰 부르던 교가. 아마 수봉이도 떠나는 길에 문상 온 나를 보고 그 노래에 발맞췄을 것 같다.

"미리벌 복판에 솟은 우리 집 / 바람에 가득 찬 젊은 우리들…."

바랄 것 많지 않은 늙은 우리가 됐지만, 우리의 추억도 언젠가는 아무도 기억하지 못하겠지만, 내 기억 속 밀양은, 그리고 수봉이는 여전히 싱싱하게 살아 있다.

# 대구에서의 봄날과 치욕

밀양 생활은 오래 가지 못했다. 아버지가 대구 동촌에 있는 육군 형무소로 전근해 가시면서 대구로 터전을 옮겨야 했기 때문이다. 대구. 역시 생전 처음 듣는 지명이고 생소한 고장이었다. 하지만 이 대구는 나에게 특별한 고장이 된다. 이곳에서 그리 오래 산 것도 아니었지만 호적 작성 과정에서 내 본적지가 대구가 됐고 내 아들 형민, 그리고 손자 준하까지 모두의 본적지가 대구가 되었기 때문이다.

언젠가 아들 형민이 푸념을 해왔다. 손자 준하가 주민등록증을 받게 되었을 때 "내 본적이 왜 대구냐"고 불만을 토로해왔다는 것이다. 요즘은 나와 정치적 입장이 거의 비슷하여 대견하기 이를 데 없지만 당시로서는 대구가 자신의 본적지라는 것을 도무지 받아들이기 어려웠던 것이다.*

어쨌든 나는 영신중학교, 둘째 형은 계성고등학교, 큰형은 영남고등학교에

* 준하가 주민등록증을 받을 즈음은 박근혜 정권 때였고, 당시 준하는 '고담 대구'라는 표현까지 쓰며 대구의 보수성에 분노하는 입장이었다.

편입학하여 다니게 되었다. 둘째 형이 다니는 계성고등학교는 대구에서 일류로 치는 좋은 학교였다 그런데 내가 다니는 영신중학교는 신설 학교로 전통도 없고 선배도 없고, 여러 가지 지원도 미비한 학교였다. 당연히 우수한 학생도 적었다.

그러다 보니 학교에서는 매일 싸움이 벌어졌고 마치 '동물의 세계' 같은 서열 다툼이 펼쳐졌다. 하지만 부산과 제주도와 거제도와 밀양을 옮겨 다니면서 악으로 깡으로만큼은 누구에게도 뒤지지 않았던 나 아닌가. 싸움을 걸어오면 사양하지 않았고, 힘으로 안 되면 깡으로라도 버텼다. 당시 비리비리하던 한 친구가 있었는데 그 허약함에도 불구하고 아무도 그 친구를 건드리지 못했다. 이유는 단 하나였다. 몇 대 두들겨 맞고 코피를 흘리며 배를 거머쥐고 뒹굴다가도 녀석은 벼락같이 달려들어 상대의 불알을 거머쥐고 늘어졌다. 인간이고 짐승이고 수컷들이라면 그 고통을 이기기 어렵다.

천하장사 항우에 무하마드 알리라도 누군가 작심하고 다리 사이를 걷어찬다면 거품을 물고 넘어진다. 물론 싸움의 고수급들이면 방어하는 기술을 알겠지만 중뿔났다고 해봐야 거기서 거기인 중학교 애들은 실컷 두들겨 패다가도 녀석의 손아귀에 불알을 잡히기 십상이었다. 그러면 싸움은 끝나고 다시는 건드리지 않겠다고 비명 같은 사정사정을 하고서야 그 손에서 벗어날 수 있었다. 공부를 압도적으로 잘하거나 집이 부자가 아니면 그런 깡이라도 있어야 했다. 나 역시 그랬다.

내가 살던 곳, 그리고 아들과 손자의 본적지까지 된 곳은 대구시 동구 방촌동이다. 육군 형무소 근처 동네로 6·25 전란 중 동촌 비행장 건설 이후 그 터전을 내주고 이주해 온 1백 호 정도의 조용한 마을이었다. 하지만 대구에서 친구 사귀기는 그리 쉽지 않았다.

어느 지역 사람들의 특징을 단정짓는 것은 바람직하지 못한 일이지만, 대구 사람들은 일단 배타적 성향이 강했다. 그래서 한동안 내 친구는 박효준이라는 이름의 교회 친구 하나뿐이었다. 하지만 서로 마음을 터놓게 되면 속옷까지 벗어주는 속 깊은 사람들이 대구 사람들이기도 했다. 처음에는 적잖이 겉돌았지만 나도 대구 동구 방촌동 패거리의 일원이 되어갔다.

대구의 변두리 같지만 방촌동에는 대개 사과 과수원을 운영하는 꽤 부유한 집 아이들이 많았다. 돈이 있으면 기생하는 주먹들도 끼는 법, '방촌 아무개'라면 대구 시내에서도 꽤 유명했다. 그 수하의 꼬붕(부하)들도 많았다. 그래서 웬만한 깡패들은 근접하지도 못했고, 시외에서 대구로 들어오는 길목을 가로막고 적잖은 텃세도 부렸다.

놀기 좋아하고 깡도 있었던 나는 그 '형님'들의 마스코트이자 미끼(?) 노릇을 했다. 누군가 외지에서 방촌동에 들어왔을 때 삐딱하게 군다고 하면 출동(?)해서 시비를 걸어 막다른 곳으로 유인하기도 했다. 물론 뒤처리는 '형님'들이 했지만 그렇게 잘한 일이 아니어서 지금 돌아보면 얼굴이 화끈거린다.

큰형의 친구로 조성모라는 사람이 있었다. 고아 출신으로 싸움에 능했고 미군 부대 종업원들을 상대로 그 월급 일부를 갈취하여 살아가는 소위 양아치, 자기들 말로 건달이었다(나이가 있으니 건달 똘마니일 수도 있었겠지만). 그런데 예나 지금이나 중학생들이 제일 무서운 법이라 조성모도 중학생들이 죽자고 덤비면 피하곤 했었는데 하루는 내 친구들이 그 앞에서 꼬장을 부리는 걸 보고 내가 소리를 질렀다.

"지금 뭐하는 짓이냐!"

그러자 거짓말처럼 내 친구들이 얼어붙어버렸다. 그때 조성모의 휘둥그레진 얼굴과 경상도 억양은 지금도 눈에 선하다.

"야 동훈이, 니 제법이데이."

내가 더 엇나갔다면 후일 대구에서 유명해진 동성로파 중간 보스가 됐을지도 모르겠다. 하지만 그러지는 못했던 것이 나에게는 목사 아들이라는 브레이크, 그리고 굳세고 엄한 북도 여자 어머니의 눈초리가 있었다. 학교는 걸러도 교회는 나갔던 기독교인의 양심이 발을 걸었고, 또 피난 시절 오이를 훔쳐왔다가 어머니에게 죽도록 맞고 경찰에 넘어가기까지 했던 트라우마가 뒷덜미를 잡았다. 그래서 누구를 심하게 괴롭히거나 직접 물건을 빼앗는, 요즘 말로 학원 폭력을 주도하거나 삥을 뜯지는 못했다.

하다못해 친구들끼리 모여 서리를 가더라도 "교회 나가는 동훈이"는 망만 보라고 친구들이 빼 주었다. 내가 부득부득 우긴 덕이다. 망을 보는 것도 공범이기는 마찬가지지만 어린 마음에 그렇게 스스로를 합리화했다고나 할까. 그 와중에 목사 아들로서의 본분은 잊지 않고 교회 학생회 전도부장을 도맡아 했고, 친구들 몇몇을 '주님의 아들'로 끌어들이는 데 성공했다. 나는 평생 장로가 돼 본 적 없지만 당시 예수의 예자도 모르던 친구들이 내 덕에 교회를 다니게 됐고 장로님도 몇 나왔으니 꽤 성공적인 복음 전도자였던 셈이다.

유성락이라는 친구는 내 손에 이끌려 집안에서 혼자 교회에 출석했다가 온 집안을 다 전도하기도 했고, 역시 장로로 은퇴한 과수원집 아들 홍신화의 집에서 나는 귀빈으로 대접받았다. 그 집에서 나는 '카레라이스'를 처음 먹어보았다. 얼마나 맛있게 먹었던지 친구 어머니는 내 모습이 보이면 "동훈이가 왔으니 카레라이스를 먹어야겠다"며 카레라이스를 만들어주셨다. 오뚜기 카레가 나온 건 그로부터 한참 뒤인 1969년의 일이니 그때 카레를 어떻게 해주셨는지는 지금도 의문이다. 아마도 일본제가 아니었을까 싶다.

그렇게 내 인생의 황금기 같은 중학교 생활을 보냈지만 공부는 여전히 뒷전이었다. 하지만 나이는 먹었고 고등학교는 가야 했다. 중3의 어느 날 아버지가 나를 불렀다.

"계성고등학교에 원서를 넣어라."

계성고등학교라면 대구 시내에서 꽤 명문이었다. 어랍쇼,

내가 그 학교에 갈 수 있을까 고개를 갸웃거리는데 아버지가 말씀하셨다.

"그곳이 미션 스쿨이다 보니 목사 아들은 좀 봐줄 수 있다고 한다. 합격점의 절반만 받으면 입학시험 통과시켜주기로 했다."

커트라인의 절반 수준이라니! 아무리 그래도 그 절반을 받지 못할까! 호기롭게 시험을 보러 간 나는 눈앞이 완벽히 캄캄해지는 체험을 생애 처음으로 하게 된다. 시험지를 보는 순간 아무것도 보이는 게 없었다. 결과는 당연히 불합격. 온 집안이 나를 향해 들고일어섰다.

"뭐 이런 돼먹지 못한 놈이…."

"너 학교는 공으로 다녔냐?"

"아니 밥을 떠 넣어줘도 못 먹는 놈이 어디 있어!"

"오빠는 바보야?"

그때 먹었던 욕이 지금까지 건강하게 살게 해준 비결일지도 모르겠다. 그토록 배불리 욕을 먹었던 것이다.

# 행운과 액운의 쌍곡선

둘째 형은 여러모로 삼형제 중 돋보이는 사람이었다. 당시로는 훤칠하게 키도 컸고 공부도 잘했다. 그 어려운 피난살이 속에서도 공부의 끈을 거머쥐고 열심히 노력한 끝에 한양대학교 건축공학과에 합격했으니 가족 사이에서 그 위용이 어떠했을까는 따로 설명이 필요 없을 것이다. 다른 건 몰라도 공부 얘기만 나오면 나는 형 앞에서 다리를 펴고 앉을 처지가 아니었다.

여름방학을 맞은 둘째 형이 같은 과 친구라는 사람 하나를 데리고 며칠 묵어갈 양으로 대구 우리 집에 왔다. 그 이름을 나는 문성락으로 기억하고 있다. 그는 원래 서울대를 가려고 엄청나게 노력했으나 운이 닿지 못해 한양대로 방향을 틀었던 사람이었다. 첫눈에도 총명해 보였고 영어든 수학이든 막히는 게 없었다. 그런데 이 형이 나를 주목했다. 친구 동생이라는 새까맣고 작달막한 놈이 고등학교 2학년이라는데 공부는 뒷전 허구한 날 놀러만 다니는 것 같으니 안쓰러웠나

보다.

"야 동훈아, 이리 와서 앉아 봐라. 너 왜 공부 안 하냐."

"공부에 취미가 없어요. 제가 전학을 수십 번을 했어요. 그러다 보니 공부하는 법을 잊어버렸어요."

"이 자식아. 그럼 네 형은 어디 붙박이로 있었냐. 핑계는. 그래 어디까지 배웠어. 이 문제 풀어봐."

성락이 형이 내미는 문제를 보고 내가 한 대답은 지금 생각해도 걸작이다.

"소수점 찍을 줄을 모릅니다. 그래서 진도를 못 따라가요."

고등학교 2학년이 소수점을 찍을 줄을 모른다? 입을 헤벌린 채 뭐라 할 말을 잇지 못하던 성락이 형의 표정은 지금도 기억 속에 박제돼 있다. 그런데 이 형이 뜻밖의 결단을 내린다.

"알았다. 너 오늘부터 나랑 공부 좀 하자."

내가 학교에서는 좀 껄렁하게 굴었지만 둘째 형이나 큰형, 그리고 형들의 친구 말은 무조건 순종하는 경향이 있었다. 그리고 그날과 그날 이후도 그랬다. 성락이 형은 원래 우리 집에 놀러왔었지만 무슨 결심이 섰던 것인지 그 모든 일정을 작파하고 나를 진종일 가르쳤다. 유명한 대구의 무더위, 앉아 있으면 사우나를 능가하는 함석집 구석방에서 우리는 팬티만 입고 앉았다.

"책이 없는데요."

"그럼 빌려와야지!"

문리가 트인다는 말을 그때 약간이나마 경험한 듯싶다. 소수점도 못 찍던 아이가 유리수와 무리수를 구분하게 됐고, 루트와 근의 공식을 이해하게 됐다. 처음에는 도망가지 못해 안달이었지만 나중에는 공부에 재미가 붙는 초유의 경험이었다. 공부가 재미있을 수도 있구나. 홀연 우리 집에 나타나 그 후로는 거의 본 적 없는 문성락 형은 실로 내 인생의 귀인이었다. 그 형이 왜 친구 동생 하나를 사람 만들어보겠다는 결심을 하고서 놀러 다닐 일정 작파하고 비지땀을 흘리며 나를 가르쳤는지는 도무지 알 수 없다. 하늘의 도우심이라는 식상한 말을 되뇔 수밖에 없는 인연이었다.

방학이 끝나고 다시 서울로 올라가면서 성락이 형은 내게 이 말을 던지고 갔다.

"너는 머리가 있으니까 조금만 더 하면 된다. 절대 단념하지 말고 열심히 해봐라."

이 말을 여러 번 되풀이하고 돌아서는 그 뒷모습이 얼마나 고마웠던지. 요즘 말로 하면 '일타강사' 이상의 명강사로부터 과외를 들은 내 실력은 급상승했다. 개학 후 첫 시험에서 소수점도 모르던 내가 당당하게 75점을 받으면서 반 상위권에 랭크되는 기적이 일어난 것이다.

'동훈이가 공부 시작했능갑다'라는 소문이 학교에 짜하게 돌았다. 실제로 내 책상을 찾아와 기가 막힌다는 듯 신기하다는 듯, "니 진짜 공부하나?" 확인하는 아이들도 있었다. 하기야 그들로서는 여름방학 때 이놈이 무슨 더위를 먹었기에 갑자기 공부한다고 호들갑인가 싶었을 것이다.

요즘 말로 나도 '관종'끼가 있는 모양이다. 칭찬은 고래도 춤추게 한다고 그 관심을 이어가고 싶었다. '김동훈이 공부한다'는 소문이 시들해지자 이번에는 공부를 '잘한다'는 얘기가 듣고 싶었다. 좋다, 나도 공부 좀 해보자. 나는 어머니 앞에 나아갔다.

"어머니 나 학원 등록해서 공부를 좀 해보고 싶은데요."

불감청(不敢請)이언정 고소원(固所願)이라, 항상 밖으로만 돌고 성적은 바닥을 기던 막내아들이 별안간 공부를 하겠다고 하니 어머니는 '주여, 감사합니다'를 부르짖으실 수밖에. 안 그래도 교육열 충만한 어머니는 학원비를 장만하느라 삯바느질 일감을 배로 늘리시면서도 어깨춤을 추셨다.

"동훈이가 공부한다네, 할렐루야."

학원 공부는 또 다른 신세계였다. 몇 달 만에 나는 미분, 적분까지 마스터하는 쾌속 진군을 이뤘다. 솔직히 내가 공부에 흥미를 잃은 것은 수학 때문이었는데 수학이 해결되니 다른 공부도 진전을 보였다. 여름방학을 사이에 두고 대놓고 낙제생에서 촉망받는 유망주로 변신한 것이다. 그럭저럭 공부에 취미를 붙일 즈음 아버지가 부산 광안리에 있는 제7 피복장 군목으로 발령이 났다. 정든 대구를 떠나야 했다. 나의 화려한(?) 행적으로 빛나고 획기적인(?) 변신을 이룬 현장이었으며 정겨운 친구들을 많이 만들었던 대구를 말이다.

나도 섭섭했지만 친구들도 무척 아쉬워했다. 송별회도 여러 번 있었고 며칠 밤을 지새우며 이별의 정을 나눴다. 위의 두 형은 대구에 가서 하룻밤 묵기 어려웠지만, 나는 대구에 가면 한 보름 정도는 누구 집에 가서든 너끈히 신세를 질 수 있었다.

부산으로의 이사는 보통 일이 아니었다. 어렵게 마련한 대구 집을 팔고 부산에 새로운 터전을 장만해야 했다. 당시에는 은행 온라인 송금 따위는 꿈도 못 꿀 때였으니 집 판 돈을 들고 부산으로 가서 집값을 치러야 했다. 요즘 돈으로 치면 기천만 원 가까운 현금을 들고 기차를 타고 버스에 올라 새 집이 있는 광안리로 가야 했다는 뜻이다.

여기서 사달이 났다. 광안리 가는 버스 안에서 어머니의 가방을 날치기당한 것이다. 눈 뜨고 코 베어 가는 정도가 아니라 전 재산이 날아갔다. 우리 가족은 흥남부두에서 탈출해 배 타고 제주도에 닿았던 그때처럼 빈털터리 신세로 고스란히 돌아가고 말았다.

이런 일이 터지면 어쩔 수 없이 잃어버린 사람에게 책임 추궁의 눈초리가 간다. 거기서 그거 하나 간수 못하고…, 조금만 신경 썼으면…, 아니 그걸 하나 못 지키고…. 가장 가슴 아픈 것은 어머니였겠지만 은근히 내 얼굴에도, 또 동생들 표정에도 그런 게 배어났던 모양이다. 별안간 당신 탓에 온 가족이 길바닥 신세를 질지도 모르게 된 어머니는 속병이 날 지경이었다. 그때 아버지가 우리 가족을 불러 모았다. 그러고는 평소에는 거의 들을 수 없던 단호한 어조로 말씀을 하셨다.

"어머니를 절대로 탓하지 말기다. 그런 내색도 하믄 아이 된다. 그런 내색을 조금이라도 하는 놈은 혼쭐이 날 줄 알아라. 돈 때문에 네 어머니 마음이 다쳐서는 아이 된다. 하늘이 무너져도 솟아날 구멍 있지만 마음이 무너지면 옴짝달싹할 구멍도 없다. 일없다고 때마다 말씀드려라. 더 웃고 더 떠들어라. 그래야 어머니가 털고 일어날 힘이 생긴다."

솔직히 어머니에게 부글부글 끓고 있던 내 마음은 아버지의 이 훈계로 완전히 틀어막혔다. 아, 어린 마음에도 이런 것이 부부구나 싶었다.

# 날아간 파일럿의 꿈

날치기의 매운맛으로 시작한 부산 생활이 어렵사리 터를 잡
자마자 나는 진학할 학교를 골라야 했다. 당시 아버지가 교류
가 있던 부산대학교 총장 윤인구 박사에게 '말썽만 부리더니
이제사 공부를 좀 할 것 같은' 셋째 아들에 대한 고민을 털어
놨더니 그분이 부산에서 부산고등학교와 경남고등학교 다음
가는 명문 공립 고등학교인 동래고등학교에 입학을 주선해
주시겠다고 하셨다.

커트라인 반만 맞아도 되는 시험에 떨어져 온갖 욕을 먹
고 나름 한이 됐던 대구 계성고등학교를 웃도는 명문학교였
다. 그러면서 아버지는 하나의 방안을 더 제시했다.

"동래고등학교에서 따라갈 자신이 없거나 하면 내 친구가
교목으로 있는 덕원고등학교에 가도 된다."

1950년대 고등학교를 다닌 사람들이라면 이 양자택일 안
을 놓고 누군가 후자를 선택한다면 뭐 이런 모자란 놈이 있
나 의아하게 볼 것이다. 그 후로도 오랫동안 "고등학교 친구

가 평생 친구"라는 말이 통했거니와 평준화 따위는 까마득한 훗날의 얘기였다.

그런 판에 '명문 동래고등학교'를 마다하고 전쟁통에 설립된 신생 학교였던 덕원고등학교에 간다는 것은 요즘으로 따지면 이른바 SKY를 마다하고 이름도 생소한 대학에 굳이 가겠다는 똥고집과 비슷했을 것이다. 그런데 어리석게도 내가 그 짝이었다.

"동래고등학교는 아무래도 분위기가 빡셀 것 같으니 덕원고등학교로 가겠습니다."

이 결정은 일평생을 두고두고 곱씹어야 할 내 인생의 헛발질 중 하나였다. 아무리 어렵고 힘들더라도, 머리가 깨지고 등이 터지더라도 동래고등학교에 갔어야 했다. 덕원고등학교는 위에서 말했듯 신생 학교인 데다 학교에서 만난 아이들 역시 공부에 대한 의지가 없는 이들이 대부분이었다. 학교 분위기를 새삼 설명할 필요는 없을 것이다.

하지만 용케도 나는 그 분위기에 휩쓸리지 않고 공부의 고삐를 잡았다. 큰형은 이미 갑종 출신(초급장교 양성 루트였던 갑종 간부 후보생 출신)의 육군 장교였지만 둘째 형이 대학생이었는데, 우리 집은 대학생을 둘씩이나 거느릴 형편이 못 되었다. 가야 할 곳은 오로지 국비로 다닐 수 있는 학교였고, 나는 그중에서 공군사관학교로 목표를 정했다.

그러던 중 신문에 조종 간부 후보생 모집 공고가 났다. 파

154

일럿을 희망하고 있던 나는 공군사관학교에 가서 4년을 묵히지 말고 곧바로 조종 간부 후보생 시험에 응시하는 것도 좋겠다 싶어 시험을 보았다. 짧은 시간이나마 갈고 닦은 실력 때문인지 시험은 어렵지 않았고, 합격이 가능할 것 같다는 예감에 사로잡혀 발표장에 들어갔는데, 그만 눈이 휘둥그레지도록 놀랄 일이 벌어졌다. 내 이름이 방의 맨 위에 붙어 있는 게 아닌가.

"김동훈, 부산 경남 지방 응시생 중 1등."

믿기지 않는 일이었지만 엄연히 사실이었다. 합격증이 수여된 뒤 모월 모일까지 대전 공군기술교육단에 입교하여 신체검사를 받으라는 명령이 떨어졌다. 그때만 해도 나는 득의양양했다. 부산 경남 지방 1등인 나를 뽑지 않으면 누구를 뽑을 것이냐. 병약하지도 않았고 피난살이하면서 누구에게 힘으로 눌려본 적도 드문 내가 신체검사에 떨어질 일은 없었으니 당연히 합격은 따 놓은 당상으로 생각했다.

나는 큰소리 탕탕 치면서 향후 조종 간부 후보생으로서의 장밋빛 미래를 상상하며 대전으로 갔다. 조종 간부 후보생 선발 일정 때문에 공군사관학교 입학 원서 제출 기간을 놓친 것이 조금 안타까웠지만 무엇이 문제랴. 어차피 파일럿이 되는 건 같은데. 혼자 대전으로 올라간 나는 대전 청목여관이라는 곳에서 두근거리는 하룻밤을 지내고 아침 일찍 공군기술교육단 정문 앞에 나갔다. 그러자 공군 버스가 나와 응시생들을 태우고 정중히 신체 검사장까지 태워주었다. 흡사 간부 후보생이 다 된 기분이었다.

그런데 신체검사에서 나는 도무지 알 수 없는 불합격을 당한다. 원인은 치질과 시력이었다. 도무지 이해할 수 없는 것이, 그 정도로 심각한 치질이라면 평소에 똥구멍이 아파서 고생을 했던 이력이 조금이라도 있어야 하지 않겠는가. 하지만 그때껏 '치질'이라는 단어조차 몰랐을 만큼 내 항문은 건강했다. 시력으로 말할 것 같으면, 여든이 넘은 지금도 안경을 쓰지 않고 살고 있으니, 당시 시력은 몽골 사람처럼 좋았을 것이다.

"치질이라 불합격이야. 돌아가."

"아니 저는 치질이 뭔지도 모르는데요. 왜 제가 치질입니까?"

"네가 몰라도 우리는 알아. 너는 시력도 안 돼."

"여기서 시력 제가 제일 좋을 겁니다. 테스트해봐도 좋습니다. 시력 검사표 숫자 다 보인다니까요. 다시 검사해보면 안 될까요?"

"그런 거 없어. 돌아가."

이 일은 내 평생의 미스터리로 남아 있다. 나보다 체격 조건이 훨씬 못하고 얼핏 봐도 환자로 보이는 녀석들도 통과되는 신체검사가 왜 나에게는 없는 병까지 만들어가며 가혹했을까. 불합격자는 즉시 영내를 떠나야 했는데 이번에는 버스가 제공되지 않았다. 터덜터덜 멀기만 한 정문을 향해 걸으면서 눈물을 삼켰다. 그러면서 고개만 흔들었다. 치질이란 무엇인가. 내 눈은 이토록 좋은데 왜 나쁘다 하는가.

대전역에 나오니 부산 가는 열차도 한나절 기다려야 했다. 그때 역 근처 극장에서 본 영화가 〈가거라 슬픔이여〉였다. 시답잖은 줄거리의 영화였지만 내용보다는 제목이 내게 훨씬 와닿았다. 그래 '가거라 슬픔이여.'

이제 희망은 공군사관학교였다. 이를 악물고 공부에만 전념하고자 했지만 목사 아들로서 교회에 신경 쓸 일도 적지 않고 주일학교 반사(선생) 노릇도 해야 했으므로 이래저래 고달팠다. 하지만 잠을 줄여가며 간만에 미친 듯 공부했고, 마침내 공군사관학교에 원서를 냈다. 공군사관학교는 필기시험 이전에 신체검사를 했다.

여전히 항문은 튼튼했고 눈도 밝았기에 이번에도 치질, 시력 운운하면 드러눕기라도 하리라 주먹을 부르쥐는데 엉뚱한 복병을 만났다.

"김동훈 48킬로그램, 체중 미달 불합격!"

최저 체중 기준이 52킬로그램이었다. 공부하랴 교회 일하랴 분주히 움직이느라 영양 보충을 못했던 것이 패착이었다. 이로써 파일럿의 꿈은 완전히 날아가고 말았다.

그로부터 수십 년 뒤 아들 형민이 이런 얘기를 전해주었다.

"공군 장교 출신과 술자리하다 나온 얘긴데요. 아버지가 치질이나 눈이 안 좋았던 게 아닐 수도 있어요. 당시만 해도 인민군 노금석 대위가 미그기 몰고 귀순하기도 하고 이쪽 파일럿이 북으로 달아나는 경우도 있었다고 합니다. 그래서 가급적 북한 출신들은 파일럿으로 뽑지 않았다는 얘기를 들은 적이 있대요. 너희들이 북한 출신이라 안 된다는 말을 대놓고 하지는 못했고 신체검사에서 그렇게 걸렀다는 거지요. 물론 빽 있는 사람은 되기도 했겠지만."

그 말을 들으니 대전 공군기술교육단에서의 참담한 수수께끼가 풀리는 듯했다. 그럴 수도 있었구나. 나라로서는 어쩔 수 없는 선택일 수 있었겠으나, 한 소년은 그로부터 70년 동안 가슴 속에 응어리로 남은 미스터리를 지니고 살았다. 전쟁은 끝났고 사람들은 살아가기 바빴지만 분단은 조용한 철벽으로 나 같은 장삼이사의 삶에도 칸막이를 치고 있었다.

# 수산대학생이 맞은 태풍 사라

조종 간부 후보생에 이어 공군사관학교까지 실력 아닌 신체 문제로 미역국을 먹은 후 이제 뭘 해야 하나 답답한 마음뿐이었다. 그렇게 한 달 정도 지났을까. 아버지가 신문 한 장을 들고 오셔서 광고란을 가리켰다. 국립부산수산대학의 입시 요강이었다. 사관학교와는 달리 등록금은 있었지만 입학생 전원에게 병역 특혜를 주고 졸업과 동시에 직장이 보장된다는, 눈이 번쩍 뜨이는 광고였다. 거기다가 전체 모집 인원의 5%는 무시험 면접으로 선발한다 하여 밑져야 본전이라는 생각으로 이에 응시하기로 했다.

면접관은 식품제조학과장이셨던 김장량 교수님이셨다. 풀어보라고 준 문제가 근의 공식을 적용한 쉬운 문제였다. 이래봬도 공군 조종 간부 후보생 시험에서 부산 경남 지방 1등을 차지했던 몸 아닌가. 순식간에 풀어서 답을 냈다. 그다음으로 내밀어진 것이 영자 신문이었다. 학교 땡땡이치고 놀러다닐 때에도 영어 단어만큼은 되뇌고 살았던 나였다. 언뜻 읽어보니 막히는 단어가 없었다. 좔좔 해석해내니 교수님의 안색이 달라져 있었다. 그리고 반가운 판정이 튀어나왔다.

"합격!"

그 당시 서울에서 공부하던 큰형과 둘째 형이 군대에 가면서 약간의 여유가 생겼지만 그래도 내 등록금은 거의 빚으로 장만됐다. 내 기억에 13만 환 정도의 금액이었다. 우리 집 형편으로 보면 거금이었다. 어쨌든 나는 대학생이 됐다. 당시의 국립수산대학은 캠퍼스가 아직 잘 갖추어 있지 못한 상태였고 제반 교육 여건도 썩 좋은 편이 아니었다. 그러나 학생들의 질은 좋았다. 입학생 역시 전국구였다.

부산 출신이 30%, 서울 경기 지방 학생이 30% , 나머지가 호남이나 강원, 충청도 출신이었다. 저마다 내로라하는 인재들이었다. 후일 부산대학교와의 합병설이 나돌았을 때 "수원에 서울 농대 있듯이 부산에 서울대 수산 관련 대학으로 하면 될 거 아니냐"고 불만을 토할 정도로 프라이드가 높았다. 수산대학의 교복은 해군사관생도와 비슷한 제복이었고 부산시내에서도 그 교복을 알아봐줄 정도였다.

지역별, 출신별로 뭉친 학생들 간에 상당한 알력도 있었지만 한 학기를 지나니 서로 친하게 되었고 큰 문제는 없었다. 다만 선택의 시기가 다가왔다. 수산대학의 꽃은 역시 어로학과였다. 후일 나와 깊은 연을 맺게 되는 동원그룹 김재철 회장도 수산대학 어로학과 출신이었다. 아들 형민이 국민학교에 입학하고 받아온 교과서에 실린 수필 가운데 남태평양에서 파도와 싸우며 다랑어 등을 잡아 올리는 원양어선 선장 이야기가 있었는데 그게 김재철 회장의 작품이었다.

나도 은근 어로학과를 바랐지만 큰 문제가 있었다. 다른 사람보다 뱃멀미가 극심했던 것이다. 파도가 조금이라도 치는 날 배에 올랐다가는 초주검이 됐다.

"동훈이 너는 어로학과는 안 되겠다. 태풍이라도 부는 날에는 엄마 젖까지 다 게워낼 거 아니냐."

친구들의 걱정 섞인 푸념이었다. 결국 나는 식품가공학과를 택할 수밖에 없었다. 수산대학 출신으로서 수산업의 최전선에서 활약하고 싶었던 나로서는 불만스러웠지만 어쩔 수 없었다. 몸이 허락하지 않는 다음에야. 하지만 그해가 지나지 않고 나는 바다의, 아니 자연의 무서움을 절감하게 된다.

1959년 추석날 아침이었다. 어머니는 구식의 좁아터진 부엌에서 추석맞이 음식을 장만하고 계셨다. 태풍이 올라온다는 소문은 있었으나 요즘처럼 기상청의 예보가 실시간으로 나오는 것도 아니었고, 심지어 기상대는 이 태풍이 우리나라에 상륙하지 않을 것 같다는 엉뚱한 예보를 하고 있었다. 올라온다는 태풍의 위력이 어느 정도인지, 방향이 어떤지에 대한 정보는 전혀 없었다. 채 식지 않은 9월 바닷물의 열기를 흡수하며 한껏 덩치를 부풀린 태풍 '사라'는 지금도 깨지지 않는 최저기압인 905헥토파스칼(hPa)의 위력으로 휘몰아쳤다.

9월 16일 심야에 제주도에 상륙한 사라는 동틀 무렵에는 초속 39.2미터의 돌바람으로 제주도를 쑥밭으로 만들었다. 하지만 이 소식조차 제대로 전달되지 않았다. 제주도에 수만 명의 이재민이 발생하는 상황에서도 부산 사람들은 다음 날 마주할 바람 지옥을 상상하지도 못한 채 추석맞이에 분주했다. 태풍 사라는 추석날 통영 앞바다로 진출하면서 그 소용돌이 오른쪽에 위치한 경상남북도를 그야말로 박살을 내버린다.

당장 우리 집의 지붕이 날아갔다. 누워 있는데 별안간 천장이 사라지고 하늘이 보였던 순간의 황당함이라니. 우리 집뿐이 아니었다. 당시 동네에 흔하던 판잣집들의 지붕이 삽시간에 산산조각으로 휘날리며 공중을 날아다녔다. 사람들은 급한 대로 집안의 귀중품만 겨우 챙긴 맨몸으로 미친 듯이 퍼붓는 비바람 속을 헤맸다. 어떻게든 안전한 곳을 찾아야 했다.

근처에 수도여자중학교 교사(校舍)가 있었다. 콘크리트 건물은 아니었지만 꽤 규모도 꽤 컸기에 그리로 가면 비바람을 피할까 싶었는데, 마치 영화의 한 장면처럼 이 학교가 종잇장 날아가듯 공중으로 사라져버렸다. 아버지가 시무하던 교회는 60평 규모로 루핑*으로 지은 가건물이긴 했어도 어지간히 튼튼해 보였다. 그런데 이 교회도 훨훨 사라졌다.

군부대가 자동차 병기창으로 쓰던 차고 건물이 바

* 루핑(roofing)은 1950~60년대 저렴한 비용으로 지붕을 덮는 용도로 주로 쓰인 검은색의 두꺼운 기름종이로, 강한 바람이 불면 쉽게 날아갔고 화재의 위험이 높았다.

람에 휩쓸려 날아가 아랫집을 덮칠 지경에 이르자 '이제 죽었구나' 싶은 생각이 눈앞을 스쳤다. 날아다니는 건물 잔해에 맞아 죽은 사람들이 부지기수였다. 누군가가 와들와들 떨면서 말했다.

"오륙도가 파도에 잠겨 보이지 않는답니다."

아무렴 정말로 그러기야 했을까마는, 당시 산복도로에서 부산 앞바다를 내려다본 사람 얘기로는 쓰나미 같은 파도가 부산항을 향해 덮쳐오는데 세상의 종말 같았다고 한다. 태풍이 지나가는 몇 시간은 며칠이나 되는 듯 길었다.

우리 가족은 튼튼한 기와집을 갖고 있던 교인 집에 몸을 피할 수 있었지만 그 기왓장마저 들썩들썩했을 때는 그저 손 붙잡고 기도할 수밖에 없었다. 그렇게 자연은 무서웠다. 이런 태풍을 바다에서 맞았다면 어땠을 것인가.

태풍이 지나간 뒤 날씨는 거짓말처럼 청명해졌다. 그러나 부산 시내는 폭격을 맞은 듯 산산조각이 난 뒤였다. 사람들은 그 폐허 속에서 옷가지를 찾고 부서지지 않은 살림살이를 구해냈다. 당장 먹을 것 입을 것조차 턱없이 부족했다. 부산진구청에서 수해를 입은 난민들에게 구호품을 나눠주었는데 무슨 영문인지 우리 교회와 집이 누락돼 쥐꼬리일망정 받아 먹어야 할 쌀과 구호품을 받지 못했다. 생으로 쫄쫄 굶을 판이었다. 그때 누군가 폐허가 된 집 근처를 두리번거리는 게 보였다. 육군 중위 정복 차림의 큰형이었다.

# 큰형을 떠올리며

흥남부두에서 나올 때 아버지는 탈출선에 가족을 태울 수 있는 티오(T.O)를 배정받았다. 그때 아버지 목사 친구들이 몰려와 여기 남으면 반드시 죽을 사람을 먼저 태워야 한다고 아우성을 쳤고 아버지가 "여자와 애들을 죽이기야 하겠냐"며 어머니 이하 식구들을 부두에 남겨두었던 얘기는 앞서 흥남 탈출 이야기에서 한 바 있다.

그래도 아버지는 장남만큼은 먼저 배에 태웠다. 그런데 남은 가족이 눈에 밟힌 아버지가 하선해서 우리를 찾아 다른 배에 올라타면서, 듣도 보도 못한 부산에 혼자 떨어져야 했던 큰형은 무진 고생을 했다. 그때 얻은 영양실조와 병으로 10대 후반을 고생스럽게 보내기도 했다. 원래는 군에 졸병으로 입대했는데 어느 날 장교가 됐다. 지금은 사라진 갑종 간부 후보생에 자원해 장교 계급장을 단 것이다. 왜 군에 말뚝을 박았냐고 하니 그렇게 답을 했던 기억이 난다.

"하도 매를 때리니까 맞다가 죽을 것 같아서 매가 무서워서 갑종 간부 후보생 지망을 했다. 장교는 덜 맞을 것 같아서."

정도전이 이성계에게 조선 팔도의 기질을 설명하면서 함경도는 '이전투구(泥田鬪狗)'로 묘사했다고 한다. 좋게 말하면 맹렬하고 용감하다는 뜻일 테지만 나쁘게 보면 진흙 밭에서 싸움 벌이는 개처럼 척박한 땅에서 깡만 드높고 불뚝밸이 앞서서 드잡이하기를 좋아한다는 뜻일 것이다. 그런데 이성계가 또 함경도 출신 아닌가. "진흙밭 개?" 이성계의 인상이 확연히 구겨지니 정도전이 얼른 표현을 바꿔 '석전경우(石田耕牛)', 즉 '돌밭을 우직하게 가는 소'라며 이성계를 달랬다는 얘기도 들었다.

나도 비슷하겠고 우리 삼형제와 여동생 둘 모두가 대충 그랬지만 큰형도 전형적인 함경도 사람이었다. 졸병으로 입대해서 하도 두들겨 맞다가 열이 뻗쳐서 장교를 지망해버린 것도 그런 불뚝밸의 결과였을 것이다. 북한이라면 치를 떠는 나로서도 인정할 수밖에 없는 사실 하나는 물리적 폭력에 관한 한 남한은 북한보다 훨씬 심각했다는 점이다. 해방군으로 함경도까지 북진한 한국군들은 민간인들 보는 앞에서도 수시로 부하들의 뺨을 날렸고, 부대원들에게 몽둥이 찜질을 퍼부었다. 그 모습을 보며 의아해했던 것은 앞서도 얘기한 바 있다. 잔인한 폭력이 난무하던 군대에서, 큰형님은 '이런 개 간나 새끼들' 하며 폭발하여 카빈총 긁어버릴 법한 위기를 몇 번 치르고서는 아예 장교로 진로를 틀어버렸던 것이다.

사라호 태풍이 남부 지역, 특히 경상남북도 일대를 초토화시켰다는 소식을 듣고 큰형은 휴가를 내 부산을 찾았다. 당시 부산 일대에서도 영도나 중앙동 산복도로 일대, 전포동 일대 피난민촌은 그야말로 아수라장이었다. 집 잃은 사람들은 망연자실을 넘어 자포자기에 가깝게 널브러져 있었고, 가난한 나라는 그들에게 해줄 것이 많지 않았다.

그나마 태풍 피해 이재민들에게 지급돼야 할 구호품에까지도 부패의 그림자가 드리워져 있었다. 벼룩의 간을 내먹는 놈들이야 언제 어디에나 있게 마련이지만 그 구호품을 떼먹는 놈들도 있었고, 팔이 안으로 굽는다고 자기 연줄 닿는 곳에 구호품을 집중시키는 공무원들도 있었다. 우리 가족과 교회 사람들에게는 구호품이 수건 한 장 돌아오지 못했다. 이를 본 육군 중위의 눈이 돌아갔다.

"동훈아, 따라나와."

"어딜 가게?"

"너 해병대 훈련복(수산대학생들이 입었던 제복) 다리미질해서 칼같이 줄 세우고 나랑 구청에 좀 가자. 이 새끼들 몇 놈 죽여버리든지 해야지."

정복 차림의 육군 중위와 해군 훈련복 걸친 수산대학생. 두 명은 악에 받쳐서 부산진구청을 찾았다. 이전투구판의 개처럼 으르렁거리면서 이를 갈면서. 그리고 돌밭을 가는 소('석전경우')처럼 다리에 힘을 주고서 앞을 막아서는 어느 바위든 치워버리겠다는 기세로 말이다. 정문을 통과해 현관으로 들어서면서 큰형에게 말을 걸었다.

"형님, 잠깐만요. 구호품 분배를 맡은 데가 어딘지 내가 알아볼게."

그러자 큰형은 나를 빤히 지켜보더니 한마디 툭 내던졌다.

"구청장을 조져야지. 말단한테 가서 뭐하나."

큰형은 그대로 구청장실을 향해 돌진해 들어갔다. 육군 중위라지만 이후의 군사독재 정권 시대도 아니었고, 군인들의 위상이 그렇게 위풍당당하지는 않았을 때였다. 한낱 다이아몬드 두 개짜리가 부산진구청장을 만나 뭘 어쩐다는 자체가 상상이 안 됐는데 이날 큰형은 여러모로 상상을 넘어서고 있었다.

큰형은 구청장실 문을 박차고 들어갔다. 회의 중이던 구청 간부들이 기겁을 하며 일어서는 가운데 큰형은 딱 보니 구청장 같은 신사의 멱살을 잡아 올렸다. 함경도 말투 뚝뚝 쏟아지는 거친 언사로.

"너 이 새끼야, 오늘 자칫하면 죽을 줄 알라. 구호품 배정이 어찌 이리 엉망이냐. 쌍. 대가리 부숴버리기 전에 똑바로 하라!"

말뿐 아니라 눈에서도 살기가 시퍼렇게 일었다. 거기에 해군 훈련복 갖춰 입은 나까지 가세하니 구청 직원들은 완전히 기가 꺾여버렸다. 혼이 나가버린 구청장은 육군 중위 앞에

서 싹싹 빌었고, 문제가 있었던 구호품 배정을 즉시 수정하겠
노라고 약속하면서 우리 형제의 '부산진구청 습격 사건'은 해
피 엔드로 마무리됐다.

큰형은 군인으로 30년을 보냈다. 주특기는 정보 분야였
다. 육군 첩보부대(HID)를 거쳐 육군 정보사령부에서 근무했
고, 일본 주재 공관의 무관으로도 오래 나가 있었다. 당연히
큰형이 군대에서 어떤 일을 했는지는 자세히 알지 못한다. 정
보사령부 자체가 대북한 정보 수집이 주임무다 보니 북파 공
작원들을 훈련시키고 파송하고 관리하는 업무를 했다고 어
렴풋이 짐작할 뿐이다. 우리나라 훈장의 최고 등급은 태극무
공훈장이고, 그다음이 을지무공훈장, 그다음이 충무무공훈
장인데 큰형은 충무무공훈장 수훈자였다. 어떤 공로로 그 훈
장을 받았는지 궁금해했지만 큰형은 자세한 무용담을 들려
준 적이 없다. 남북통일이라도 되어 기밀문서들이 나오기 전
에는 아마도 비밀로 남아 있을 것이다.

매우 드물게 자신이 겪은 일을 흘려주었는데, 그중 하나
가 김대중 납치 사건 당시의 일이다.

"중앙정보부 애들이 김대중을 죽이려고 했던 건 확실한
것 같은데 왜 안 죽였는지는 모르겠어. 뭐 김대중 말처럼 미
군 비행기가 나왔는지 어쨌는지 그건 모르겠는데, 하여간 한
국에 와서도 바로 집에 돌려보내지 않고 며칠 있었지. 그때
내가 김대중을 이틀인가 데리고 있었어. 의외로 겁이 많은 사

람이더군. 하기야 그 꼴을 당한 사람이 항우 장사인들 온전할 까마는."

이때 큰형은 매 맞기 싫어서 장교가 되었던, 비참하게 두들겨 맞으며 피눈물 흘리던 졸병 시절을 떠올렸는지도 모르겠다.

그렇게 수십 년 군 생활을 끝내고 전역한 뒤 큰형 여생은 그리 순탄하지 못했다. 세상 물정에 어두운 제대군인들이 겪는 고충을 고스란히 겪었고, 믿었던 사람들에게 여러 번 뒤통수를 맞았다. 그래도 겉으로는 우렁우렁한 목소리 잃지 않고, 어깨 늘어뜨리지 않고 살았던 우리 집 장남 큰형은 2022년 11월 9일 세상을 떠났다. 1935년생이니 향년 여든여덟. 형을 안장하면서 다시금 부산진구청에서의 이전투구(?)가 눈앞을 덮어왔다. 그로부터 몇 년 전 개봉했던 로버트 테일러 주연의 영화 〈형제는 용감하였다〉처럼, 우리 형제도 용감했었다. 무모할 만큼. 하지만 그럴 수밖에 없었다. 그렇게 살아야 했다. 큰형의 명복을 빈다. 천국에서 평안하시길.

# 대한민국의 격변,
# 그러나 바빴던 대학생


당시 대한민국은 명실상부한 세계 최빈국이었다. 실업자가 득실거렸고 지금처럼 흔하지 않았던 대학 학위를 받은 사람들조차 직장을 구하지 못해 쩔쩔맸다. 정확히 말하면 온 나라에 이렇다 할 돈벌이가 없었다는 편이 맞겠다. 대학생이라고 해서 용돈 타 쓸 처지가 전혀 아니었던 나는 일단 돈을 벌어야 했다.

가정교사라도 해보자 해서 사방에 수소문을 했다. 겨우 한자리를 얻었는데 알고 보니 부산에서 버스회사를 크게 운영하는 사장의 '세컨드'의 집이었다. 당시 한국 사회의 우스웠던 꼬락서니 중 하나는 남자들의 축첩이 일상처럼 자연스러웠고, 돈 좀 만지는 사람들은 두 집 살림하는 것이 당연했고, 심지어 처첩이 한집에 사는 일도 드물지 않았다는 것이었다.

이 '세컨드' 역시 중2 딸과 국민학교 4학년 아들을 데리고 호화로운 삶을 살았다. 몸뚱이 하나 건사하기도 힘든 사람들이 득실거리는 판에 두 집 살림을 호화판으로 하는 이들을 보면 기분이 좋지 않았지만 어쩌랴. 세상이 그런 것을. 그 속내가 드러났을까. 그 '세컨드' 아주머니는 이상하리만치 내게 벽을 두었고 머지않아 가정교사를 그만두어야 했다. 다행히도 곧 다른 일거리가 생겼다. 도립맹아학교 음악 선생이었다.

당시 한국의 장애 아동은 수만 명이었지만 맹농아를 교육하는 기관은 많지 않았다.* 그나마 부산 도립맹아학교에 온 친구들은 운이 좋은 친구들이었다. 그들의 음악 선생이 된 나 역시 운이 좋았지만 말이다. 난데없는 웬 음악 선생이냐 물으면 당시 한국에서 제대로 된 음악의 세례를 받은 사람들은 기독교인들이었다는 점을 다시 한번 상기시켜 드리고자 한다. 풍금이라도 치고 콩나물 음표라도 읽을 줄 아는 사람들은 대개 교회를 다녀본 사람들이었다.

목사의 아들로서 여러 교회를 거치며 주일학교 선생 노릇을 하면서, 또 성가대석에 서면서 어깨 너머로 몸으로 익힌 음악적 소양이 음악 교사라는 꽤 괜찮은 아르바이트를 가져다준 것이다. 여든 넘은 지금도 악보는 제대로 보지 못하지만 아코디언을 어렵지 않게 연주할 수 있으니 이 또한 하나님의 은혜이리라.

청각장애인들을 아생(啞生)이라 불렀는데, 이 아생들이 특히 나와 친했다. 그

* 1962년 8월 13일자 경향신문 기사에 의하면, 서울의 국립농학교와 부산의 도립맹아학교가 있었고, 무인가 시설을 포함한 사립교육기관이 25개뿐이었다고 한다.

들과 인사를 나눈 지 며칠 안 된 어느 날, 한 아생이 와서 칠판에 썼다.

"선생님 몇 살?"

거기에 나이를 써주었더니 호들갑을 떨면서 사방을 누비면서 수화(지금은 수어라 한다)를 해댔다. 자기들끼리 깔깔대며 웃기에 도대체 무슨 뜻이냐고 물었더니 "음악 선생님이 나보다 어려!"였다고 했다. 또 하루는 오른손 엄지손가락과 왼손 새끼손가락을 들이대고 나에게 묻는다. 그것은 결혼했느냐는 뜻이었다. 아직 결혼하지 않았다 하니 음악 선생님 총각이라며 또 분주하게 수화로 떠들었다. 장애가 있는 아이들이었지만(아이들만은 아니었다. 얘기했듯 나보다 나이 많은 이도 있었으니) 매사에 밝고 활발했다.

아이들과 즐겁게 놀기도 하고 공부도 하던 도중 4·19가 터졌다. 대한민국은 격변하고 있었다. 부산에도 고등학생들의 시위가 터져나왔고 서울에서 4·19라는 거대한 화산이 터진 후 부산의 대학생과 시민들도 전면적으로 데모에 나섰다. 자유당 정권에 대한 분노와 실망은 컸고, 교회 청년회에서도 시위를 해야 하는 것 아니냐는 얘기가 나온 것으로 기억하지만 나는 데모에 참여하거나 투쟁에 나서지는 않았다. 수산대학 분위기도 그랬다. 부산대학교와 동아대학교 학생들은 열정적으로 나섰으나 수산대학생들은 분위기 자체가 술 먹고 노는 쪽으로 더 바빴다. 하지만 이승만 정권이 붕괴되면서 갑자기 할 일이 생겼다.

4·19혁명과 이승만 하야 직후 대한민국 전역이 그랬겠지만 사회는 지극히 혼란스러웠다. 특히 혁명 대열에 총을 쏘아붙였던 경찰들이 줄행랑을 쳐서 빈 파출소가 많았다. 양아치들, 불량배 나부랭이들이 판을 쳤고 시민들은 불안해했다. 이때 정복이나 해군 작업복을 갖춰 입은 수산대학생들이 파출소에 나가 치안을 맡았다. 유단자도 많고 싸움에 능했던 이들이 유니폼과 대오를 갖춰 나서는지라 웬만한 깡패들은 얼씬도 하지 못했다.

나 역시 초량 3파출소에서 근무(?)에 나섰다. 같이 간 일행이 죄다 후배들이었으니 팔자에 없는 파출소 소장 노릇을 짧게나마 하게 됐다. 큰 사고는 없었지만 어쭙잖게 구는 몇몇 불량배를 혼내주고, 주민들 민원도 해결해주니 주민들이 대학생들 고생한다고 밥도 푸짐하게 지어와서 간만에 포식했던 것이 가장 기억에 남는다. 대학생들이 치안을 맡을 만큼 혼란스러운 사회, 혁명은 일어났으되 혁명 이후는 누구도 만족하지 못하는 상황, 혁명 이후의 정치를 맡은 사람들은 자리싸움을 벌이고 도대체 누구를 위해 혁명을 했는지 모를 정국이 계속됐다. 하지만 나는 여전히 내 앞가림하기에 바빴다.

맹아학교 음악 교사는 꽤 오래 내 버팀목이 돼주었다. 쉽지 않은 학업과 어쭙잖은 음악 교사 노릇의 1인 2역을 하느라 정신없던 시절, 서울에서 또 하나의 '혁명'이 났다는 소식이

들려왔다. 5·16이었다. 당시 윤보선 대통령이 "올 것이 왔구나" 하고 푸념했다고 하던데, 내 심경 역시 그랬다. 언젠가 일어날 일이 일어났다는 느낌이었다. 무엇보다 내게는 '남의 일'이었다. 하지만 세상은 그렇게 또 한번 바뀌고 있었다.

당시 맹아학교는 그 존재감을 과시하기 위해서든 각종 지원을 받기 위해서든 육군 병원이나 형무소 같은 곳에 위문 공연을 자주 다니곤 했다. 그때 말을 잘하지 못하는 아생들 중 똑똑한 아이들에게는 구화(口話)를 연습시켜 분위기에 맞는 인사를 하거나 사기를 돋우는 내용의 연설을 시키곤 했다. 이승만 대통령 시절에는 "우리나라 대한나라 독립을 위해 여든 평생 한결같이 몸 바쳐오신 고마우신 리 대통령 우리 대통령 그 이름 길이길이 빛나오리라" 하는 이승만 대통령 찬가를 읊기도 했고, 4·19 뒤에는 정반대의 내용을 연출하기도 했다.

그런데 어느 날 무대에 올라간 아이의 구화가 꽤 날선 소리로 귀에 꽂혔다.

"1. 반공을 국시의 제일의로 삼고 지금까지 형식적이고 구호에만 그친 반공태세를 재정비 강화한다. 2. 유엔 헌장을 준수하고 국제협약을 충실히 이행할 것이며 미국을 위시한 자유우방과의 유대를 더욱 공고히 한다. 3. 이 나라 사회의 모든 부패와 구악을 일소하고 퇴폐한 국민도의와 민족정기를 다시 바로잡기 위하여 청신한 기풍을 진작시킨다…"

5·16 후 발표된 이른바 '혁명공약'이었다. 대한민국이 그렇게 몇 번을 뒤집히는 혼돈을 겪는 동안 내 대학 생활도 끝나가고 있었다.

5

가난한 날의
행복과 슬픔

# 당당함에 대하여

수산대학에서는 입학하면 병역 특혜가 있다고 광고했었고, 실제로 입학 후 1년 동안은 군사 훈련도 병행했다. 하지만 어로학과와 기관 관련 학과 등 해군에 유용한 과를 제외하고는 학생들에게 병역 특혜를 주지 않는다는 결정이 내려지면서 군사 훈련도 더 이상 받지 않았다. 결국 보통 장정들처럼 신체검사를 필하고 군대에 가야 했다. 그런데 나는 군대에 가지 않았다. 정확히 말하면 못했다고 표현하는 게 맞을 것 같다. 대학 재학 중 몇 번이고 군에 입대하려고 했으나 병무 신체검사에서 갑종을 판정받지 못해 현역 자원입대 퇴짜를 맞았던 것이다.

큰형은 육군 장교, 둘째 형은 한양대학교 건축공학과 졸업 후 해병사관 후보생 29기로 멋있는 군복을 자랑했지만, 당시만 해도 바싹 마르고 키도 작았던 나를 대한민국 군대는 번번이 거부했다. 그렇게 퇴짜가 이어지면서 시간이 흘렀고 군 입대 문제는 유야무야되고 말았다.

군대는 그렇다 치고 졸업 후에는 일자리를 구해야 했건만 이게 또 난항이었다. 학교 친구들 중 동작 빠른 친구들은 교수님들에게 찰싹 달라붙어 당시 인기 있던 냉동 수산물 처리 공장이나 통조림 공장에 줄을 대 입사 합격 통지서를 챙겼고 그 외에도 각종 분야 회사에 입사하여 넥타이를 매고 다니는 이들이 많았지만 나는 그러지 못했다. 학업에 특출하지도 못했고, 그걸 커버할 만한 '사바사바' 실력도 부족했다. 졸업과 더불어 나는 당시 전국적으로 구름같이 몰려 있던 실업자 군단의 일원이 된다. 참으로 답답했던 나날이었고 부모님 뵐 면목이 없어 늘 쥐구멍을 찾고 있었다.

그런데 어느 날 눈에 번쩍 띄는 신문 공고가 났다. 박정희 정권 수립 이후 처음 실시하는 9급 공무원 채용고시였다. 즉일로 입학원서를 제출하고 시험을 보러 고사장인 경남여고에 도착했을 때 나는 또 한번 기가 질리고 말았다. 수험생의 인산인해였다. 수산대학 선배들도 있었고 수산 계열 공무원 시험인지라 수산 관련 학과 대학생들, 수산계 전문대 학생들, 수산계 고등학교 출신들에다가 일반인들까지 들끓었다. 어마어마한 경쟁률이었다. 1천 명은 온 것 같은데 10명도 안 뽑는다고 하니 한숨만 푹푹 나올밖에.

어쨌든 시험은 치렀고 결과는 두 달 뒤에 나온다고 했다. 뭔 채점을 두 달씩이나 하나 투덜거리면서 기다리던 어느 날 둘째 형의 결혼 날짜가 다가왔다. 우리 다섯 남매 중 둘째 형은 가장 준수한 외모의 소유자였다. 일단 당당한 체구에 얼굴도 미남이었다. 공부도 잘해서 위에 말했듯 서울대에 뒤질 것 없다는 한양대 건축공학과를 졸업했으니 실업자 신세였던 동생에 비교할 수 없는 1등 신랑감이었다. 그래서 그랬을까 함께 입대한 해병사관 후보생 동기로부터 여동생을 소개받아 열애에 빠진 끝에, 큰형보다 먼저 장가를 가게 됐다. 1963년 6월 6일 현충일이었다.

결혼식장은 둘째 형이 해병 장교로 근무하고 있던 포항이었다. 온 식구가 새벽 일찍 일어나 포항에 갈 준비에 부산했는데 갑자기 우편물이 왔다. 내용을 확인한 순간 나는 비명 같은 환호를 내질렀다. 9급 공무원 채용 시험 1차 합격 통지서였다. 무려 100대 1의 경쟁률을 일단 뚫어낸 것이다.

둘째 형 결혼에 나의 합격 소식이 전해지니 온 집안이 헨델의 오라토리오 '할렐루야' 합창 분위기로 변했다. 포항에 이르는 비포장 자갈길조차 비단꽃길이었고, 집안에서 제대로 준비하지 못해 해병 장교의 쥐꼬리 월급으로 가까스로 치르는 결혼식 역시 동화의 결혼식처럼 화려해 보였다. 해병 장교들이 군도를 높이 쳐든 가운데 그 사이로 입장하는 신랑신부는 마치 황제와 황후 같았다.

신랑 둘째 형은 늠름했다. 언젠가 휴가를 나온 둘째 형과 함께 부산 남포동에 놀러 나간 적이 있었는데 하필이면 인근에서 한 해병대원의 주취 난동이 벌어졌다. 요즘도 해병대원들의 과잉행동이 문제가 되곤 하지만 60년 전 해병대라면 그야말로 '개병대'에 걸맞은 '곤조'를 부리는 경우가 많았다. 몇 군데나 되는 가게가 박살이 났고 경찰은 물론 출동한 헌병조차 접근을 못하는 상황이었다. 그때 마침 해병대 장교 복장이었던 둘째 형이 성큼성큼 그 앞으로 나갔다.

아무리 장교라지만 몇 명 때려죽일 것 같은 '개병대원'과 엉키는 건 불안해서 말렸지만 둘째 형은 하등 망설임 없이 그 코앞까지 다가갔다. 그러고는 딱 한마디. "야 너 왜 이래." 그러자 놀라운 일이 벌어졌다. 취기와 흥분으로 눈이 뒤집혀 있던 '개병대원'이 별안간 온몸에 각을 잡으면서 경례를 올려붙인 것이다. 몇 마디 대화가 오갔고 사람 몇 때려죽일 것 같던 개병대원의 난동은 그것으로 끝났다. 이후 아무 일도 없었다는 듯 금술 달린 해병대 장교복을 빛내며 성큼성큼 남포동 거리를 가로지르는 둘째 형의 모습은 참으로 멋있었다. 그건 무슨 동네 골목의 '깡'이 아니라 몸에 밴 당당함이었다. 나도 저렇게 당당해야지.

그 당당함을 본받고 싶었던 것일까. 나는 엉뚱한 지점에서 지나치게 당당함을 과시하고 만다. 1차 합격자에 대한 면접은 자그마치 서울 중앙청에서 있었다. 중앙청 농림부 수산국장님이 직접 면접관으로 나섰다. 국장님은 수산학 박사 정문기 씨였다. 9급 공무원 1차 합격자로서는 하늘 위의 하늘 같은 분일 수밖에 없었다. 그분이 합격자 모두를 일일이 개인 면접을 했으니 1차 합격자들 모두 초주검이 될밖에. 잔뜩 긴장을 하고 들어간 나에게 정문기 국장이 이런 주문을 해왔다.

"한천의 제조 방법과 황태 제조 방법의 차이점에 대하여 논해봐."

나는 아는 대로 대답을 했다.

"그 방법은 둘 다 동일합니다."

그런데 어떻게 된 영문인지 정문기 국장이 엉뚱한 소리를 했다.

"그게 어떻게 같은가? 다르지."

그러면서 빤히 쳐다보는 고약한 눈빛. 하지만 수산대학 식품가공학과 졸업생으로서 단언컨대 정 국장의 말은 오류였다.

여기서 "좀 더 알아보겠습니다"라거나 "국장님 말씀이 옳은 것 같습니다. 제가 착각했습니다" 하고 넘어갈까 아주 잠깐 생각도 했지만 이내 마음을 고쳐먹었다. 남포동에서의 둘째 형의 당당한 걸음걸이도 생각났고, 아닌 건 아니라고 해야 할 것 같아서였다. 나 역시 국장의 코앞에 얼굴을 갖다 댔다.

"둘 다 동결 융해 건조 방식이라 같습니다."

"이 친구야, 동결 융해 건조하고 동결 승화 건조 방식을 같다고 하면 안 되지."

갑자기 수험생과 면접관의 논쟁이 시작됐다. 학교 강의

시간에 배웠던 모든 지식을 짜내서 국장의 논리를 반박했고, 국장 또한 '이놈 봐라?' 하는 표정으로 당신의 주장을 고집했다. 솔직히 내가 보기엔 억지였지만 배석해 있던 공무원들 아무도 기침 소리 하나 내지 못했다. 술 취한 해병대 곤조의 백배쯤 되는 권위의 위압. 나는 그래도 둘째 형처럼 지지 않고 맞섰다. 급기야 "그만하고 나가~!" 호령이 들리고서야 아뿔싸 이마를 짚었지만 때는 늦은 뒤였다. 이걸로 낙방인가. 복도에 나와서는 당당함은 내동댕이친 채 벽을 치며 후회했다. 안 되는 줄 알면서 왜 그랬을까.

그러나 정문기 국장님은 실로 대인배였던 모양이다. 1963년 6월 24일 나는 대한민국 정부로부터 이런 통지를 받는다.

성명 김동훈 1940년 6월 14일생 위 사람을 1963년 7월 1일 부로 농림부 중앙수산검사소 조건부 7급 공무원으로 임명하고 주문진 지소 근무를 명한다.*

온 세상이 다 내 것 같고 하늘의 별도 딸 것 같았다. 드디어 어엿한 사회인으로서 다른 형들처럼 자기 몫을 넉넉히 하는,

---

* 아버지는 실제로 1939년생이며, '조건부 7급 공무원'은 오늘날로 치면 9급 공무원이다. 농림부 소속의 중앙수산검사소는 이후 여러 차례 소속과 명칭이 바뀌었는데, 2013년 해양수산부, 국립수산물품질관리원으로 소속과 명칭이 바뀐 이후 지금까지 이어오고 있다.

진짜 '어른'이 된 느낌이었다. 온 집안에 또 한번 할렐루야 꽃이 만발했고 둘째 형과 우리 집안 첫 며느리인 둘째 형수도 자기 일처럼 기뻐해 주었다.

둘째 형은 평생 비겁하지 않았던 사람이다. 대학 시절 크리스천 아카데미 활동을 해 강원룡 목사를 비롯해 후일 쟁쟁한 이름들과 친하게 교류한 마당발이었던 둘째 형은 당시로서는 꽤 귀한 건축사 자격증 소유자였다. 조금 잔머리를 굴리고 약간 뻔뻔스럽게 위기를 회피할 줄 아는 재주가 있었다면 '건설 공화국 대한민국'에서 어마어마한 부자로, 각계의 고급 인맥과 두루 교유하며 유유자적 살고 있을지도 모른다. 하지만 둘째 형은 사업에 실패한 뒤 자신의 모든 것을 털어 주변의 피해를 최소화하고서 홀홀 미국으로 떠났다.

부도가 나도 삼대가 먹고살 건 빼돌리고 부도를 낸다는 시절, 둘째 형은 그렇게 당당하게 위기에 맞섰고, 한국의 건축사 자격증을 버려둔 채 미국 시카고와 포틀랜드의 세탁소 주인으로 수십 년을 또 한번 곤하지만 당당하게 살아냈다. 태평양을 사이에 두고 가끔 연락을 나눌 뿐이지만 여전히 애틋하고 그리운 둘째 형과 형수의 건강을 기원한다.

# 큰형 결혼 대작전

신출내기 최말단이지만 엄연히 대한민국 수산검사소의 정식 공무원이 된 내 처음 부임지는 강원도 주문진이었다, 주문진! 눈보라 휘날리던 바람 찬 흥남부두에서 쪽배 얻어 타고 북한을 떠난 뒤 처음으로 닿았던 육지, 그 조그마한 항구, 북도에서는 볼 수 없었던 과일 감을 처음 입에 넣어봤던 바로 그곳이었다. 배 안에서 공포와 굶주림, 그리고 속을 탈탈 털어내는 멀미에 떨던 새까만 열두 살 소년은 스물다섯 살 초보 공무원으로 주문진에 부임했다.

당시 주문진은 조그마한 항구이자 명주군 주문진읍사무소가 위치해 있다는 것 외에는 특기할 것 없는 동네였다. 하지만 오징어의 주산지로서 어업이 활발했다. 이렇다 할 산업이 없던 당시 대한민국에서 오징어는 주요 수출품 중 하나였다. 상당량의 오징어가 마른오징어로 가공되어 수출되었다.

격세지감을 자극하는 이야기인지 모르나 삼성물산을 비롯한 유수의 무역회사들이 강원도에 진출하여 오징어를 수

집, 가공하는 일에 골몰하고 있었다, 내 임무는 이 오징어가 수출품 규격에 적합한지 아닌지를 검사, 판정하는 것이었다. 이런즉 소장을 비롯해 일곱의 직원이 근무하고 있던 주문진 수산검사소의 위상을 짐작할 수 있을 것이다. 실로 대단했다.

당시 초보 공무원으로서 대쪽같이 살았다고 말할 자신은 없다. 요즘의 김영란법을 적용하자면 위반을 다반사로 했다고 봐도 무방하다. 매일 아침 검사장에 나가면 깨끗한 수건 한 장과 파고다 담배 한 갑, 영양제인 구론산 등이 즐비하게 늘어서 있었다. 내 한마디에 업체 관계자들이 전전긍긍하고 무엇이 필요하다 하면 즉시 대령했고 검사에 이러저러하게 협조해 달라고 하면 일사천리로 도움이 이뤄졌다. 낮에 검사 업무가 끝나면 밤에는 날마다 기생집에서 술판이 이어졌다.

안타까운(?) 일은 내가 술 담배를 전혀 하지 못한다는 것이었다. 목사 아들로서 소싯적 껄렁한 아이들과 어울려 살았어도 담배를 입에 댄 적은 없었다. 비싸기도 했거니와 아버지 어머니 보시기에 하늘이 무너지고 땅이 꺼질 일이었기에 그랬다. 솔직히 술은 한 잔씩 하고 싶을 때도 있었다. 그런데 유감스럽게도 나는 전혀 술을 받지 못하는 체질이다. 맥주 한 잔만 들어가면 쓰러지는, 요즘 말로 하면 알코올 분해 효소가 전무한 체질이었다. 주문진이니 신선도 우수한 횟감이 그득했지만 그렇게 고생을 하면서도 유난히 입이 짧아 생선회를 즐기지 않았던 나로서는 그것들조차 그림의 떡이었다. 제아

186

무리 화려한 술상 안주상 앞이라 해도 꿔다놓은 보릿자루가 될밖에.

이후 계속된 사회생활에서 체득한 것 하나가 술 한 방울 안 먹고 술 취한 사람처럼 잘 노는 법이다. 내가 술을 입에 대지 않는다는 것을 아는 친구들은 너 어떻게 술 안 먹고 그렇게 할 수 있냐고 놀랄 정도였다. 재주라면 재주지만 고역이라면 고역이었다. 아들 형민이 대학에 합격했을 때 나는 당장 아들을 데리고 근처 카페에 가서 칵테일을 먹여보았다. 내 형들도 술과는 거리가 멀었고 조카들도 똑같았기에 아들의 술에 대한 반응도 테스트해보고, 술에 대한 유의사항도 전해줄 요량이었다.

어 그런데 한 잔을 홀짝 마셔버린다.

"어, 괜찮니?"

"네, 괜찮은데요."

칵테일을 또 시켜 권하니 그것 역시 입맛을 다셔가며 먹어버린다. 아하, 술에 관한 한 외탁을 했구나. 내 처남들은 나이 들어서도 술을 즐기는 주당들이셨기 때문이다. 그때 아들에게 이런 얘기를 했다.

"술을 먹을 줄 아는 건 좋다. 나는 술을 아예 못 먹는 체질이라 살아오면서 애로가 많았다. 하지만 취하도록 마시면 안 된다. 성경 말씀에 술은 마시되 취하지 말라고 돼 있다."

그때 아들 녀석의 대답.

"마시면 마시고 취하면 취하지 어떻게 마시는데 안 취해요. 취하라고 마시는 술인데."

돌아가서 술 담배 못하면 남자 어른이 아니었던 1960년대, 술 담배 안 하는 착실한(?) 사람이었던 나는 큰형을 '면(免)총각'시키는 큰 공을 세우게 된다. 하루는 작심을 하고 아버지를 주문진으로 모셨다. 부산에서 강릉으로 비행기 편으로, 또 차를 대절해서 주문진까지 모시는 여정이었으니 가난한 공무원 월급의 태반을 날릴 만한 거사였다. 하지만 아깝지 않았다. 아버지도 피난길 들렀던 주문진을 생생히 기억하고 계셨고, 너무나 감개무량해하셨기 때문이다.

"그때 그 항구에 네가 공무원이 돼 있구나."

아들의 융숭한 대접을 받은 후 돌아가신 아버지로부터 며칠 뒤 연락이 왔다. 내용은 전연 뜻밖이었다.

"네 큰형이 결혼을 위해 선을 보았는데 주문진 처녀가 마음에 든다고 며칠 뒤에 주문진에 간다 했다. 주문진수산고등학교 출신이라는데 이름은…."

어라? 주문진수산고등학교라면 다리 하나 건너면 금방 신상 파악이 가능할 텐데. 마침 우리 사무실 건너편에 읍사무소에 근무하는 한 처녀가 있었는데 이런 여자를 알고 있느냐 물으니 자기와 제일 친한 친구라는 게 아닌가.

"그럼 같이 한번 봅시다!"

이후 나는 읍사무소 처녀와 예비 형수와 뻔질나게 만났

다. 물론 그러면서 큰형에 대한 칭찬을 엄청나게 늘어놓았다.

며칠 후 당시 육군 중위로 근무하던 큰형이 주문진에 도착하였고 청혼을 위해 처갓집을 방문하였는데 이건 또 무슨 일인가. 단지 군인이라는 이유만으로 큰형은 발도 들여보지 못하고 퇴짜를 맞았다. 남북의 대치가 요즘 사람들로서는 상상하기 어려울 만큼 살벌했던 시절이고, 언제 전쟁이 다시 날지 모른다는 분위기였으니 군인이라면 결국 파리 목숨이라는 게 큰형 처가댁의 생각이었던 것 같다.

큰형도 하늘이 무너졌지만 나도 어이가 없었다. 그런데 하필이면 주문진 처녀고, 또 하필이면 내가 주문진 공무원이란 말인가. 까닭 모를 책임감이 발동했다. 공무원 빽으로 수소문을 해보니 당시 큰형의 예비 장인과 검사소 서무계 주임 이주일 씨가 막역한 사이였다. 거기다 마침 이주일 씨도 우리와 같은 함경도 출신이었다. 같은 '삼팔따라지'로서 이주일 씨는 큰형을 적극적으로 돕기로 했다.

"내가 그 어머니를 설득해볼게."

그의 설득 포인트는 바로 나였다. 이주일 씨가 생면부지의 큰형을 피알(PR)할 수는 없는 노릇이고, '나랑 같이 일하는' 김 중위 동생을 내세울 수밖에 없지 않았겠는가. 내가 형수에게 어마어마하게 큰형을 띄웠듯, 이주일 씨도 나를 곱절로 부풀렸다고 들었다. 유능하고 진국이고 그 동생을 보면 형을 알 수 있고…. 하여간 그럴듯한 형용사는 다 갖다 붙이는 가운데 가장 결정적인 포인트는 이것이었다고 한다.

"술 담배 안 하고 착실하고⋯."

이런 고비를 거쳐서 '술 담배 안 하는' 집안 내력과 하필이면 형수의 고향에 공무원으로 와 있던 동생 덕에 1935년생 큰형은 당시로는 에누리 없이 붙어 있던 노총각 딱지를 떼게 된다.

이후로도 여행을 하거나 하여 주문진을 들르면 여러 생각이 교차한다. 죽음의 공포로부터는 놓여났으나 어딘지도 모를 캄캄한 바다 위를 떠돌다가 처음으로 만난 남쪽의 육지. 공교롭게도 그곳에 대한민국 공무원으로 부임해서 사회생활을 시작했고, 큰형의 배필을 만나고 이어주는 까막까치 노릇을 했다. 주문진은 이래저래 인연 깊은 곳이었다고나 할까.

# 하늘은 스스로 돕는 천재를 돕는다

사람은 죽으면서 '껄껄껄'을 외친다던가. 그때 그거 할'껄', 그때 그걸 하지 말'껄', 그때 그 사람을 잡을'껄', 그때 거기를 가지 말'껄', 그때 그 인간과 사귀지 말'껄' 등등 인생의 고빗길에서 뼈아픈 후회를 하게 되는 일이 좀 많을까. 내 경우에도 몇 번의 '껄'이 있는데 청소년 시절 공부를 소홀히 하여 이른바 명문 고등학교를 가지 못한 것이 두고두고 후회스러웠다.

우리 세대만 해도 어느 고등학교를 들어가느냐는 인생의 축이 갈라지는 문제였고 고등학교 친구들은 평생 끈끈하고 듬직한 인간관계로 남는 경우가 많았다. 앞에서 이야기했지만 미션 스쿨로서 목사 아들에게 특혜를 주었기에 기본만 하면 갈 수 있었던 대구 계성고등학교에 입학할 수 있었더라면 내 인생은 조금은 더 편해질 수 있었을지도 모른다.

한국 사회에서 인맥은 정말 절실한 것이었다. 이른바 학연, 지연, 혈연의 삼연(三緣)에서 나는 모두 불리한 편이었다. 얘기했듯 학연으로서는 수산대학 외에는 크게 도움을 받거나 빛을 볼 여지가 없었고, 김해 김씨라는 것 이외에는 전혀 남쪽과 연고가 없던 토종 북도 피난민으로서 남쪽에는 그 흔한 친척 하나 없었으니 혈연은 눈을 씻고 봐도 찾기 어려웠다.

지연 역시 비슷하게 빈약했다. 같은 북한 출신이라도 평안도와 함경도는 또 달랐다. 평안도 사람들은 일제강점기 독립운동을 할 때부터 '서북파'를 형성할 만큼 그 역량이 탄탄했다고 들었고 분단과 전쟁 와중에도 수많은 사람들이 남하하여 대한민국 요소요소의 핵심으로 자리 잡은 경우가 많았다. 하지만 함경도 사람들은 전쟁 전 내려온 사람들을 제외하면 태반이 눈보라 휘날리는 바람 찬 흥남부두에서 구사일생 탈출한 사람들이 대부분이었기에 숫자 자체가 적었다. 그러니 지연(地緣) 덕을 볼 일이 적었다. 하지만 없지는 않았다.

어느 날 아버지로부터 좋은 소식이 왔다.

"동훈아, 근무지가 어디가 좋으냐. 내 친구가 검사소 고위직에 있다는 얘기를 듣고 협의하니 네가 원하는 대로 인사발령을 내줄 수 있다고 한다."

아니 우리 아버지에게 이런 '빽'이 있을 리가 없지 않은가. 무슨 친구인가 여쭈니 함경도 출신으로 일제강점기 부산고등수산학교(수산대학 전신)를 졸업한 한신욱이라는 분이다.

아, 그분이 함경도 출신이셨구나. 오징어 검사만 줄창 하던 실력으로 부산 같은 대처 검사소는 무리인 것 같고 포항 정도를 희망한다고 말씀드렸지만 이뤄질 수 없는 소망이라 생각하고 거의 잊어버리고 있었다. 그런데 며칠 뒤 별안간 공문이 날아왔다.

포항 지소 근무를 명함.

요즘 중국과 거래하는 이들이 중국은 "되는 것도 없고 안 되는 것도 없는 나라"라고 푸념하는 것을 들은 바 있는데 이때 한국도 그랬던 것 같다. 줄과 빽이 없으면 아무리 발버둥 쳐도 못 박힌 곳에 빠져나오기 어려웠지만, 어쩌다 '라인'을 타면 근무지를 골라 갈 수 있는 탄탄대로가 펼쳐졌던 것이다. 덕분에 나는 포항, 목포, 부산 등 내키는 대로 옮겨 다니며 경험을 쌓을 수 있었다.

수산검사소에는 일제강점기부터 근무해온 '짬밥' 높은 직원들이 많아 직급이 오르기란 하늘에 별 따기보다 더 어려웠다. 하지만 재차 포항으로 발령나면서 나는 수산대학 동기생 다섯 명과 더불어 '5급갑'에서 '4급을'로 파격 승진하는 기쁨도 누렸다. 이 역시 한신욱 소장님의 특별 배려였다.

여기서 빽만 믿고 줄 잘 잡은 뻰질뻰질한 공무원을 연상할 수도 있겠지만 꼭 그런 것은 아니었다. 얘기했지만 줄과 빽이라면 더 튼튼하고 막강한 이들이 즐비했고 나는 살아남기 위해 무진 애를 써야 했다. 승진에 영향을 주는 일이라면 발 벗고 나섰고 공무원 교육 시 높은 점수를 위하여 밤샘 공부도 불사했다. 그때 늘 했던 한탄이 "학창 시절 이렇게 했다면 장학금도 받고 서울대학교도 가는 건데"였다. "그때 공부 더 할'껄'."

그러던 어느 날 특별 인사 발령 공문이 날아왔다.

중앙수산검사소 본사 분석실 파견 근무를 명함.

이건 무슨 일인가. 서울 파견 근무라니 간단한 짐을 챙겨 서울로 향했다. 중앙수산검사소 분석실에 도착하여 과장님을 만나 뵈었는데, 그 입에서 떨어진 말은 천만뜻밖이었다.

"분석실에서 필요한 방사선 동위원소 취급자 일반 면허를 취득하라."

방사선? 히로시마와 나가사키에 떨어진 원자폭탄에서 나왔다는 그 방사선? 동위원소는 또 무엇인고? 그걸 취급하는 면허라니 대체 어디서 뭘 어떻게 하라는 말인가. 머리에 둔탁한 것이 떨어지는 느낌이었다. 수산검사소 4급 직원에게 이런 난해한 명령이 떨어진 이유는 남태평양 일대에서 툭하면 실시됐던 핵실험 때문이다. 미국은 말할 것도 없고, 프랑스 영국 등은 1950~1960년대 핵실험을 그야말로 밥 먹듯 시행했는데 그 주 무대가 남태평양이었다. 그러다 보니 남태평양에서 잡히는 참치 같은 물고기들의 방사능 피해가 우려됐고, 당시 수산검사소는 수출용 참치에서 방사능이 검출되지 않앓음을 증명할 수 있는 원자력 동위원소 취급 전문가가 필요했던 것이다.

우리나라 높으신 분들의 특징이자 병폐인 "응 해봐, 안 되면 네가 책임져라"가 발동된 셈이었다.

그저 눈앞이 캄캄했다. 난데없이 원자력공학도도 어려워하는 면허증을 따야 한다니. 그러나 까라면 까는 것이 공무원을 위시한 대한민국 직장인 세계의 불문율 아닌가. 어쩔 수 없이 서울 시청 근처에 있던 원자력원의 교육 프로그램 수강생으로 등록하고 팔자에 없는 원자력 공부를 하게 된다. 당시 국가 시책으로 이 면허를 획득해야 취직이 가능토록 돼 있었기에 강의실에는 원자력공학과가 있던 두 학교, 서울대학교와 한양대학교 출신자들이 득실득실했다.

그런데 강의 첫 시간 나는 소스라치게 놀란다. 어랍쇼. 강의의 개설 이유와 앞으로의 진로, 전망 등 전반적인 상황에 대해 강의하러 들어온 사람이 구면이었던 것이다. 대구 사람으로 둘째 형의 절친이자 나와도 교회를 같이 다녔던 유경희 씨였다.

'경북대학교 천재'로 유명했던 그는 공부 안 하고 노는 데 정신 팔렸던 나를 귀여워해주었고 나도 형님처럼 대했다. 그런데 이분이 교육기관의 교무과장이자 핵심 강사로 와 있던 것이다. 쉬는 시간 당장 찾아가 자초지종을 고했다. 유경희 씨의 표정은 어이없음 그 자체였다. 가히 낫 놓고 기역자도 모르는 놈이 사서삼경 시험을 보겠다는 것이었으니.

"동훈아, 니 이것이 얼마나 어려운 일인지 아나? 강의실에 있는 사람들 서울대 아니면 한양공대 아이들이다. 대학 내내 그쪽만 들고 판 사람들이다."

"검사소에서 출세하려면 이 면허를 획득해야 한다고 들었습니다. 한번 도전해보겠습니다."

"좋다. 열심히 해봐라. 그런데 이건 국가면허다. 내가 여기 있다고 하더라도 시험에 한 톨의 부정이나 사적인 요소가 개입되지 못한다. 열심히 해봐라. 공부는 내가 도와줄 수 있다."

당연히 강의 내용은 무슨 외국어를 듣듯 이해불능 요령부득이었다. 영어 단어 모르는 사람에게 셰익스피어 희곡 강의가 무슨 의미가 있겠는가. 내 살 길은 오로지 유경희 형이었다. 주말만 되면 어김없이 형의 집으로 찾아갔다.

"형님 이건 대체 무슨 얘깁니까?"

당시 유경희 형은 한창 신혼이었다. 깨를 볶아도 모자랄 신혼집에 주말만 되면 꾸역꾸역 찾아들어 발을 묶는 더벅머리 총각이 형수는 몹시도 미웠을 것이다. 공부 시간이 길어지면 나에게 밥까지 해 바칠 지경이었으니 그 속은 오죽했으랴. 지금 생각해도 당시 형수님께 죄스러울 뿐이다. 하지만 시계가 거꾸로 돌아가 그 시점으로 복귀한다 해도 나는 그럴 수밖에 없을 것이다.

남의 신혼 다 망쳐놓은 45일간의 교육이 끝나고 시험을 치렀다. 문제는 어려웠고 낙방은 거의 확실했다. 실망했지만 어차피 이루어질 수 없는 희망이었다고 자위하며 포항 지소에 내려와 업무에 열중했다. 그런데 사무실에 전화벨이 울렸다. 서울 유경희 형의 전화였다.

"야, 너 턱걸이로 합격했다. 아주 아슬아슬하게 붙었어. 축하한다!"

포항 수산검사소가 조용하지 않았다. 검사소장님이 직접 불러 격려도 하셨고 포항 검사소에 천재가 났다고 소문이 자자했다. 천재는 무슨 천재인가 운이 좋았고 그 운을 놓치지 않을 만큼 눈에 불을 켜고 공부했을 뿐이지. 하필이면 등록한 원자력 관련 교육 기관에 둘째 형의 친구이자 내가 좋아하던 '동네 형'이 등장할 줄 뉘 알았으며, 과연 그에게 개인 교습을 받지 못했다면 합격 근처엔들 갈 수 있었겠는가.

하늘은 스스로 돕는 자를 돕지만 하늘이 직접 돕지 않는다. 사람을 통해 돕는다. 변변한 학교 하나 졸업하지 못한 피난민 출신인 나였지만 내가 열심히 할 때, 최선을 다할 때, 혜성같이 나타난 누군가가 나를 도왔던 기억은 내 인생의 빛으로 남아 있다. 그분들께 다시금 감사한다.

# 노총각의 세 가지 원칙

나는 몰랐지만 '방사성 동위원소 취급자 면허증'은 꽤 유용한 면허였다고 한다. 병원 방사선과 등에서도 요긴하게 써먹고 쏠쏠한 수입도 얻을 수 있는 자격증이었음을 뒤늦게 들었다. 하지만 말단 공무원인 내게는 그저 승진과 좋은 보직을 얻는 사다리였을 뿐이었다. 이 면허증의 도움으로 서울 근무 기회가 났다. 나는 서울 본사 근무를 자원했고 중앙수산검사소 제2검사과(분석실 주관 업무 포함)에 발령이 났다. 서울에 살고 싶은 마음보다는 다른 쪽에 욕심이 있었다. 바로 결혼이었다.

학교도 부산에 있는 수산대학이고 청년기 활동 무대도 부산이었던 나는 서울에 친지가 거의 없었다. 수백만 서울 시민 가운데 내가 아는 사람은 손가락으로 꼽을 정도였다. 그런 판에 '결혼'하기 위해 서울 발령을 신청한 데에는 이유가 있었다. 이유는 내가 정한 결혼 3원칙 때문이다.

대학 3학년 때 연평도에 조기(생선) 염장(鹽藏) 실습을 간일이 있는데 실습 후 다시 부산에 돌아오기 위하여 서울역

광장에 선 일이 있었다. 지금의 서울에 비할 바야 아니지만 당시의 서울은 또 당시의 부산에 댈 곳이 아니었다. 엄청나게 많은 사람과 건물들, 그리고 차, 수시로 수천 명을 토해내고 들이마시는 우람한 서울역…. 그 풍경에 기가 죽으면서도 가장 가슴 아팠던 것은 이 넓은 서울 천지에 내가 아는 사람이 거의 전무하다는 자각이었다. 그때 결심한 것이 처갓집만큼은 무조건 서울에 두겠다는 것이었다.

둘째로는 키 큰 여자를 원했다. 삼형제 중에서도 가장 키가 작았고 작달막한 키 때문에 알게 모르게 설움도 겪고 콤플렉스도 있었던 터라 2세를 위해서라도 키 큰 여자를 바란 것이다. 셋째는 대학 나온 여자를 바랐다. 당시만 해도 여자가 대학에 간다는 것은 그리 흔한 일이 아니었지만 그래도 나의 아내 될 사람 역시 대학 교육을 받고, 그만큼 사회적 경험(1960년대 대학생이란 웬만한 사회인 대접을 받았다)을 공유하며, 나아가 맞벌이를 할 수 있는 여자이면 좋겠다고 생각한 것이다. 워낙 박봉의 공무원이었던지라 경제적 상부상조 없이는 삶을 헤쳐 나가기 어렵다고 여겼기 때문이다.

검사소 직원으로 강원도 경상도 전라도를 돌아다닐 때 사윗감으로 점 찍힌 적도 있고, 이런저런 만남도 있었지만 나름의 세 원칙을 고수했던바 퇴짜를 놓기도 하고 맞기도 하는 가운데, 어느덧 나는 서른한 살 노총각이 돼 있었다. (당시에는 서른 살 넘으면 빼도 박도 못할 노총각이었다.) 초조한 것은 나보다 부모님이 더하셨다. 첫째와 둘째 아들은 어찌어찌 장가를 보냈지만 막내아들은 별 계획도 없고 조짐도 없이 서른을 넘기니 안달이 나셨다.

아버지 어머니는 빈약한 인맥(함경도, 기독교 등)을 총동원하여 몇 차례나 선을 보게 했지만 당연히 성사되지 않았다. 아마 나의 세 가지 조건을 부모님께 얘기했다면 펄펄 뛰셨을지도 모르겠다.

"아니 생으로 늙어 너 혼자 회갑잔치 할 생각이냐. 네가 지금 그런 조건 내세울 처지냐."

그런데 하루는 아버지가 절친한 지인이었던 윤상호 목사님의 교회에 참한 처녀가 있는데 자그마치 중앙대학교 약학대학을 졸업한 약사로서 영도교회 성가대원이라는 전언을 가져왔다. 우선 예배 시간에 참석하여 먼저 멀리서 보고 마음에 드는지 여부를 알려달라고 했다.

"당신이 좋다면 내가 적극 협조해보겠다."

윤상호 목사님의 복음이었다.

당장 다음 주일에 어머니와 나는 시간에 맞추어 영도교회 예배에 참석했다. 윤 목사님 사모님이 슬그머니 오셔서 내 옆에 앉고는 성가대 둘째 줄에 앉아 있는 키 큰 아가씨라고 귀띔을 해주셨다. 일단 첫 눈에 키 커 보였고, 인상도 마음에 들었고, 대학 나온 재원이고, 집도 서울이라 하니 모든 조건에 들어맞았다. 당장 윤 목사님 사모님께 한번 만나게 해주십사

주선을 부탁하였다.

문제는 내가 그 여자의 마음에 드는가의 여부였다. 아버지의 절친 윤상호 목사님 역시 발 벗고 나서주셨고 나는 드디어 키 큰 서울 처녀 이원주와 단둘이 마주하게 된다. 그 첫 만남에서 나는 이미 이 여자다!라는 결심을 굳히고 있었다. 그러나 이 서울 처녀는 좀 생각이 달랐다고 한다. 아내의 말.

첫 인상은 정말 별로였지. 내 키가 크잖아요. 그래서 나도 키 큰 남자를 바랐지. 목사님이 온갖 칭찬을 다 하시는데 듣다가 키는 어떤가 여쭈니 키도 나보다 크다고 하시더라고. 그런데 딱 만났는데 이게 뭐야. 애개개 소리가 절로 나오는 거지. 거기다 무슨 고생을 했는지 피부는 새까맣고 바싹 마르고…. 나이는 일곱 살이나 많고. 공무원 월급이래야 나보다 못 벌 것 같고, 이건 아니다 싶었지.

나는 첫 데이트에서 나름의 온갖 화술과 유머를 발휘하여 상대의 마음을 사로잡았다고 믿었다. 다시 만나줄 것을 청하고 서울 처녀가 고개를 끄덕였을 때는 하늘을 날아오르는 것 같았다. 언젠가의 대중가요처럼 "하늘에 구름이 솜사탕이 아닐까 어디 한번 뛰어올라볼까" 하는 심정이었다고나 할까. 다년간의 주일학교 반사(선생)와 직장 생활을 통해 익힌 언변이 이렇게 주효하였구나, 어깨가 으쓱했는데 아내의 기억은 역시 약간 다르다.

마음에 별로 안 드는데 무슨 말이 귀에 들어왔겠어. 하지만 목사님이 워낙 간곡히 부탁했던 만남이고, 절친하신 목사님의 자제라고 하니 첫 만남에 딱지를 놓으면 안 될 것 같아서 한 번 더 만나보기로 한 거지.

2차 약속 역시 다방에서 만나 택시를 타고 동작동 국립묘지 공원으로 이동했다. 빈약한 공무원 월급으로 택시는 과했으나 당시로서야 달러 빚을 내서 캐딜락이라도 빌릴 기세였다. 지금도 그렇지만 동작동 국립묘지 공원은 호젓하게 걷기 좋은 곳이 많다. 이런저런 이야기를 하며 걷다가 벤치에 앉게 됐다. 사실 두 번째 만난 남녀가 무에 할 말이 그리 많겠는가. 서로 어색해지려는 찰나, 나는 교회 성가대원이었던 아내에게 이렇게 제안을 해봤다.

"노래 같이 해보시겠습니까?"

잠깐 벗어난 이야기를 해보자면, 4·19혁명을 다룬 신문 기사에서 그런 내용을 본 적이 있다. 4·19가 가능했던 것은 그 세대 학생들, 즉 내 또래 학생들이 가장 철저한 미국식 민주주의 교육, 즉 절차적 민주주의를 신성시하고, 우리 대표는 우리 손으로 뽑는다는 민주주의 가치를 자연스럽게 체득했기 때문이라는 얘기였다. 동시에 우리는 그만큼 미국 문화를 마치 우리 것처럼 받아들인 세대이기도 했다.

 "옛날에 금잔디 동산에 매기 같이 앉아서 놀던 곳"(매기의 추억)을 부를 때는 미국 사람들만큼이나 추억에 젖었고 "내 고향으로 날 보내주"는 피난민들이 울면서 불렀다. 특히 아내나 나처럼 개신교 문화 세례를 받은 이들은 미국 민요나 번안 가요에 매우 익숙했다. 그때 내가 제안한 노래는 미국 민요 〈공중 유성〉이었다.

> 광명한 아침 해가 동편에서 돋을 때
> 청아한 음악 소리 사면에서 들리네
> 그 소리에 반하여 기울이고 들을 때
> 비파 타는 곡조는 무한 기쁜 곡졸세

내가 선창하자 상대가 화음을 맞춰왔다. 어둑어둑해지던 동작동 국립묘지 공원의 하늘에 때 아닌 이중창이 울려 퍼졌다. 노래를 부르면서 지그시 감았던 눈을 떠보니 상대는 노래에 취하여 가볍게 고개를 흔들고 있었다. 그 모습을 보면서 뭔가 북받치는 느낌이 가슴을 가득 채우는 가운데 머릿속에 선명한 메시지가 아로새겨졌다. 이 여자랑 잘될 수 있겠구나. 노래는 2절로 이어졌다.

> 금빛 같은 광선이 천지만물 비출 때

울창한 음악 소리 풍편으로 들리네
사랑하는 그늘에 누워 있는 고통자(苦痛者)
음악 소리 향하여 감사함을 드리네

이 동작동의 이중창 이후 나는 세 번째 데이트를 허락받게
됐다.

# 처갓집 이야기

이제는 세상에 많이 남지 않은 친구들이지만, 가끔 모여서 이런저런 얘기 나눌 때 심심하면 나오는 얘기가 있다.

"나는 당신이 부잣집 아들인 줄 알았어."

내가 귀티가 나서 그런 것이 아니라 백이면 백 아내를 두고 하는 말이었다.

"아니 그 시절에 서울 토박이에 약대 나온 색시를 얻었다고 하니 웬만한 부잣집 아드님인가 했지."

지금도 내 핸드폰에 아내 번호는 '내 사랑 원주씨'로 저장돼 있거니와, 나는 내 평생 가장 잘한 일 중 하나가 아내를 만나고 가정을 꾸린 일이라 생각한다. 친구들이 말하듯 그렇게 조건 좋던 아내가 가난한 공무원을 마다하지 않고 선택해준 것은 얼마나 고마운 일인가.

국립묘지 공원에서의 저녁 이중창 이후 분위기는 급속도로 진전됐고 데이트를 여러 번 되풀이한 끝에 프러포즈가 이어졌다. 요즘 아이들 같은 거창한 프러포즈 같은 건 있지도 않고 있을 수도 없던 때였지만 진심을 다한 청혼이었고 아내도 고개를 끄덕여주었다.

그날 저녁 부모님께 말씀드렸더니 아버지 어머니는 뛸 듯이 기뻐하시며 당장 예비 처가댁에 인사 갈 날짜를 잡으셨다. 아버지는 정갈한 정장을 갖추시고 도림동에 있던 처갓집을 방문했다. 처갓집은 일제 때부터 살았던 마당 넓은 기와집이었다. 장인 장모는 이미 별세하셔서 아버지는 손위처남과 인사를 나누었다. 처남이라고는 하지만 아내가 워낙 막내였기에 스무 살 이상 위의 장인어른 같은 처남이었다.

북한에서 피난 나온 우리 집안만큼은 아니더라도 아내의 집안도 전쟁통에 엄청난 소용돌이를 겪었다고 들었다. 처갓집은 이른바 양반 가문이었다. 하지만 '몰락한'이라는 수식어가 따라붙는다. 자존심은 하늘을 찌르지만 처지는 땅에서 놀았다고나 할까. 돌아가신 장인어른은 가난하여 학교를 다니지 못했는데 서울역 근처 염천교에서 과일 장사를 시작했다가 처조부에게 두드려 맞았다고 한다. "양반의 후손이 무슨 장사를!" 그래서 철도 소사로 취직했고 일제강점기 이래 철도공무원으로 근무하며 동생과 가족을 건사하셨다.

6·25가 터지고 3일 만에 서울이 인민군의 손아귀에 떨어졌을 때 피난을 감행한 서울 시민들은 거의 없었다. 그저 국군이 괴뢰군을 무찌르고 있다는 소식만 믿고 있다가 날벼락같이 인공기 휘날리는 세상에 내동댕이쳐지고 말았던 것이

다. 철도원이었던 장인어른은 새롭게 서울을 장악한 '정부'의 공무원으로서 철도에 나가야 했다.

그런데 서울 수복 후 장인어른은 자신의 일을 했다는 이유만으로 졸지에 '부역자'가 됐다. 해방 이후 남로당 등 좌익세가 판을 칠 때 가장 강력한 조직 중의 하나가 철도노조였다고 들었다. 정치 같은 것과는 담을 쌓았던 장인어른이었다지만 동료들 중에는 좌익도 많고 극성 빨갱이들도 적지 않았으니 모진놈 옆에 있다가 벼락 맞는 형국이었으리라.

장인어른은 사형을 선고받고 형무소에 갇혔다. 역시 나이 차이가 많고 그 옛날 연희전문을 나와 영등포여고 화학 교사를 하던 처형이 죽을힘을 다해 이리 뛰고 저리 뛰어 연줄을 뒤져 사형을 면하고 풀려나긴 했지만 실로 구사일생이었다고 한다.

그런데 아버지가 인사를 나눈 손위처남, 아내보다 스무 살 연상의 큰오빠의 사연은 정반대였다. 참으로 인자한 호인(好人)으로 나이 아흔 되도록 단정한 붓글씨를 쓰시기도 했던, 말 그대로의 '양반'이었던 처남은 정치 같은 것에는 아무런 관심도 없었는데 친구 따라 강남 간다고 친구가 활동하는 무슨 청년단에 이름을 올려두고 있었다고 한다. 뚜렷한 활동을 한 것도 아니었고 심지어 본인이 단원인 것도 가물가물했지만 전쟁이 터지고 인공 세상이 되면서 그 회원 명부는 그대로 인민재판 피고인 명부가 돼버렸다.

남한 사람들이 가장 증오한 공산주의자들은 인민군이나 북한에서 온 사람들보다는 '지역 빨갱이'였다고 한다. 사람 좋게 인사하고 다니던 사람들이 별안간 붉은 완장을 차고 손가락총을 쏘아대고 반동분자의 집이라고 들부수고 다니고 악질 지주와 마름, 친일파 사냥에 미쳐 돌아갔으니 오죽했을까.

대한민국 정부 치하에서 벌어졌을 '빨갱이 사냥'도 심했다지만 거기서 살아남은 공산주의자들의 '반동분자 사냥'도 만만치 않았다. 큰처남과 익히 알고 지내던 동네 청년이 '명단'을 들고 수시로 처갓집 마당에 들이닥쳤다고 한다. 인공 치하 내내 큰처남은 마루 밑에 숨기도 하고 심지어 재래식 화장실도 마다하지 않았다고 한다. 목숨이 왔다 갔다 하는 판이었으니. 똥물 시궁창 속인들 피했을까.

9·28 수복 이후 큰처남은 바로 군에 입대해서 인민군과 싸우다가 부상을 입었고 국가유공자까지 됐다. 하지만 큰처남이 목숨을 걸고 전투를 벌이던 그 시점에도 장인어른은 '부역자'로 생사의 기로에 서 있었다. 장남은 국군, 아버지는 부역자 사형수.

화학 교사였던 처형은 정치와는 전혀 무관한 전공 덕분에 광풍에서 살짝 비껴날 수 있었다. 서울 함락 후 인민공화국 정부는 전 교직원을 소집하여 평소같이 근무하라고 한 뒤 의용군 지원 연설을 주문했다고 한다. 그때 처형은 자신은 화학 교사라 아무것도 모르며, 얘기해봐야 듣는 사람의 비웃음만 살 것이라고 주장하여 겨우 의용군 연설을 피했다. 그런데 교장은 어쩔 수 없이 연설을 해야 했고 처형에게 후일 세상이 바뀌면 자신이 자발적으로 한 것이 아니라 강제로 한 것임을 증언해 달라고 부탁했다. 서울 수복 후 목숨이 간당간당하는 아버지를 구해내기 위해 발버둥 치던 처형은 학부형이었던 대령과 연통이 닿아 아버지를 구할 수 있었다. 여기저기 널려 있는 시신들을 피해 돌아오는데 낯익은 사람들이 통곡하고 있는 게 보였다. 다음은 처형의 이야기다.

"어디서 봤나 했는데 교장 사모님이었어. 아뿔사 싶어 시체를 봤더니 역시 교장 선생님이더군. 나더러 협박을 못 이겨 의용군 지원 연설한 거라고 증언해 달라던…. 너무 많은 사람들이 죽었어요. 난 지금도 무서운 건 그 명단이야. 빨갱이들이 작성했던 그 명단, 그리고 우리 정부가 작성했고, 우리 국군하고 청년단이 들고 다니던 그 명단…."

그 명단 때문에 얼마나 많은 사람들이 남에서 또 북에서 죽이고 또 죽음을 당했을까. 1·4 후퇴 때에는 모든 가족이 작심을 하고 남부여대 피난을 떠났다고 했다. 그 피난 이야기를 들으니 나의 과거와 아스라이 겹쳐졌다. 1946년생 여섯 살 막내였던 아내를 잃어버려 하늘이 노래졌던 이야기를 들으면 내 가슴이 철렁해지기도 했다. 두만강 변에서 태어나 만주에서 자랐고 해방 후 조선민주주의인민공화국 공민으로 살다가 흥남에서 구사일생 탈출하여 남쪽에 자리 잡은 북도 출신 청년과 우리 집 못지않게 전쟁과 분단이 가져다준 횡액에 신음했던 서울 처녀는 새로운 가정을 꾸리게 된다.

1969년 10월 3일 개천절이었다. 이날 단군왕검이 나라 세웠는지 어땠는지는 알 수 없지만 나에게는 그야말로 새로운 하늘이 열린 날이었다.

# 가난한 날의 행복과 슬픔

요즘에야 대한민국이 세계에서도 웬만큼 산다는 나라가 됐지만 1960년대 말 대한민국의 형편은 그리 좋지 않았다. 1969년 한국 1인당 국민총소득(GNI)은 210불, 세계 100위권 밖이었다. 당연히 공무원에 대한 처우도 좋지 않았다. 사흘이 멀다 하고 생활고를 견디다 못한 공무원(경찰, 교사 등)의 '동반자살'(이 단어가 사실상 '가족 살해'임을 모르지 않으나 오래 써온 단어라 적는다) 기사가 실릴 정도였다. 예나 지금이나 눈치 빠르고 얼굴 두꺼운 사람들은 잘 먹고 잘 살았고, 딱히 부정을 저지르지 않더라도 직무상 알게 된 정보로만 장사를 해도 3대가 두드릴 재산을 버는 이도 있었지만 고지식하고 요령 없는 사람들 역시 많았던 것이다.

　나는 그 중간쯤이었다고 해야 할 것 같다. 전쟁 이후 눈치 코치로 어린 시절과 학창 시절을 보냈고 배고픔이 무엇인지 처절하게 아는 처지로 청렴결백하다 못해 생활고로 스스로 목숨을 거둘 만큼 강직한 사람은 될 수도 없었고, 되고 싶지도 않았다. 하지만 대놓고 이익에 눈이 벌건 공무원이 되기도 힘들었다. '예수 믿는' 사람으로서의 양심도 양심이었겠지만 솔직히 빽도 줄도 연도 없는 말단 공무원으로서는 그런 일에 발 담갔다가는 희생양으로 내세워지기 딱 좋은 법이었으니까. 그러다 보니 내 형편도 극심하게 어려웠다. 1969년 10월 3일 결혼을 전후해서 나는 그 사정을 뼈저리게 느끼게 된다.

결혼을 하려면 살림을 나야 했다. 아내와 나는 둘이 살 집을 마련코자 서울 시내를 그야말로 이 잡듯 돌아다녔다. 장인 장모 안 계신 처갓집의 도움도 어려웠을뿐더러, 보리쌀 서 말만 있으면 처갓집 신세 안 진다는 시절이었다. 내가 가진 돈은 15만 원. 코로나 차 한 대 값이었으니 나에게는 하늘 같은 돈이었지만, 있는 사람들에게는 하찮은 돈이었다. 그리고 반 반한 전세방 한 칸 구하기에도 모자란 돈이기도 했다. 이문동, 신설동, 명륜동 등등 동네 이름을 허다하게 알았다. 또 서울이 그렇게 넓은 줄도 처음 알았다. 동시에 그 넓은 서울에서 나와 아내 두 사람 몸 누일 집을 찾기가 이렇게 어려운가 하는 자괴감이 머리를 채웠다.

한번은 예비 신부와 청계천 서민 아파트를 보러 갔다. 하지만 도저히 가격이 맞지 않아 포기하고 나왔는데 예비 신부가 땅이 꺼지는 한숨을 쉬는 것이 몹시 실망했나 싶었다. 큰길가에 나와 망연히 하늘만 쳐다보고 있는데 예비 신부가 별안간 달음박질을 치더니 마침 온 버스에 올라타고 떠나버렸다.

그날 밤, 나는 집으로 돌아가지 않았다. 전화 요금이 비쌀 때였다. 공사(公私)를 구분해야 했지만 그날만큼은 공적 자원을 유용하기로 했다. 검사소 전화를 쓰기로 한 것이다. 1,000명당 전화 보급률이 19대밖에 안 되던 시절이었으나 사업상의 이유로 예비 처갓집에 전화가 놓여 있었던 것은 천운 중의 천운이었다.

나는 거의 몇 시간 동안이나 정신 나간 사람처럼 전화통에 매달려 아내에게 지금의 처지에 대해 미안한 마음을 전하고 앞으로 어떻게 살 것인지, 무엇을 할 것인지 처절하게(정말 처절했다고 생각한다) 토로했다. 그렇게 몇 시간을 전화했을까. 갑자기 숙직실 문이 벌컥 열렸다. 당시 소장님이었던 한신욱 씨였다.

후일 수산진흥원장도 하고 수협 부회장도 역임한 이분이 통금 시간 간당간당한 심야에 들이닥친 것은 숙직실의 전화 유용범(犯)을 족치기 위해서였다. 숙직자 확인 차 계속 전화를 넣어도 몇 시간 동안 통화 중이었으니 그리 의심하실 수밖에 없었다. 사람 몇은 넉넉히 초주검으로 만들 살기를 띠며 숙직실에 쳐들어오신 한신욱 소장은, '소장 따위가 뭐냐 나는 이 통화 끊을 수 없다'는 투로 전화에 매달리는 내 표정을 살피고 통화 내용을 잠시 들으시더니 별말 없이 자리를 떠나셨다. 그날 소장님이 "전화 끊어 이놈아. 그 전화가 네 거냐?"라고 호통을 쳤다면 내 인생은 어떻게 바뀌었을지 모르겠다.

아내의 후일담에 따르면 그날 이후 다시금 마음을 고쳐먹고 결혼으로 나아가게 된 이유는 기나긴 통화 내용이 아니라 전화를 받은 후 첫마디였다고 한다. 아내도 몇 번 만남을 가지는 동안 내 불뚝 성질도 눈치 채고 있었고, 나름 각오를 다지고 있었다. "뭐하는 짓이냐!"고 소리를 지르거나 화를 낸다면 그에 대응하여 나는 도저히 당신이랑 안 되겠다고 선언할 채비를 갖췄던 것이다. 그런데 내 첫마디는 "집에 잘 들어갔어요?"였다고 한다(이건 사실 기억이 나지 않는다). 그 첫마디에 마음이 누그러졌다는 것이다.

다음 날부터 우리는 또다시 신혼방을 찾으러 발품을 팔았다. 수십 군데를 돌아다닌 후 녹초가 돼 한창 철거한다는 소문이 돌고 있던 청계천변 판잣집이라도 알아봐야 하나 고민하던 즈음, 신설동의 복덕방에 들렀다. 신혼부부가 살 집이라고 하니 복덕방 아저씨가 동네 꼭대기의 큰 기와집 문간방으로 안내했다. 집주인은 나와 같이 공무원인 세무서원이었지만 부인은 집 여러 채를 가지고 집 장사를 한다고 했다. 같은 공무원이라도 레벨과 팔자가 다르다는 게 허망했으나, 그 집에서 전세금 탐하기보다는 방 비워두기 뭐해서 내어주는 방이기에 값이 쌌고 무엇보다 큼직한 것이 마음에 들어 이 집으로 하자고 하니 아내도 찬성했다. 우리의 첫 집이었다.

1969년 10월 3일 결혼식 후 신혼 여행지는 제주도였다. 나에게는 어릴 적 피난 시절의 추억이 굽이굽이 서린 곳이다.

피난 시절로부터 약 18년이 흘렀지만 본격적인 개발 전의 제주도는 옛 풍경을 고이 간직하고 있었다. 꿈같은 신혼 여행을 마치고 돌아오니 다시 현실이 시작됐다.

곧 겨울이 닥쳐왔다. 둘이서 손잡고 외출해 겨우 냄비우동 한 그릇씩 먹고 와도 항상 살림이 걱정될 정도였던 공무원의 박봉으로는 난방비를 감당하기 힘들었다. 마음에 들었던 큼직한 방이 되레 발목을 잡았다. 그 큰 방을 난방하려면 연탄 몇 장이 필요했을 것인가. 어느 날 일어나 보니 자리끼로 머리맡에 놓아두었던 물그릇이 꽁꽁 얼어붙어 있었다.

동료의 권유로 4부짜리 이자로 남의 돈을 끌어온 아내가 작은 약국을 열었다. 열심히 노력하여 손님을 좀 끌어보려는 상황에서 별안간 새로 바뀐 건물 주인이 나가라는 통고를 해왔다. 알고 보니 건물을 사들인 사람이 약사였다. 아내의 약국이 운영되는 형국을 지켜보다가 아예 건물을 사들여 자기가 장사하겠다고 나선 것이다. 안 그래도 누군가 가게 손님 수를 헤아리는 걸 보고 의아하게 생각한 터였다. 눈물을 흘리는 아내에게 내 가게가 아니면 절대로 약국 영업을 하게 하지 않겠다고 맹세했다. 어쨌든 책임은 가장인 내가 짊어져야 했다.

그렇게 스트레스를 받던 어느 날, 아내와 함께 처갓집에 들렀다. 아직 만으로 스물다섯도 안 된 아내에게 결혼 생활, 그것도 자다가 일어나니 자리끼가 꽁꽁 얼어붙은 방에서의 신혼 생활은 스트레스일 수밖에 없었을 것이다. 또 결혼 전에는 몰랐던 이런저런 사정을 알고 한숨을 쉴 일도 어찌 적었을까.

아내는 처갓집 식구들에게 당연한 하소연을 풀어놓았다. 그런데 그 상황이 나의 불뚝뺄을 자극했다. 아내를 충분히 이해하고 아내에게 미안해하고 있었지만, 또 그 하소연이 사실 별다른 것도 아니었고 나를 폄하하거나 모욕하는 것도 전혀 아니었지만, 그만 내 자격지심이 발동하고 말았다. 못난 일이었다. 점점 내 숨은 거칠어졌고 눈꼬리는 올라갔다. 처갓집에는 넓은 마당이 있었고 지하수를 끌어올려 쓰는 펌프가 있었다. 말없이 일어선 나는 마루를 나서 펌프로 향했다. 펌프 앞에는 물이 그득한 대야가 있었다.

아무 말 없이 나는 대야를 들고 마루로 와서는 눈이 동그래진 아내를 향해 냅다 뿌려버렸다. 어려서부터 키워온 욱하는 성질이 급작스레 터져나왔다. 점잖기로 말하면 서울 전체라면 몰라도 영등포 일대에서는 따를 집안이 드물었을 처갓집 마당에서 목불인견의 만행이 벌어진 것이다.

# 나쁜 이 이상한 이 좋은 이

수십 년을 거슬러 생각해봐도 미친 짓이었다. 다시 생각해봐도 도저히 할 수 없는 일을 해버렸다. 아무리 내 성미가 급하다 해도 그날 이상의 실수는 평생 한 적이 없는 것 같다. 아내의 잘못이 있는 것도 아니고, 오로지 내 성질을 못 이겨 처갓집 마루에서 아내에게 물을 뿌리다니. 손위처남 품성이 양반 중의 양반이 아니었다면 나는 그날 실컷 두들겨 맞았거나 아니면 더 큰 사고로 치달았을지도 모른다. 하지만 큰처남은 눈에 뵈는 게 없던 미욱한 제부를 타일러 돌려보냈다. 참으로 넉넉하고 인자한 분이었다. 정작 뜨거운(?) 일은 집에서 벌어졌다.

아내가 기별을 넣었던 것인지 아버지가 지팡이를 짚고 찾아오셨다. 첫 대면에서 나는 기겁을 했다. 그때껏 그토록 얼굴이 구겨진 아버지를 본 적이 없었다. 아버지도 함경도 특유의 불뚝밸이 있는 분이었고, 화가 나면 목사님답지 않은 욕지거리도 구사했던 분이긴 하나, 가족의 군기를 잡는 건 대개 어머니 쪽이었고, 커 오면서 아버지에게 혼난 기억은 많지 않았다. 그런데 그날 칠십 노인 아버지의 기세는 대문 앞에서부터 달랐다. 아버지 오셨어요, 인사 끝나기도 전에 아버지의 지팡이가 칼끝처럼 나를 향했다.

"이 종간나 새끼. 너는 사람도 아니다!"

그로부터 근 한 시간 동안 나는 얼이 빠지도록 아버지에게 혼이 났다. 몇 대 얻어맞고 끝났으면 좋았겠다 싶을 만큼 아버지의 꾸지람은 호되고 눈물이 쏙 빠져나올 만큼 독했다. 그저 성경에 나오는 '독사 새끼'라 욕먹은 정도가 아니라 내가 정말 뱀이 돼서 땅바닥을 굴러야 하나 자죄감에 빠질 정도였다.

"너 가진 기 머이 있니. 니가 내세울 기 머이 있니. 너 하나 믿고 일생 맡기갔다고 한 안사람한테 어찌 니가 그런 짐승 같은 짓을 하니. 내가 짐승을 낳았니. 아니믄 니가 짐승이 됐니. 이 종간나 새끼야 말을 해보라. 아니 들을 말도 없다. 짐승이 무스근 말을 하겠니."

나이 서른하나의 아들은 일흔 넘은 아버지 앞에 엎드려 싹싹 빌었다. 어려서 오이 따왔다가 남의 오이 따왔다며 어머니에게 붙들려 파출소에 끌려간 이래 가장 무서운 시간이었다. 물리적으로 두들겨 맞은 것은 아니지만 그날 밤 몸살을 앓았을 정도로 아버지의 말폭탄은 매섭고 사나웠다.

역시 목사는 아무나 하는 게 아니었다. 아버지는 강약과

218

고저를 조절해가면서 '못난 멧돼지' 같은 아들을 녹초로 만들어놓았다. 잘못했습니다. 잘못했습니다. 적어도 그 이후로는 아내에게 비슷한 실수를 한 적은 없다. 급한 성미 때문에 지금도 지청구를 듣고 버럭질은 고치지 못하였지만 그 이상의 행동을 한 적은 없다. 아마 그러고 싶을 때마다 아버지의 함경도식 호령이 귀를 울려서였을 것이다.

"이 종간나 새끼야."

참자 참자 참아야 하느니라.

참을 인자를 새겨야 하는 것은 가정에서만이 아니었다. 1970년 11월 30일 아들 형민이 태어났다. 식구가 느니 형편은 더 팍팍했다. 공무원 생활 몇 년을 거치고 짬밥 그릇 수가 차면서 일은 한결 손에 익었다. 그러나 어디 직장 생활이 일 때문에 힘든가? 사람 때문에 힘들지.

어느 날 당시 꽤 큰 회사였던 고려원양에서 연락이 왔다. 당시에는 남태평양에서 잡아온 참치를 수출하려면 수은이나 방사능 수치가 기준 미달이라는 수산검사소의 증명이 필요했다. 그런데 어쩐 일인지 참치 시료를 전달해주지 않았다. 당연히 나는 시료 없이는 검사가 이뤄질 수 없고 증명서 발급도 되지 않는다고 통보했는데 갑자기 검사소장의 호출이 왔다.

"야, 들어와!"

당시 고려원양 사장은 이학수라는 사람이었다. 5·16 쿠데

타 당시 인쇄소를 경영하고 있던 그는 쿠데타군의 이른바 '혁명공약'을 인쇄하면서 핵심 권부와 인연을 맺었고, 이후 원양어업계까지 진출하여 만선을 노래하고 있었다. 우리 소장 정도가 아니라 본청인 수산청장과도 전화 한 통화로 만사형통시킬 수 있는 사이였다. 청장한테 깨진 듯 보이는 소장은 노발대발했다.

"왜 증명서를 안 내줘?"

"검사증 발급에 대한 법률 ×조 동 시행규칙 ×조에 의거하여 증명서가 발급되는데, 시료가 없으면 증명서가 나가지 않습니다."

나는 당연히 사실대로 고했다. 불씨 꺼뜨린 며느리 때문에 아침 굶은 시어미 낯짝이 된 소장은 "나가 봐!" 으르렁거렸다. 그런데 며칠 뒤 또 호출해서는 똑같은 질문을 한다.

"왜 증명서가 안 나가?"

"안 되는 건데요. 소장님이 하라고 하시면 지금 당장 발급하겠습니다."

역시 똑같은 대답을 하면서 덧붙였다. 이 말이 비위를 건드린 모양이었다. 난리가 났다.

"임마! 나가! 내가 안 되는 것을 너보고 하라고 했어?"

차라리 '내가 책임질 테니 발급해줘'라고 했으면 흔쾌히 발급했을 텐데 그 말에는 더 밸이 꼬였다. 결국 발급을 하되 그 책임도 내가 지라는 것 아닌가. 지금 생각해도 참 나쁜 사람이었다.

어느 날 대구 출신의 수산대학 동기가 찾아왔다. 듣자 하니 형편이 매우 좋지 않았다. 아내와 아이들이 끼니를 거를 지경이라며 울먹이는데 그렇게 안돼 보일 수 없었다. 그때껏 공무원으로서 내 직위를 빌미로 청탁을 해본 적은 없었고 말단 공무원으로서 그럴 깜냥도 되지 않았지만, 이 친구를 위해서 뭔가 해보자 결심했다. 당시 내 직급으로서는 어림도 없는 일이었고, 상당히 부담스러운 일이었음에도 불구하고 '친구를 위해서' 내가 발휘할 수 있는 모든 영향력을 동원해 오지랖을 부리기로 한 것이다.

○○냉동이라는 곳이 있었다. 꽤 큰 회사였고, 그곳에 취직하면 내 월급의 대여섯 배를 받을 수 있는 훌륭한 조건을 자랑하는 곳이었다. ○○냉동 제품이 내 소관에 들어왔을 때 나는 최대한 기준을 엄격히 적용하여 미달 딱지를 연거푸 내렸다. 두 번 세 번 '빠꾸'를 받으니 ○○냉동으로서는 애가 탈 노릇이었다. 그 회사에는 학교 선배도 있었고 해당 분야의 전문가도 있었지만 담당 공무원이 법규와 기준을 엄격히 적용한다는 데에야 할 말이 없었다. 마침내 ○○냉동 고위 담당자가 찾아왔다. 목적은 당연히 '기름칠'이었다. 좀 봐달라 통사정하면서 은근슬쩍 내미는 봉투를 딱 잘라 거절한 후 내가 통사정을 시작했다.

"저는 이런 거 필요 없으니 사람 하나 살리는 셈 치고 이 친구 하나 취직시켜 주십시오."

쉬운 일은 아니었다. 또 어쨌든 공무원으로서의 영향력을 이용한 '인사 청탁'이었으니 내가 데미지를 입을 수도 있었다. 하지만 나는 끈질기게 ○○냉동을 물고 늘어졌고 마침내 친구를 취직시키는 데 성공했다. 살아오면서 그렇게 누구를 돕겠다고 그리 오지랖을 부린 적은 없는 것 같다. 헌데 의아한 일이 벌어졌다. 나름 무리수를 두며 도운 친구가 안면을 바꾼 것이다. 고맙다는 인사는커녕 자신의 능력에 의해 취직이 이뤄진 양 행세했다. "친구 사이에 이런 건 당연한 것이지!" 정도로 떠들고 다닌다는 말도 들었다. 고맙다는 인사를 받으려고 오지랖을 부린 건 아니었지만 그렇게 서운할 수가 없었다.

사람을 도울 때는 대가를 바라지 않아야 하고, '누가 겉옷을 달라고 하면 속옷까지 주라'는 예수의 가르침도 있지만, 이 친구로부터 받은 상처는 컸다. 내 딴에는 무리할 만큼 발휘한 호의가 어처구니없이 배신당한 셈이었으니까. 다시는 이런 오지랖을 부리지 않으리라 마음먹었고, 지금도 아들딸과 며느리 사위에게도 당부하곤 한다. 부디 필요 없는 오지랖으로 아무나 돕지는 말라고.

문제의 친구는 다니던 회사가 부도가 난 후 부인과 아이들이 이민을 가버린 뒤 오랫동안 근근이 혼자 살았는데 주변 친구들 말로는 세상 원망은 실컷 늘어놓으면서도 내 얘기는 한 번도 꺼내지도 않더라고 했다. 이상한 친구다.

그러던 어느 날 일과 씨름하던 내 머리를 누가 툭 친다. 김응수 총무과장이었다. 무슨 일입니까, 물으니 김응수 과장님이 싱글싱글 웃으며 기이한 말씀을 한다.

"너는 여기 있으면 안 돼."

나를 좋게 봐주는 분이었고 업무에서는 빈틈이 없었지만 부하 직원들에게는 후덕하기로 소문난 분이 엉뚱한 말씀을 하니 이상할밖에. 그런데 며칠 뒤 또 내 어깨를 툭 치시면서 똑같은 말씀을 하셨다.

"너는 여기 있으면 안 된다니까."

"왜 제가 여기 있으면 안 되는데요."

나는 발끈해서 일어나 물었다. 그러자 총무과장은 계속 싱글싱글 웃으며 대답했다.

"여기 있으면 아까워서 그래. 어서 좋은 데 찾아가."

알고 보니 총무과장은 인사고과에서 나를 승진 0순위로 해놓았는데 고려원양 사건 이후 소장이 나를 승진 불가의 최하 순위로 떨어뜨린 것을 파악하고 한 말씀이었다.

"당신 20명 중 1등이다가 20명 중 20등이 됐어…. 더럽지만 그게 공무원 사회다. 여기 말고도 좋은 데 많다. 그리고 너는 공무원으로 평생 일할 깜냥도 아니야."

소장과의 불화로 스트레스가 극에 달해 있던 나는 다른 자리를 알아보기 시작했고 뜻밖에도 나를 곤경에 빠뜨린 고려원양 입사 시험을 보아 1차 합격의 개가를 올렸다. 아내에게도 말하지 않고 면접을 보러 갔는데 면접관이었던 이갑식 전무가 대뜸 물어왔다.

"당신 지금 월급 얼마냐?"

"4만 2천 원 정도 받습니다."

사실은 1만 4천 원 정도였다. 하지만 나는 세 배를 뻥튀기 했다. 그러자 이 전무는 호쾌하게 외쳤다.

"5만 2천 원! 다음 주 월요일 출근해!"

월급이 350% 인상된 것이다. 하지만 아내는 망설였다. 둘째 지해가 태어나기 직전이었다. 자신이 장차 약국을 운영해서 뒷받침할 수도 있는데 안정적인 공무원 자리를 박차는 것이 옳은지 망설여진다는 것이었다. 직속 상사인 검사과장 의견도 그랬다. 그러나 가장 결정적이고 단호했던 것은 김응수 과장의 조언이었다.

"당신이 검사소에 무슨 미련이 있다고 꾸역꾸역 남아 있을 거야? 당신 피난 나와서 한 고생 생각하며 이 악물고 일하면 어딜 가도 수산검사원보다는 윤택하게 살 수 있을 거야. 사내가 내지를 때는 내지를 줄 알아야지."

이 말에 나는 결단을 내렸다. 떠나는 날 나를 구태여 챙겨주며 등을 두드려주던 김응수 총무과장은 수십 년 공무원 생활 후 한국원양어업협회 전무이사로 자리를 옮겼고, 한국 원양어업계를 위해 많은 일을 하셨다. 수산업계 최초의 민자 유치 사업인 부산 감천항 원양어선 전용부두를 만든 것도 이분이었다. 그리고 이분의 따님이 바로 '김영란법'의 주인공인 김영란 전 대법관이다. 그 따님의 대법관 취임 낭보를 들으며 다시금 김응수 총무과장의 "용기를 내라!"던 목소리를 떠올렸다. 고맙고도 좋은 분이었다. 사기업 고려원양으로 자리를 옮길 무렵 둘째 지해가 태어났다. 나는 이제 1남 1녀의 아버지였다.

6

거인의
어깨 위에서
놀던 시절

# 고려원양 판매과장이 되기까지

월급이 세 배 뛴 것은 좋았는데 직급을 전혀 따지지 않았던
게 문제였다. 첫 출근을 해보니 나는 판매부 대리로 명함이
박혀 있었다. 수산부장으로 장○○ 씨가 있었고 수산대학 여
자 선배인 장○○ 씨가 과장 자리에 앉아 있었다. 공채 1기생
인 고려대 경영학과 졸업생 김○○ 씨가 나와 같은 호봉의 대
리였다. 즉, 공무원 '짬밥'을 거의 인정받지 못한 것이다.

박봉이긴 했으나 공무원 끗발은 나쁘지 않았었다. 내 한
마디에 회사의 부장이며 이사며 하는 사람들이 허둥지둥 달
려와 두 손을 모으는 일이 흔했으니까. 그런데 민간회사에 와
보니 왕년에 전화 한 통화로 호출하던 바로 그 양반들이 저
뒷자리 회전의자에 앉아 내 뒤통수를 쏘아보고 있는 게 아닌
가. 월급봉투는 두둑했지만 일할 의욕은 날이 갈수록 얇아지
는 듯했다.

업무 방식도 공무원 때와는 여러모로 달랐다. 하루는 근
무 중 서류에서 장부 수치가 잘못된 것을 발견하고 면도칼로

228

북북 긁어냈다. 깨끗이 긁어낸 뒤 새로운 수치를 기입하는 것이 공무원 스타일이었다. 그렇게 면도칼을 들고 깨작거리고 있는데 굵직한 음성이 위에서 울렸다.

"자네 지금 뭐하고 있는 겐가."

이갑식 전무였다. 하늘 같은 전무님이 뭘 하고 있냐 물으니 당황했지만 동시에 이것도 모르냐 하는 반감도 들었다.

"숫자가 잘못된 거 같아 정정하고 있는데요."

그러자 이갑식 전무님은 코웃음을 쳤다.

"이 사람아 공부를 좀 하소. 장부는 그렇게 면도칼로 고치는 게 아니라 두 줄 긋고 마메인으로 정정하면 되는 거야. 어느 세월에 그걸 면도칼로 긁고 앉았나."

'마메인'은 일본식 표현이다. 마메(まめ)는 일본어로 '콩'이라는 뜻으로 우리식으로 하면 '콩도장'이 되겠다. 공무원들은 깔끔하게 한답시고 면도칼로 숫자를 긁어냈는데, 민간기업에서는 두 줄 북북 긋고 도장을 찍어 수정했음을 확인했다. 그게 마메인이었다. 소요 시간으로 따지자면 일이 단번에 5분의 1로 줄어든 것이다. 공무원 세계와 민간기업의 세계의 차이를 알게 해준 '마메인의 충격'이었다.

그 외에도 알아야 할 것이 한두 가지가 아니었다. 그날로 나는 종로에 있는 경리학원을 끊고 민간기업 회사원으로서 마땅히 알아야 할 바를 습득하기 시작했다. 고맙게도 이갑식 전무가 공무원 물때가 덜 빠진 나를 배려해주셨기에 가능한 일이었다.

어쨌든 업무의 성격이 달랐다. 공무원으로서 공공의 이익을 위해 일하는 것과 흑자를 내지 못하면 지옥을 경험해야 하는 사기업의 조직원으로 근무하는 것은 열탕과 냉탕처럼 달랐다.

하다못해 공무원 할 때는 술을 한 방울도 하지 못하는 내가 술자리를 피하려면 피할 수도 있었지만 사기업에서는 그게 용납되지 않았다. 어쨌든 술자리는 가야 했다. 다년간 익힌 술자리의 비결대로 "한 방울도 안 마신 주제에 남들보다 더 취한 듯이 흥겹게 구는" 초식을 펼쳐 그냥저냥 넘어가긴 했지만 분위기의 변화는 결코 만만한 일이 아니었다. 또 어쨌든 굴러들어온 돌로서 박힌 돌들의 텃세 아닌 텃세도 감당해야 했다.

그렇게 힘겹게 근무를 이어가던 중 뜻밖의 전기가 있었다. 고려원양 사옥 1층과 2층 직원 간의 친목 체육대회가 열렸다. 무역부, 업무부, 총무부 직원들 위주의 2층과 수산부와 판매부 중심의 1층의 축구 대결이 하이라이트였다.

왕년에 만주에서 젊은 시절을 보냈던 아버지는 축구 잘하기로 소문났었고 사방에서 불려다니며 공을 찼던 스트라이커였다. 그 피를 이어받아서인지 나는 평소 축구에는 어느 정도 자신이 있었다. 또 수산검사소에 근무할 때 축구 좋아하는 상사 덕에 뻔질나게 공을 찼기에 웬만큼 몸이 만들어진 상태였다. 나는 전반전에는 시치미를 떼고 벤치에 앉아 있었다. 내가 속한 1층이 1대 0으로 리드당했는데 앞선 쪽이든 뒤진 쪽이든 전반전이 끝나자 다들 헉헉거리는 게 눈에 보였다.

"제가 나가보겠습니다."

"어 김 대리, 공 좀 차나?"

"뭐, 좀 찹니다."

좀 다른 이야기로 영화배우 허준호의 아버지인 악역 전문 배우 허장강은 친선 체육대회에서 파랗게 깔린 잔디 위를 너무 신나게 뛰어다니다가 그만 심장마비로 사망했다고 들었다. 원래 축구 못하는 사람들은 체력 안배 따위 없는 것으로 치부하고 사방으로 뛰다가 전반전 30분도 못 가 입에서 단내가 나기 마련이다. 당시 우리 직원들이 그랬다. 그 판에 축구로 몸이 다져진 백마의 기사(?)가 출격한 것이다.

나는 물 만난 고기처럼 뛰어다니며 휘청거리는 동료들 사이를 헤집었다. 페인트 동작을 하면 제풀에 헛발질을 하다 쓰러지는 이들이 한둘이 아니었다. 나는 해트트릭을 기록하며 1층의 영웅으로 떠올랐다. 신묘한 것이 이날 이후 거짓말처럼 어색하던 분위기가 사라졌다. 친근한 동료 대접을 받았고 '그때 축구 기가 막히게 하던 친구'는 명함처럼 따라다녔다.

직장 생활을 하는 아들에게나 사위에게나 나는 그런 말을 해주고 싶다. 업무적인 측면 말고, 뭔가 사람들을 깜짝 놀라게 할 정도의 특기는 가지고 있으라고 말이다. 어디 축구뿐이겠는가. 꼰대 부장이 기타 치고 노래하는 모습에 사원들은 환호할 수 있고, 엄숙한 이사님이 댄스 그룹 춤을 배워 능숙하게 추면 사람이 달라 보이는 법이다.

판매부에서 나는 새로운 일을 맡았다. 당시 판매부의 주업무는 고려원양 어선들이 넘쳐나도록 잡아온 북양산 명태를 판매하는 일이었다. 공급이 과잉되다 보니 시장에서 제값을 받고 팔 수가 없었다. 이 명태를 팔아치우기 위한 판로를 새롭게 개척하고 거래처를 뚫는 것이 판매부의 지상과제였다.

뻔질나게 국내 출장을 다니면서 명태 시장 조사와 판매인 실태 조사를 벌였다. 하지만 그것도 부족했다. 북태평양에서 그물만 던지면 명태를 그물이 찢어질 만큼 잡혔고 고려원양 어선들은 출항한 지 얼마 안 돼 만선으로 들어왔다. 가히 고려원양의 최전성기였다. 그런데 잡아오면 뭘 하나 팔 데가 있어야지.

내 상사였던 장 과장은 참치잡이 때 미끼로 쓰이는 꽁치를 다루는 3과장으로 발령났다. 연공서열 인사가 깨진 셈이니 조직 분위기가 어땠는지를 짐작할 수 있으리라. 외부 인사들도 다수 영입됐다. 군 장성 출신도 상무로 영입됐고, 서울대 출신의 영민한 이들도 다수 들어와 회사 분위기를 다잡았다. 내 동기였던 김○○ 과장이 새로 온 윗사람과 충돌해 교체될 정도로 분위기는 삭막했다.

이런 분위기에 나는 익숙했다. 갈피를 잡을 수 없을 때에는, 그리고 천지분간이 안 될 때에는 그저 줄을 잘 서야 한다. 아니 줄은 서는 것이 아니라 잡는 것이다. 제주도 피난 시절 에는 제주도 이장 아들이 갑이었고, 전학 갈 때마다 그 학교 에서 누가 제일 센지를 단번에 파악하는 눈썰미를 발휘해야 했다. 내가 택한 것은 김태권 상무였다. 서울대 나온 분이었 는데 성격도 시원시원하고 업무 능력도 탁월했다. 나는 그분 의 줄을 잡았다.

"충성을 다하겠습니다."

그분 역시 나를 잘 보아주셨는지 서울대 후배들보다도 나 를 편히 여기고 잘 대해주셨다. 줄을 잘 선 것인지 아니면 내 능력이 인정받은 것인지, 어느 날 난 인사 발령으로 내 신분 은 별안간 격상됐다. 영업 1·2·3과를 전부 통폐합한 통합판매 과장으로 임명된 것이다. 이른바 SKY 대학 나온 사람들이 수 산대학 나온 나에게 밀렸을 뿐 아니라 내 밑에서 일하게 된 것이다. 그날부터 내 입지는 완전히 달라졌다.

사무실 입구에서부터 고개 숙이고 들어오는 상인들이 줄 을 이었고, 앉아서 명함 받다가 명함을 보고 벌떡 일어서는 거래처 직원들이 늘었다. 적어도 나에게 고려원양(고려식품) 통합판매과장은 엄청난 자리였다. 하루는 김태권 이사가 나 를 불렀다. 질문은 좀 뜬금없었다.

"당신 함경도 출신이지? 이 일을 좀 맡아줘야겠어."

# 황태 덕장 앞에서

김태권 이사의 말씀이 이어졌다.

"이학수 회장님 고향도 함경도인 건 알고 있지?"

그랬다. 고려원양 이학수 회장의 고향은 함경북도 명천이었다. 이 고장은 '명태'의 이름을 낳은 고장이다.[*]

김 이사의 말씀인즉슨 이 명태의 본고장 출신인 이학수 사장님이 지닌 야심찬 사업 계획 중 하나가 고향에서 익히 만들던 방식대로 건명태, 즉 황태를 만드는 것인데, 역시 함경도 출신인 당신이 한번 그 일에 나서보라는 것이었다.

[*] 요즘은 동해 바다에서 씨가 말랐지만 명태는 한국을 대표하는 생선이다. 조선 후기 문인 이유원의 《임하필기(林下筆記)》에는 다음과 같은 글이 실려 있다. "함경도 명천(明川)에 태(太)가라는 성을 지닌 어부가 있었는데 어떤 물고기를 낚아 주방 일을 맡아보는 관리로 하여금 도백(道伯)에게 바치게 하였던바, 도백이 이를 아주 맛있게 먹고 그 이름을 물으니 모두 알지 못하였다. 다만 이 물고기는 태가라는 어부가 잡은 것이니 도백이 이를 명태(明太)라고 하는 것이 좋겠다고 하였다." 명태를 중국어로 밍타이위(明太鱼)라 부르고, 일본인들은 멘타이(めんたい), 러시아 사람들은 민타이(Минтай)라 칭하니 곧 어원이 한국의 명태임을 알 수 있다.

아닌 게 아니라 한국 수산업의 개척자 가운데는 함경도 사람들이 간간이 눈에 띈다. 한국 원양어업의 선구자라 할 제동산업 심상준 사장은 함경남도 삼수 출신, 서울 만리동에서 인쇄업을 하던 이학수 회장이 수산업계에 뛰어들었을 때 출판사 법문사와 민중서림을 운영하던 김성수 회장도 수산업에 입문해 오양수산을 창업했는데 그의 고향은 함경남도 북청이었다.

함경도는 일제강점기 수산업이 가장 발달한 지역이었고, 심심산골 함경도 삼수갑산 사람들은 영양 부족으로 눈이 어두워지면 해안가로 나와 명태 간을 먹고 시력을 회복했다는 얘기도 있으니 명태는 함경도 사람들에게는 매우 익숙한 식품이라 하겠다. 전쟁 이후 강원도 지역에 유명한 황태 덕장이 생긴 것도 월남한 함경도 사람들이 고향에서 즐겨 먹던 황태를 재현하면서 비롯됐다. 이학수 회장도 고려원양 배들이 잡아온 명태를 가지고 고향 방식의 황태를 만들어보고 싶었던 것 같다.

개인적으로 나는 수산대학을 나와 반평생을 그 업계에서 지냈음에도 예나 지금이나 생선을 즐기지 않는다. 바닷가 지역보다는 내륙에서 자란 탓이었을 것이다. 수산물 가공 과정은 달달 외우지만 명태의 맛이나 황태의 풍미에 대한 향수 같은 건 없었다. 하지만 이학수 회장의 마음이 이해는 갔다.

"제가 한번 해보겠습니다."

"잘해보자고. 이전 직원이 불미스런 일을 벌여서 문제가 발생했던 데니까 조심하고."

김태권 이사도 내 등을 두드려주었다. 김 이사는 역시 꿍심이 큰 사람이었다. 대관령 지역에 황태 덕장이 여덟 곳이 있는데 그들을 구워삶아 고려원양산 명태만 가공하도록 일괄 독점 계약을 성사시켜 보자고 제안했다. 이른바 '아도'를 쳐보자는 것. 즉일로 나는 비행기를 타고 강릉으로 내려갔고, 대관령과 주문진을 누비며 덕장 주인들을 만났다.

적어도 올해는 다른 업자가 잡아온 명태를 받지 말고 고려원양 명태만을 가공하기로 하되 만약 고려원양의 사정으로 명태 반입이 안 될 경우 명태 한 두름(20마리)당 당시 환율로 70원씩 변상한다는 제안을 했다. 어떤 이는 반색을 했지만 어떤 이는 망설였다. 하지만 결국 우리는 계약을 체결해냈는데 마침 덕장 주인 가운데 고려원양 이학수 사장의 고향 친구인 최응종이라는 분이 적극 나서주었기 때문이었다.

11월 말부터는 추운 바람이 불기 시작하여 명태 가공이 시작되어야 했다. 총무부에서 나를 보자고 해서 가니 강릉에 도착 즉시 통장을 개설하라고 했다. 그다음 총무부장이 꺼낸 말에 나는 한동안 입을 다물지 못했다.

"현금 1억 원을 입금시킬 거요."

내 고려원양 초임이 월급 5만 원이 정도였으니 1억이라면 요즘의 수십 억은 족히 될 것 같다. 입이 벌어진 사람은 나만

이 아니었다. 강릉에 도착하자마자 통장을 개설하고 본사에 보고하니 얼마 후 바로 1억 원 입금이 확인됐다. 강릉 지점에서도 난리가 났다. 지점장이 뛰어나와 허리 굽혀 나를 영접할 지경이었다. 내가 아니라 돈을 보고 하는 인사인 것을 익히 알았지만 그래도 사람이 어디 그런가. 어깨가 으쓱으쓱하고 목에 시멘트가 발라질밖에.

다음 날 주문진에 가서 읍장을 만났다. 고려원양의 황태 제조 개획을 설명하고 협조를 부탁하니 읍장은 연신 고개를 끄덕였다. "무슨 일이든 협조하겠습니다." 이제는 내 전공 업무 영역이었다. 황태를 만드는 것은 간단한 일이 아니었다. 배에서 만든 냉동 명태를 흐르는 물에 하룻밤 담갔다가 이튿날 낮에 명태에서 명란과 내장을 분리한 후 두 마리씩 짚으로 묶어 대관령 덕장으로 옮겼다. 거기서 또 흐르는 물에 하룻밤을 씻은 후 덕장에 올리고 장기간 백두대간의 눈바람을 맞으며 동결 승화 건조 과정을 거치게 되는 것이다.

드디어 작업이 시작됐다. 고려원양 배가 입항한 부산에서 화차 가득 명태가 실려왔고, 직접 묵호항에 입항할 경우 부두에 명태 궤짝이 산더미처럼 부려졌다. 겨울이 코앞이라 주문진에서만 물건을 소화하기 어려워 묵호읍의 옥계라는 곳에서도 가공을 시작했다. 이 모든 작업 배치가 내 마음먹기에 달렸으므로 주문진에 가면 주문진읍장이, 묵호에 가면 묵호읍장이 내 뒤를 졸졸 따라다녔다.

당시 고려원양을 비롯한 한국 수산업의 성장세는 그야말로 욱일승천이었다. 200해리 경제 수역이 본격화되기 전이었으니 각지의 바다를 누비면서 황금 같은 수자원들을 캐내왔다. 산더미처럼 쌓이는 명태 궤짝들의 웅장한 모습은 지금도 생생히 그려지거니와 나 역시 몸을 던져 일했다. 나뿐 아니라 함께 차출된 판매과 직원 다섯 명도 밤낮 없이 몸이 부서져라 일했다.

바다 위의 선원들이건 항구의 인부들이건 주문진과 대관령을 수시로 오가며 고단한 다리 두들기던 우리들이건, 황태 덕장의 주인과 일꾼들이건 '원수진 것처럼' 일하던 시절이었다. 그렇게 해서 돈을 벌었고 식구들을 먹여 살리고 미래를 그려나갔다.

마침내 한겨울이 왔다. 눈이 1미터는 족히 쌓이는 대관령에 누런 눈이 내렸다. 산비탈을 뒤덮은 황태들의 사태였다. 높은 산줄기 사이로 힘겹게 내리쬐는 햇살을 받아 눈은 은빛으로 빛나고 황태는 황금빛으로 일렁였다. 북태평양 어딘가에서 힘차게 물살을 가르던 명태들은 끝없는 오와 열로 태백산맥 준령을 가로지르고 있었다.

고려원양 이학수 회장과 고려식품 김명식 사장이 방문했을 때 나는 정말 자랑스러웠다. 마치 황태의 대군을 거느린 장군처럼 대관령 위에 버티고 서서 동해를 바라보았다. 단군 이래 이렇게 황태를 많이 만든 사람, 내가 만든 것은 아니라 해도 이런 장관을 우리 회사만의 명태로 연출한 사람이 또 있을까 싶었다.

# 거인과의 만남

젊은 사람은 꿈을 먹고 살고, 늙은 사람은 추억을 먹고 산다고 했다. 황태 덕장을 독점하고자 강릉부터 주문진까지 7번 국도를 수없이 오르내리고, 눈 내린 대관령을 누렇게 물들이는, 고려원양산 명태로만 이뤄진 황태 덕장을 총괄하던 추억은 눈만 감으면 손에 잡힐 듯 눈앞을 삼삼하게 지나간다.

그렇게 3년이라는 세월이 꿈같이 지나갔다. 그러나 어디 직장 생활에 아니 인생살이에 좋은 일만 있을 수 있는가. 숙제는 항상 생겨나고 문제 하나가 해결되면 또 다른 골칫거리가 옆구리를 쑤시고 들어오게 마련이다. 명태를 엄청나게 잡아들이고 수없이 겨울바람에 말리는 과정에서 나온 부산물, 즉 명란과 창란 가공품들이 문제였다. 처음에는 어렵히 팔려나가겠거니 했는데 산더미처럼 재고가 쌓여만 갔다. 판매과장은 황태뿐 아니라 이것들도 팔아야 하는 직책이었다. 도매상들만 믿고 있을 수는 없었던지라 직판 계획을 세우고 전 조직원들에게 판매 할당량을 부여했다. 당연히 나도 판매에 나서야 했다.

　내세울 것 없는 학연과 지연, 공무원 재직 기간, 고려원양에서 일한 기간 동안 명함 주고받고 연락하던 사람들 전부에게 전화를 돌렸다. 고려원양이 명태를 얼마나 많이 잡는지 아시지요? 그 명란 창란의 품질은 세계 최고라고 해도 과언이 아닙니다. 한번 믿고 구매해보십시오.

　그냥 영업사원이었다. 요즘 가치로 수십 억은 됐을 1억 원을 통장에 넣고 은행 지점장에게 90도 인사를 받던 '가오'는 어느덧 지난날의 허망한 무용담이 돼버렸다. 판매이사의 승용차와 기사를 아예 내 전용 자가용으로 쓰다시피 하면서 서울 시내를 누비고 다녔다.

　"어 정용아, 오늘 너희 사무실 좀 가자."

　"어 오려면 오셔."

　동원산업이라는 회사의 수산부 차장으로 근무하던 최정용이라는 친구가 있었다. 그를 방문해 그 사무실에서 고려원양산 명란 창란을 판매할 계획이었다. 1969년 창업한 동원산업은 아직 고려원양 수준의 종합수산회사가 아닌, 원양어업에 사업 방점을 둔 신흥 기업이었다.

　그 사무실을 찾아가서 고려원양 명란 창란 가공품을 사달라 했으니 대학 동창 정용이로서도 그리 달가운 손님은 아니었을 것이다. 동시에 고려원양 판매과장을 홀대하기도 어려웠을 것이니 이래저래 난처했을 것이다. 그래도 최 차장은 선뜻 응해주었다.

염치불구하고 최 차장의 사무실을 방문했다. 내가 직접 가공품 박스를 들고 '날이면 날마다 오는 게 아니야' 식으로 덥석덥석 안기고 최 차장도 대충 장단을 맞췄다. 사무실 여직원들에게까지도 '특별히 염가로' 명란 박스들을 팔아치웠으니 당연히 사무실 안이 조용하지 않았다. 그런데 정작 방문을 허락한 최 차장의 표정이 영 좋지 않았다.

"야 왜 그리 뭐 씹은 표정이냐. 동창 좋다는 게 뭐냐. 물건들은 정말 좋다니까. 나중에 내가 너 한번 화끈하게 도와줄게."

"아 그게 아니고…."

최 차장은 기분이 나쁜 게 아니라 뭔가 불안해하고 있었다. 곧 불안의 정체가 밝혀졌다. 동원산업 사장실 문이 벌컥 열리며 부리부리한 눈매의 누군가가 불호령을 토해낸 것이다.

"어이 최 차장, 내가 뭐라고 했어. 이런 거 사무실에서 판매하는 거 하지 말라고 했지? 그런 사람 들이지 말라고 했어 안 했어? 사무실에서 이게 웬 소란이야? 여기가 도때기 시장이야?"

최 차장의 얼굴은 흙빛이 됐다. 동원산업 김재철 사장이었다. 1935년생으로 나와 나이 차이는 네 살밖에 안 나지만 한국 원양어업의 유망주로서 이름을 떨치고 있던 사람이었다. 수산대학 선배이고 직접 원양어선 선장으로 남태평양을 누비면서 참치를 잡아 올리고 거친 선원들과 씨름했던 맹장이기도 했다. 그가 한번 화를 내면 얼마나 무서웠던지 그에게 몇 시간을 깨진 부하 직원이 넋을 잃은 나머지 "썩 나가!" 소리에 출입문이 아니라 캐비닛을 열려 했다는 전설이 있을 정도였다. 그런 사장이 웬 잡상인을 들였냐는 식으로 화를 내니 최 차장도 당황했을 것이다.

내가 나서기도 애매했다. '안녕하십니까? 고려원양 판매과장입니다' 하고 나서기도 그랬고, 그랬다가 남의 회사 와서 뭐하는 짓이냐고 호통을 친다면 딱히 대답할 말도 없었다. 그때 최 차장이 더듬더듬 입을 열었다.

"사장님. 이게… 그냥 판매원이 아니구요… 저기….."

"그냥 판매원이 아니면 특별한 판매원도 있어? 대체 뭐하는 짓이야, 이게."

그러자 최 차장은 비명을 지르듯 다급하게 나를 가리키며 말했다.

"이 사람 고려원양 판매과장입니다. 저랑 수산대학 동창이고 같이 공무원 생활도 했습니다. 이차저차해서 과장이 직접 방문해서 물건도 보여주고 판매도 하고 있습니다. 저희가 서로 협조할 일도 있고 해서….."

그제야 나도 덩달아 고려원양 판매과장 직함을 밝히며 '안녕하십니까, 선배님' 인사치레를 했는데 김재철 사장은 인사를 받는 둥 마는 둥 하면서 엉뚱한 대꾸를 했다.

"판매과장이 직접 돌아다니면서 이런 일을 한다고?"

어쨌든 더 이상의 불호령은 없이, 김재철 사장은 다시 사장실로 들어갔고, 나는 내 할 일을 하고 판매량 챙겨서 동원산업을 나섰다. 그런데 며칠 뒤에 최 차장으로부터 전화가 걸려왔다.

"언제 시간 한번 내지? 우리 사장님이 한번 보자시네."

그 '시간'을 낼 계제가 아니었다. 명란, 창란 판매량 그래프의 꼭짓점들이 화살촉처럼 가슴을 찔러오는 판에 대학 선배라고는 하지만 고려원양에 훨씬 못 미치는 신흥 기업 사장을 따로 만날 이유도 시간도 없었다. 말로는 "어 언제 한번 같이 뵙자고" 했지만 '언제'가 될지는 가늠조차 하지 않았다. 그러던 어느 날 최 차장이 또 전화가 왔다.

"어이, 그래도 서울 바닥에서 몇 안 되는 대학 선배님이 날 잡아보자고 부탁까지 하신 건데 이렇게 무심할 수 있어?"

"미안, 미안! 시간 나는 대로 꼭 찾아뵐게."

그 어조가 사뭇 간절했지만 그래도 내 코가 석 자였다. 하지만 사람 일이란 알 수 없는 것이다. 고려원양 판매과장으로서 순탄하게 직장을 이어가고, 내가 해온 일만큼의 성과를 인정받았다면 나는 동원산업 김재철 사장을 찾는 일은 한참 뒤에야 성사됐을지도 모른다. 당시의 고려원양은 동원산업에 비교할 수 없을 만큼 큰 회사였고, 나는 고려원양 판매과장 직책에 목숨을 걸고 있었으니까. 그런데 일은 저 높은 곳에서

부터 벌어졌다.

어느 회사나 '높으신 분들'의 알력은 아랫사람들의 운명과 진로를 너무나 쉽게 좌우하는 경향이 있다. 줄 한번 잘 서면 탄탄대로가 보장되고 웬만한 실수도 용서되지만 튼튼한 동아줄로 알았던 것이 썩은 짚이었거나 더 힘센 칼날에 싹둑 잘려나가 버린다면 아무리 발버둥을 친들, 끊긴 동아줄과 함께 나락으로 떨어지는 것이다.

어느 날 난 인사 발령에서 그 아픔을 실감했다. 나를 그렇게 예뻐해주던 김태권 이사가 면직되고 내 보직이 판매과장에서 생산과장으로 바뀌어버린 것이다. 판매과장에서 생산과장으로의 전환은 글자 그대로의 좌천이었다. 숱한 대리점과 중간상인들과 거래 기업들을 좌지우지할 수 있었던 끗발이 명란공장 관리자 보직으로 바뀌어버린 것이다. 하늘이 노래지는 충격이었다.

이 일이 있고서야 나는 동원산업 김재철 사장을 찾았다. 항상 근엄한 모습에 올려다보기도 어려울 만큼 여러 구름 위에 있던 고려원양 이학수 회장과 달리, 친구 최 차장에게 보여주던 서릿발 같던 모습은 어디로 가고 김재철 사장은 생글생글 웃으며 나를 맞아주었다. 그리고 나에게 매우 중대한 제안을 해오셨다.

"지금은 동원산업이 다른 회사에 비해 별로 크지 않지만 언젠가는 우리나라 굴지의 회사로 키울 거야. 내 꼭 그렇게 할 거야. 김 과장 얘기는 내 최 차장을 통해서나 다른 사람 통해서 들었어요. 김 과장, 나랑 같이 일해봅시다."

살아오면서 내가 교류하고 만났던 사람 중에 가장 큰 인물이라면, 즉 거인이라면 나는 김재철 사장, 후일의 동원그룹 김재철 회장을 꼽겠다. 아직 그를 잘 모르는 상황이었지만 첫 만남과 제안에서 나는 이 사람의 포부와 국량이 보통이 아니라는 걸 알아챌 수 있었다. 그 제안의 내용도 파격적이었다.

"부산 지사장을 맡아주시오. 부산 책임자로 가란 말이야."

# 동원산업 부산 지사장이 되어
# 다시 부산으로

고민이 없지 않았다. 하지만 끈 떨어진 고려원양 생산과장보다는 신흥 기업 동원산업이 더 마음에 끌렸다. 생산과장으로 가봐야, 요즘 말로 '라인'이 망가진 다음에야, 재기하기는 어렵다고 생각됐다. 잘 알건 생판 생면부지건 어쨌든 대학 5년 선배가 사장으로 있다면 전혀 모른다 하랴 하는 기대도 있었거니와 호랑이 꼬리보다는 닭 대가리가 낫지 않겠나 하는 꿈심이 강하게 나를 이끌었다. 일본 말이라 유쾌하지 않지만 전국구 '꼬붕'보다는 지역구 '오야붕'이 나은 법이다. 내 평생 세 번째 직장이었다. 두 번은 시험을 통해 쟁취했으나 세 번째 직장은 '스카웃'을 통해 성사된 케이스였다. 동원산업 부산 지사장. 그게 내 인생 세 번째 명함이었다.

공무원을 그만둘 때 반대했던 아내가 이번에는 선선히 이직에 동의했다. 공무원에서 민간기업으로 옮기는 것은 환골탈태 수준의 변화였지만, 민간기업에서 다른 회사로 옮기는 일은 기회 포착과 월급 인상의 계기였기에 그랬을 것이다. 나는 아내와 1남 1녀의 아이들을 서울에 놔둔 채 나만 홀로 먼저 부산으로 내려왔다.

부산. 피난 시절의 태반을 보내고 고등학교와 대학교 시절을 묻었던 항구 도시. 사라호 태풍의 악몽과 맹학교 교사 아르바이트 시절의 추억이 아롱다롱 눈앞을 맴돌고, 남포동에서 해운대까지 발자국을 빈틈없이 찍었던 도시에 다시 돌아왔다. 그 당시 동원산업 부산 지사는 광복동(남포동)에 있는 박용상 피부과 옆 건물 3층에 있었고, 직원은 나 외에 여섯 명 정도였다. 말이 지사장이지 내가 고려원양 판매과장으로 일할 때 거느리던 직원의 3분의 1도 못 됐다.

더하여 문제는 그 직원의 대부분이 회사 오너인 김재철 사장과 인연이 있는 사람들이었다는 점이다. 고향 후배에, 함께 남태평양 누빈 사람에, 기타 여러 연줄로 엮였던 그들은 기본적으로 제대로 된 조직 생활을 경험한 적이 없었다. 조금 다른 얘기로 언젠가 대구 경북 출신 지역 사람들이 '한 다리만 건너면 청와대와 연결되던' 시절의 향수를 얘기한 적이 있는데, 내가 동원산업 부산 지사에 내려왔을 때 직원들의 심사가 그와 비슷했다고 생각된다.

"내가 김재철 사장을 안다 이거야. 전화 한 통화면 너 끝난다 이거야."

직장이라기보다는 동아리 같았다고나 할까. 그것도 '짬

밥'이나 나이에 따라 구분되는 빈약한 공동체였다. 요즘 'MZ세대'에게 어떤 일을 시키면 세 가지 질문이 나온다고 들었다. "이걸요? 제가요? 왜요?" 그런데 내가 동원산업 부산 지사에 부임했을 때 분위기가 딱 그랬다. 신흥 기업이다 보니 기업 문화 같은 건 애초에 정립돼 있지 않았고, 직원들 태반이 엄격한 조직 생활을 해본 적 없었다. 어쨌건 조직이 굴러가는 기본인 상명하복조차 이뤄지지 않았다는 뜻이다. 어떤 업무를 지시하면 반세기 뒤의 MZ세대 같은 대답이 날아들었다. "이걸? 내가?" 그런데 그다음은 달랐다. "왜요?"가 아니라 "네가 뭔데?" 식이었다고나 할까.

공무원으로 8년, 고려원양 직원으로 3년을 보낸 나였다. 즉, 공무원이건 민간기업이건 위계질서가 명확한 곳에서 일했고, 속된 말로 까라면 까고 박으라면 박는 조직에 익숙해 있었다. 그런데 갑자기 이게 웬 당나라 부대인가 싶었다. 특히 김재철 사장과 같은 과 출신이었던 전임 지사장의 영향은 컸다. 물에 술 탄 듯 술에 물 탄 듯, 지사를 운영하며 자신이 다음으로 갈 자리에만 관심이 컸다.

그 뒤를 이어 허울 좋은 지사장으로 오긴 왔는데 과연 계속 근무할 수 있을지 나 자신도 장담할 수 없었다. 그러나 물은 엎질러진 뒤였다. 그리고 돌아갈 구멍도 없었다. 그렇다고 월급쟁이 박차고 사업을 벌일 깜냥도 형편도 아니었다. 따박따박 월급받아 처자식 먹여 살리려면 이 '조직의 쓴맛'을 모르고 옹기종기 모여 앉은 '나 사장 알아' 족속들을 무찔러야 했다. 온갖 신경전을 벌이고 숙소로 들어가면 사랑하는 아내와 아들딸은 천 리 밖에 있었다. 아침에 눈을 뜨고 일어나기가 두려울 만큼, 어둡고 괴로운 세월이었다. 결심을 했다. 죽더라도 쩍 하고 죽고, 포기에 앞서 시도라도 해보자.

우선 나는 근무시간을 앞당겼다. 남보다 한 시간 빠르게 회사 문을 밀치고 들어왔다. 괜히 부지런을 떠는 것 같지만 결코 그렇지 않다. 출근했을 때 상사가 자리에 먼저 앉아서 인사를 하면, 아무리 미소로 그득한 인사라도 받는 사람 얼굴에 긴장감이 돌게 마련이다. 아울러 회사에 일찍 나오면 회사 내 다른 사람들의 정보를 빨리 알 수 있다. 무슨 서류를 훔쳐봐서가 아니다. 그들의 빈자리에 남겨진 흔적만으로 그들의 세월과 근무 자세와 일정을 훤히 꿰뚫을 수가 있다.

두 번째로 사람들이 버거워하는 이른바 대관(對官) 업무, 즉 관공서 관련 업무를 도맡아 했다. 공무원 생활을 8년 했으니 공무원들 심리와 습관이야 내 손바닥 위에 있었다. 화투칠 때 넘기는 뒷장을 흔히들 관(官)의 협조에 비한다. 잘못 넘기면 이른바 '설사'를 하기도 하고 남 먹을 것만 대주기도 하지만 가끔은 예상 없던 소득을 즐기기도 하고 '자뻑'이 나서 꿩 먹고 알 먹기도 한다. 하물며 그 뒷장을 미리 읽을 수 있다면 얼마나 화투 치기가 즐거울 것인가. 영문 모르는 직원들은 "지사장은 공무원 머릿속에 들어앉아 있는 것 같다"고 감탄

할밖에.

이후는 몸으로 부딪치는 수밖에 없었다. 매주 월요일마다 전 직원을 30분씩 일찍 출근시켜 우리가 해야 할 일, 그리고 조직이 왜 필요하며, 조직의 힘이란 어떻게 발휘돼야 하는지 침을 튀기며 이야기했다. 네가 그러다 말겠지 하는 시선이 느껴지지 않은 것은 아니었지만 개의치 않았다.

어차피 나와 안 맞는 사람들은 영원히 맞지 않고, 따라올 사람들은 어떻게든 따라오게 돼 있다. 수십 번 학교를 옮겨 다니며 그때마다 친구들을 사귀고, 때로는 왈패 싸움을 하며 그 학교의 '오야지'와 겨루면서 체득한 생각이다. 모든 사람에게 좋은 친구일 수는 없다. 만약 그런 사람이 있다면 두 경우일 것이다. 정말로 성인군자이거나 사기꾼이거나.

직장 분위기는 점차 나아졌다. 하루는 이런 일도 있었다. 단골 식당 사장이 내게 와서는 하이고 정말 신망이 있으신 것 같다느니 어쩐다느니 낯간지러운 소리를 늘어놓았다. 무슨 말이오 물었더니 어제 근처 식당에서 우리 회사 직원과 다른 회사 사람과의 사이에서 있었던 소동을 얘기한다.

"아 그 동원산업에 이 아무개라고 있지 않습니까. 술 좋아하고 사람 털털한. 그런데 술을 먹다가 상대가 지사장님 흉을 좀 본 모양이에요. 그런데 이 사람이 가만히 듣고 있다가 그만 멱살을 잡고 상을 엎었어요. 이누무 시키야. 왜 남의 상사 욕을 하노. 아이고 상대가 얼마나 당황을 하던지."

이 아무개라는 이는 솔직히 유능한 직원은 아니었다. 하지만 그렇게 고마울 수가 없었고, 나 역시 그 직원을 확실하게 끌어주었다. 임무를 맡겨 부족한 면이 있으면 내가 채워주었고 실수를 해도 커버를 쳐주었다. 부족하건 넘치건 나를 믿는 사람에게는 믿음으로 보답해야 하는 법이다. 김재철 사장의 초도순시에서 업무 현황 브리핑을 할 때 내 주변에는 그런 사람들이 이미 늘어서 있었다. 김재철 사장의 표정도 밝을 수밖에 없었으리라.

고려원양에서는 단지 판매만 신경 쓰면 됐다. 그런데 이곳 동원산업 부산 지사는 일종의 야전군 사령부였다. 병참부터 전투까지, 민심 수습부터 공병까지 모두 지휘해야 했다고나 할까. 수산대학 출신이긴 하지만 식품가공학과 출신이었던 내가 어로학과나 어업학과 출신들의 업무를 감당해야 했으니 시일이 지나도 항상 새롭고 생소할 수밖에 없었다.

일단 선박이 입항하면 선박이 머무를 묘박지*를 선정하고, 어획한 수산물의 수출을 위한 검사를 시행했다. 또 일본 판매를 위한 출항을 준비하고, 장시간의 어업을 마치고 일본에서 귀항하면 선박을 수리하는 한편, 바로 새롭게 조업에 나설 선원들을 선발해야 했다. 해운항만청에 선원 입출항을 신고하고, 어

* 묘박(錨泊)이란 선박이 해상에서 닻을 내리고 운항을 정지하는 것을 말한다. 묘박지(錨泊地)는 선박이 정박하는 장소로서, 보통 항내에서 선박의 정박에 적합한 넓은 수면을 지정한다.

구와 원양 항해에 필요한 보급품 선적을 준비할 때는 업종과 선박 종류, 즉 참치잡이 어선이냐 트롤 어선이냐, 채낚이 어선이냐 등등에 따라 내용이 천차만별이었으니 정말로 일이 끝이 없었다.

하루는 유양호라는 북양명태잡이 트롤선이 도입돼왔는데 승선하자마자 나는 입을 딱 벌렸다. 흡사 유령선이었다. 귀신이 어디서 튀어나올지 모를 만큼 배 안은 황폐하고 음산하고 지저분하고 너덜너덜했다.

# 거인의 어깨 위에서

"와, 이 배가 움직일 수는 있을까."

노련한 선원들도, 산전수전 다 겪은 직원들도 입을 딱 벌리고 말을 잇지 못했다. 농사는 농부에게 물으라고 정비과 직원들을 찾았다. 이 배를 고치는 데 얼마나 걸릴까. 질문을 던지자마자 답이 바로 튀어나왔다.

"빨라야 석 달입니다. 그전엔 어림도 없습니다."

김재철 사장이 유양호 입항 소식을 듣고 부산으로 출장을 오셨다. 이래저래 업무 보고를 하던 중 수리 기한으로 석 달은 잡아야 한다는 보고를 하자 김재철 사장의 눈꼬리가 하늘로 올라갔다. "무슨 소리야? 석 달?"

"정비과 직원들의 의견이 그렇습니다."

"그렇게들 한가해? 한 달 주겠어. 한 달 안에 출항시켜."

가끔 '리더'에 대해서 생각할 때가 있다. 고 정주영 회장도 불가능해 보이는 일을 시키고서는 입을 벌리는 사원들에게 "이봐 해봤어? 왜 해보지도 않고 안 된다고 그래?" 호령했다는 얘기를 들었다. 그런데 사람들로 하여금 불가능해 보이는 일에 내 일처럼 진심으로, 그리고 필사적으로 모든 것을 쥐어짜 매달리게 만드는 것은 리더의 역량이다.

'어, 이 사람이 보기에는 뭔가 가능성이 있어 보이니 이러는 게 아닐까' 하는 기대와 '죽도록 해서 안 됐는데 그걸로 나를 족칠 사람은 아니지' 하는 믿음, '죽기 아니면 까무러치기다. 한번 해보자. 퉤퉤퉤' 하고 손바닥에 침 튀겨 비비는 투지를 낳고 기르고 확산시키는 것이 리더의 힘이다. 그게 안 되면 '미친 놈아. 네가 해봐라' 하는 반발에 부딪치기 십상인 것이다. 김재철 사장은 가히 그럴 힘과 카리스마와 설득력을 지녔던 사람이었다.

사장의 지시에 아무 소리 못하고 그저 힘차게 "예!" 대답한 나는 발등에 불이 떨어진 것처럼 움직였다. 전체 직원회의가 소집됐다. 사원들도 그랬다. "한 달 안에 이걸 하라고? 와 미쳤다"보다는 어떻게든 해내야 한다는 각오들을 얼굴에 새기고 있었다. 딱히 김재철 사장의 리더십과 카리스마 때문만은 아니었다. 당시 한국 사람들 분위기가 그랬다. "안 되는 게 어딨어?" 하는 군대식 뚝심, "일이 이기나 내가 이기나" 하는 오기, 어쨌든 죽어라 일하면 언젠가는 '잘살아보는' 군단에 합류할 수 있으리라는 기대가 충만하던 시절이었다.

"선박 갑판부, 기관부, 냉동부 이렇게 세 군데로 나눕시다. 수리업체도 한 곳에 다 주지 말고 업체를 복수 선정해서 경쟁을 붙여.”

한 달 안에 출항이 이뤄지려면 밤낮 없는 수리가 이뤄져
야 했다. 한 사원이 손을 들었다.

“매일 밤샘 작업이 될 것 같습니다.”

“직원들 교대로 배에서 먹고 잡시다. 작업 현장에는 항상
우리 직원들이 있도록 하고, 매일 진전 사항을 보고하시오.”

나 역시 고개를 끄덕이면서 말했다. 그렇게 한 달을 보낸
결과는 성공적이었다. 유양호는 오갈 데 없는 유령선에서 금
방이라도 배에 그득 명태를 채우고 만선가를 부를 준비가 완
료된, 싱싱한 배로 탈바꿈했다. 유양호가 본격 출항할 때 김
재철 사장님과 사모님 내외도 부산으로 내려오셨다. 전 직원
들이 도열하고 유양호 선원들이 바삐 움직이는 가운데 유양
호 출항 준비가 완료됐다. 그리고 으레 이뤄지던 행사가 준비
됐다. 돼지머리가 날라져 잡다한 음식상 사이에 놓이고 축문
들이 준비됐다. 출항 전 무사풍어(無事豊漁)를 기원하는 고사
였다.

“어이, 지사장.”

그때 김재철 사장이 나를 불렀다. 무슨 일인가 싶어 잰걸
음으로 그 앞에 섰다.

“지사장은 고사에서 빠져도 돼.”

이게 무슨 뜻인가 잠깐 머릿속이 왱왱 돌아가는데 김재철
사장이 만면에 웃음을 띠고 말을 이었다.

"당신 교회 나가잖아. 교회 나가는 사람들은 돼지머리 앞에서 절 안 하잖아. 그러니까 고사 지낼 때 자리에 있지 않아도 된다고. 고생했어. 정말."

요즘이야 기독교인들이 사회적 주류가 된 느낌이지만 40~50년 전만 해도 기독교세는 '작지만 단단한' 쪽이었고, 신도들도 어영부영 속세(?)의 습관에 동참하기보다는 기독교인으로서 '티를 내는' 경우가 많았다. 교회 나가니 술을 끊는다든가, 상갓집에 가서 절을 하지 않는다거나, 이런 고사 자리에서 빠지겠다고 고집한다거나.

나는 한국의 관습대로 고사상이 차려지고 그 앞에서 절한다고 해서 돼지머리에 절하는 것은 아니요, 그걸로 우상숭배의 죄를 범했노라 진노한다면 매우 쫀쫀한 하나님일 것이라고 생각하는 편이다. 그 무렵은 지금보다는 조금 더 신실했을 테니 절을 해야 하나 말아야 하나 망설이고는 있었을 것 같다. 하지만 절을 하느냐 하지 않느냐보다는 내 종교까지 헤아려 그 고민을 해결해주려는 김재철 사장의 섬세한 배려가 더 마음에 와닿았다.

동서고금을 막론하고 뱃사람들은 미신을 많이 믿는다. 요즘 세상에서는 상상도 못할 여성 차별이지만, 공식적인 행사나 특별한 이유 없이 여자가 배에 탔다가는 쌍욕을 들어야 했다. 또 선원 집에서 생선을 뒤집어 발라먹다가는 집안이 뒤집어질 수도 있었다. 생선을 뒤집어 먹는다는 건 배의 전복을 의미했기 때문이다. 그런 미신적 습관들로 칠갑을 한 뱃사람들이 나름 엄숙한 고사를 지내는데 명색 지사장이 교회 나가니 절 못 하겠소 뻗대는 건 분위기 급하강과 재수 없는 놈이라는 지탄을 불러일으키기 십상이었다. 김재철 사장이 그 문제를 해결해준 것이다.

배가 출항한 후 사장님은 고생한 전직원에게 한턱내고 싶다고 했다. 신이 난 과장 몇몇이 어느 횟집이 좋네, 고깃집이 어디가 맛있네, 저마다 의견을 냈다. 그때 김재철 사장이 시원스럽게 내지른 한마디는 동원산업 부산 지사 전체 직원들의 환호를 불러일으키기에 충분했다.

"무슨 횟집을 가나. 지사장! 부산호텔 연회장을 전세 내시오. 그리고 고생은 어디 직원들만 했나. 직원 가족들도 마음고생했지. 부산호텔 뷔페에서 직원 가족 전부를 초대해서 즐겨봅시다." 그뿐이 아니었다. "직원들 부인들이 몇 명이지? 부인들한테는 고급 한복감을 장만해서 따로 선물하시오."

석 달도 넘게 걸릴 일을 한 달에 해치웠으면 치하받을 일이기는 했다. 하지만 어떤 리더들, 오너들은 그 일을 자기가 명령했다는 이유로 직원들에 대한 고마움보다는 스스로의 선민의식으로 승화시키는 경우도 많다. "짜식들 되는 걸 가지고 안 된다고 해." 그리고 그 특별한 성과를 보통의 기준으로 삼아 내리누르는 일이 태반이다. "전에는 이렇게 했는데 왜 안 돼?" 그 와중에 일하는 사람들의 자존심은 뭉개지고

"안 되면 되게 하자"보다는 "되는 일도 안 되는" 의기소침으로 전락하기 일쑤다.

그래서 경영자는, 리더는 누구를 '깰' 때 독해야 하고 누구의 잘못을 캘 때 유능해야 하지만 사람들에게 "훌륭했다. 네가 최고다"라는 말을 실감나게 할 줄 알아야 하고, 그걸 실감할 수 있도록 행동으로 뒷받침하는 게 무엇보다 중요하다고 생각한다. 김재철 사장이 한 일이었다.

뷔페라는 곳을 처음 와본 직원들과 직원 가족들도 많았다. 지사장부터 말단 경리까지 가족들을 대동하고 부산호텔에 들어서서 호텔맨들의 정중한 인사를 받으며 으리으리한 연회장 자리에 앉을 때 이미 게임은 끝나 있었다. 사람의 마음을 쥐락펴락하는 재능. 섬세한 배려부터 화끈한 한 방까지 자유자재로 다루는 국량. 그리고 결국 그를 통해 기업을 확장하고 수익을 늘리는 기업가로서의 힘. '수산대학 역사상 최대인물' 김재철 사장은 참으로 내게는 거인이었다.

거인의 어깨에 올라앉은 사람도 역시 거인이 된 듯한 자신감을 지니게 된다. 언젠가 68동원호라는 참치잡이 어선을 출항시켰는데 송도 앞바다를 지난 지 얼마 안 돼 배에서 화재가 났다는 소식이 들렸다. 다행히 선원들은 인명 피해 없이 퇴선했는데, 68동원호는 연기를 내뿜으며 조류를 타고 한없이 흘러가다가 해군에 발견돼 진해 속천 부두로 예인됐다.

배를 건진 것은 다행이었지만 해군 통제하의 배를 가져오는 것도 만만한 일은 아니었다. 진해로 달려가 해군 지역 사령부를 방문했다. 홉사 007 영화에 나오는 듯한 벙커로 안내됐는데, 번쩍번쩍 빛나는 별을 어깨에 단 사령관이 근엄하게 앉아 있었다.

딱딱하고 까탈스러운 질문을 연신 던지던 그에게서 "동원산업 보유 선박이 어떻게 되시오?" 하는 질문이 나왔다. 그때 나는 자리에서 일어서서 마치 브리핑을 하듯, 없는 도표를 넘기듯, 자료를 읽듯 설명을 해나갔다. 우리 이런 회사고, 우리 사장은 이렇고, 이러이러해서 국위선양과 수출증진을 위해 이차저차… 요즘 말로 '영혼 없는' 자랑이 아닌 스스로의 업무에 확신이 있는 회사원의 열변이었다고 생각한다.

설명을 들은 사령관은 손뼉을 치면서 말했다.

"당신 나이도 어린 것 같은데 어려운 일을 잘 해내고 있구만! 믿음직스럽군. 배 회항은 당장 진행하시오. 예하 부대에게 적극 협조를 지시해두겠소."

자랑인지 뭔지 모르겠지만 나는 나이에 비해서는 동안이라는 말을 들었고 김재철 사장과 호흡을 맞추다 보니 김재철 사장의 동생인 줄로 착각하는 사람들도 많았다.

'자기를 알아주는 사람을 위해 모든 걸 바치는' 것은 선비만이 아니다. 세상 모든 직장인이 다 그렇다. 거인의 어깨 위에서 나는 신명나게 일을 할 수 있었다.

# 주먹과 개밥

1960년대 초반, 맹학교 교사 아르바이트를 할 때 학생들로 하여금 구화로 '5·16 혁명공약'을 읊어 지역의 권력자들을 기분 좋게 했던 얘기를 한 적이 있다. 그 무렵 대한민국의 권력자로 좌정한 박정희 대통령은 18년 동안 한국을 다스리다가 비명에 갔다. 그의 정치적 육체적 생명의 종식을 알렸던 '부마 사태(부마항쟁)'를 지켜보면서 복잡한 감정에 사로잡혔던 기억이 난다.

내 가족 건사하고 먹여 살리느라 정치 같은 것에는 일절 신경 쓰지도 않았고 민주주의 투쟁 같은 것에도 큰 관심이 없었지만, 유신 체제는 흡사 북한 같은 독재 체제였다고 생각했다. 동시에 그렇게라도 권력을 휘둘러 한국을 변화시키지 않았다면 오늘날의 한국은 없다고 여긴다. 자식들과 항상 부딪치는 대목이지만 나는 박정희 대통령의 18년이 대한민국을 바꾸어놓았고 절망적인 나라에서 희망을 만들어낼 수 있는 나라로 변화시켰다고 강변한다.

박정희 대통령 서거 후 갑자기 대머리의 보안사령관이 대한민국 권력자로 부상하고 광주에서 사람들이 무더기로 죽었다는 소문이 파다하게 돌았지만 나는 제2차 오일쇼크 이후 한국을 덮친 불경기와 마이너스 성장에 더 관심이 있었다. 전두환의 운발인지 대한민국의 국운인지 알 수 없으나 한국 사회는 1980년대 축복처럼 내렸던 3저호황 시대의 과실을 만끽하면서 더 많은 과실을 향해 줄달음쳤다. 이런 나를 두고 역사의식이 없다 할 수도 있겠으나 나에게는 내 가족의 행복, 내 아이들에게 남부럽지 않은 삶을 살게 해주는 것이 역사의 전부였다.

1980년대 이후 부산 생활은 안정돼갔다. 아내, 그리고 아들딸 네 가족 단란하게 살면서 집도 마련했고, 언젠가 지인에게 사기에 가까운 일을 당한 이후 '내 가게가 아니라면 약국을 하게 하지 않겠다'고 했던 다짐을 마침내 성취해 아내도 약국을 차리고 가운을 입었다. 아이들은 무럭무럭 별 탈 없이 자랐고 고도성장기 대한민국에서 두텁게 형성되기 시작한 '중산층'의 일원으로 살 수 있었다.

'선진국을 바라보는 중진국' 대한민국은 엄청나게 변화했으되 변하지 않은 대목도 많았다. 툭하면 언론지상을 장식하던 사회적 부조리, 부정부패, 그리고 '법보다 가까운 주먹'들은 여전히 곳곳에 똬리를 틀고 독기를 내뿜고 있었다. 나 역시 그런 사회의 일원으로서 독야청청 고고하게 살지 않았고,

그럴 의사도 없었다. 피하지 못한다면 빠질 수밖에 없다. 빠지되 내가 살아남을 원칙과 요령을 찾을 뿐이다.

어느 날 부두에 나가 입출항하는 선박을 둘러보고 사무실에 도착하니 웬 레슬링 선수처럼 우람하게 생긴 깍두기 머리의 불량배가 우리 선원과장의 허리를 잡고 들었다 놓았다 행패를 부리고 있었다. 여직원들은 울먹울먹했고 남자들도 우물쭈물 어어 소리만 지르고 있었다.

평생을 눈치로 살아온 나다. 힘자랑은 하고 있지만 대놓고 주먹을 휘두르거나 기물을 파손하지 않는 걸로 봐서 이놈은 돈푼이나 뜯어가고 싶은 초보 내지는 얼치기 양아치였다. 나는 어금니를 다물고 그놈 앞으로 다가갔다. 어금니를 깨문 이유는 전의(戰意)의 다짐이기도 했지만 날아올 반격에 턱이 부서지지 않기 위한 목적도 있었다. 그러고는 다짜고짜 놈의 귀싸대기를 갈겼다.

"이 새끼야 어디서 행패야. 너 임마, 나 따라와. 내 방으로 와서 얘기해."

사실 사태가 어떻게 진행될지는 나도 몰랐다. 진짜 깡패라기보다는 돈푼 뜯는 양아치 같다는 건 내 짐작일 뿐이었다. 분노의 '싸다구'를 날리기는 했으나 놈이 나를 집어던질지 발길질을 할지는 누구도 모르는 일이었다. 하지만 사무실에는 남자 직원들도 있었고 내가 맞기라도 해서 모두 달려들면 이놈 하나 어떻게 하지 못할까 싶은 계산도 있었다. 어쨌든 모두가 일촉즉발의 위기감에 휩싸여 나와 양아치를 주목하던 순간, 놈의 입에서 흘러나온 말이 모두를 안심시켰다.

"아이고 사장님, 제가 잘못했습니다."

적장의 목을 딴 관운장처럼 당당하게 지사장실로 향하는 내 뒤로 그 덩치는 쫄래쫄래 따라왔다. 겉으로는 위풍이 대단했어도 내 등줄기에는 식은땀이 흐르고 있었다. 자리에 앉으니 녀석은 손을 모으고 앞에 섰다.

"당신 원하는 게 뭐야?"

"아이고 사장님, 제가 돈이 좀 필요합니다."

역시 얼치기 양아치였다. 회계 담당 여직원을 불렀다.

"돈 만 원 가지고 와."

요즘 물가로는 10만 원쯤 되었을 것 같다. 세종대왕 한 장을 주니 이 허리 없는 통나무 양아치는 허리가 부러질 듯 인사를 하며 돌아갔다.

지금 생각하면 다소 아찔한 이야기다. 살아오면서 결정적인 위기가 없지 않았으나 그때마다 최악의 경우는 면하고 외려 전화위복의 계기를 많이 경험했던바, '하나님이 나를 항상 지켜주신다'는 막연한 자신감이 있었던 것도 같다. 하지만 하나님은 지극히 높은 하늘에 계신 분이고 땅에 배붙이고 사는 사람들을 상대하려면 다양한 방법을 강구해야 했다.

공동어시장과 수산 센터를 '관리'하던 조폭 '센터파'와 제휴한 것도 그중 하나였다. 부산의 양대 세력인 칠성파와

20세기파에 밀리고, 뻔질나게 전개된 공권력의 조폭 와해 작전으로 지금은 명맥이 끊겼지만 당시 센터파는 꽤 야무진 조폭 집단이었다. 그들에게 '도방(盜防)'이라 하여 입항한 배 경비를 맡겨 잡아온 물고기들을 지키고 회사 배에서 폭력이 발생하거나 양아치들의 준동이 있을 경우 해결하도록 했다. 대가는 어획량 중 상태가 온전치 않은 생선 중 일부를 떼어주는 것이었다. 광명천지 대한민국, 선진조국을 꿈꾸는 대한민국이었지만 이런 '거래'를 하지 않으면 기업 관리가 어려운 나라이기도 했다.

정상 같은 비정상의 나라. 비정상이 넘치지만 정상적으로 굴러가는 나라. '와이로', '기름칠', '사바사바' 등 여러 단어로 표현되는 뇌물과 커미션의 세계도 그랬다. 부산 지사장 취임 초반 업무 인수인계 도중 전임 지사장과 함께 입항 수속을 나갔다. 그런데 전임 지사장이 경리과로 가서 호기롭게 외치는 말이 있었다.

"야, 개밥 내놔라."

개밥이 무슨 뜻인가 하면 담당 공무원에게 줄 '용돈', 즉 뇌물이었다. 그런데 전 중앙정보부장 이후락 말대로 떡을 만지면 떡고물이 묻는 법, 이 지사장은 '개밥' 10만 원을 가지고 나가서 5만 원은 '개'를 주고 나머지는 자기 주머니에 넣었다. 이러면 자기도 개가 되는 것 아닌가. 그래도 공무원 생활을 8년 동안이나 한 나로서는 '개밥'이라는 표현이 무척 불쾌했다. 하지만 그 '개밥'을 원하는 '개'들은 너무나 많았고, 회사에서도 공식적인 경비로 인정되고 있었다. 그러나 개가 되더라도 동천(당시 더럽기로 유명했던 부산의 하천) 똥개가 되기는 싫었다. 서울 본사에 보고했다.

"꼭 필요한 경비만 쓰도록 하되 혹시 추가될 경우는 내가 알아서 쓰고 본사 승인을 얻도록 하겠습니다."

처음에는 본사도 난색을 표했지만 내가 먹는 '개밥'을 없애고 필요한 만큼만 집행을 하고 나니 차츰 신뢰가 쌓였다. 그러던 어느 날 큰 문제가 발생했다.

동성수산이라는 회사로부터 참치독항선 한 척을 구매했는데 출항을 불과 며칠 앞두고 세관에서 호출이 왔다.

"선박에 있는 보조엔진 관련 신고를 왜 누락한 거요? 이거 일본 수입품인데 관세법상 문제가 심각해요."

출발은 동성수산의 문제였지만 배가 동원산업 소유로 넘어온 이상은 동원산업의 문제였다. 동원산업 본사에서 오 상무라는 분이 부산으로 날아왔고 동성수산 주 전무와 머리를 맞댔지만 뾰족한 수가 없었다.

"지사장이 세관에 가서 담당자 한번 만나보지?"

할 수 없이 내가 세관에 가서 보니 안면이 있는 사람이다. 만나자마자 괜히 친한 척하며 '어이 좀 잘봐줘라' 하고 말을 놓아버렸더니 나를 구석진 곳으로 데리고 갔다. 용건은 간단했다.

"이거 복잡한 문제인데 5백만 원을 주면 내가 깨끗이 해결해보겠습니다."

어디 그 큰돈을 자기만 먹겠는가. 그 돈으로 틀어막을 입들이 어디 한두 개였을까. 그 얘기를 듣자마자 콜을 불렀다.

"오케이, 그렇게 하자고."

"본사와 상의 안 해도 돼요?"

"지금 발등에 불 떨어졌는데 이 정도는 내가 해결할 수 있어요."

세관 직원은 눈이 휘둥그레졌지만 나를 믿겠다고 했다. 그러고는 바로 세관 서류 창고로 가서 해당 서류철에서 외국물품 선적 서류를 찾아 북북 찢어버렸다. 신통하게도 그것이 모든 문제의 해결이었다. 그날 저녁 직원이 우리 사무실로 왔고 나는 준비해놨던 5백만 원을 정중하게 내주었다. 그러자 직원은 거기서 50만 원을 떼어 '지사장님도 쓰셔야지' 하고서는 총총 사라졌다. 나 역시 그 뒷모습을 바라보면서 경리 직원을 불렀다.

"이 50만원 다시 금고에 넣어두고 내일 입금시켜."

그런데 당시 문제 해결을 위해 부산에 날아왔던 본사의 오 상무가 이 상황의 전말을 알았던 모양이다. 서울에 올라가서 무슨 말을 했는지 모르지만 얼마 후 부산에 내려온 김재철 사장이 직접 봉투를 내밀었다.

"이건 공식 보너스가 아니고 특별 격려금이네."

정확하지는 않으나 회사 금고에 다시 넣은 50만 원보다는 많았던 것 같다.

대한민국은 '격세지감'으로 멀미가 나는 역사를 거쳐왔다고 생각한다. 경제성장이나 사회 문화적 변화, 정치적 격변 또한 그랬지만 이런 '주먹'과 '개밥'이 활개 치고 어지러이 날아다니던 시대도 엄연히 있었다. 그게 공식적으로 통용되고 마치 정상적인 양 포장되며, 음지에서나 일어날 법한 일들이 양지에서 버젓이 벌어지던 시절이 있었다. 어쩌면 지금도 음지에서는 그런 일이 계속되고 있을지도 모른다. 하지만 그들이 음지로 기어들어가게 한 것 역시 대한민국의 발전이라면 발전이 아닐까.

# 안타까운 죽음들

바다는 육지와 전혀 다른 세상이다. 잔잔한 바다는 세상 어디에도 없는 고요와 평화를 선사하지만 태풍이라도 불어 성을 내기 시작하면 그야말로 세상 끝을 넘어서는 공포의 대상이 된다. 뱃멀미를 심하게 해 어로학과를 지망하지 못했던 관계로 대양을 누비는 항해를 경험해본 적은 없다. 하지만 바다가 얼마나 무서운지는 선장 이하 선원들에게 실감나게 들었다.

"파도가 크게 일면요. 가끔은 물속에 갇힐 때가 있습니다. 무슨 소리냐 하면요, 파도와 파도 사이에 들어가면 사방이 바닷물인 거죠. 하늘이 보이지 않아요."

실제로 제대로 된 SOS 신호조차 타전하지 못하고 실종된 배들도 많았다. 내가 다니던 교회의 한 장로가 선장이었는데 그가 탄 배는 오키나와 근처에서 갑자기 사라졌다. 구조 요청도 없었고 어떤 사고가 났다는 무선도 없었다. 그냥 사라져버렸다. 그만큼 바다는 무서운 곳이었다. 꼭 풍랑이 아니더라도 사고는 끊임없이 일어났다. 조업 중 사고, 선원들의 반란, 선박

고장, 화재 등등 별의별 일이 꼬리에 꼬리를 물고 일어났다.

동원산업 소속 어로 선단이 뉴질랜드로 출항한 지 약 한 달쯤 되었을 때였다. 갑자기 벼락같은 비보가 날아들었다. 선원 한 명이 자다가 사망했는데 그 이유를 알 수 없다는 것이었다. 해난사고가 처음은 아니었는데 '이유를 알 수 없다'는 것이 마음에 걸렸다. 싸움이 나서 누구한테 맞아죽었거나 작업 중 사고라면 사건 수습에 돌입하면 됐다. 그런데 이유를 알 수 없다니 이를 어떻게 해석해야 한단 말인가. 일단 사망자가 누구인지 파악해야 했다.

"사망자는 ○○살 김 아무개라고 합니다."

창창한 나이였다.

"고향은 어딘가?"

내가 물었다. 여기서 고향을 묻는 것이 의아하게 생각될 수도 있겠지만 당시 지역 연고 의식이나 출향인(出鄉人)의 단결력은 요즘에 비할 바가 아니었다. 해난사고 피해자의 출신 지역 사람들이 일제히 들고일어나거나 집단행동을 하는 경우가 흔히 발생했다.

"남해 출신입니다."

보고하는 직원이나 내 얼굴 모두 흐려졌다. 경남 남해군 사람들은 좁은 섬의 산자락이나 비탈길에 전답을 만들어 농사를 짓고 바다로 나가 파도와 씨름하며 생계를 이어간 강인한 사람들이다. 그러다 보니 단결력이 강했다. 인정이 많고

270

근면한 데다 똑똑하며, 몇 사람만 모여도 모임을 만들어서 다소 배타적인 모습도 보인다는 것이 남해 사람들에 대한 일반적인 평이었다. 선원 인사 사고가 발생할 경우에도 그 '모임'이 위력을 과시할 때가 종종 있었기에 '하필이면' 하는 생각이 머리를 채운 것이다.

물론 우리 지사에도 이런 경우에 대비한 매뉴얼은 있었다. 우선 누가 어떻게 사망을 통보할 것인지를 피해자와의 관계를 따져 정했고, 유가족에게 숙식을 제공하고 최대한 편의를 제공했으며, '위로팀'을 구성해 말단 직원부터 과장들까지 교대로 유가족을 상대하며 지내도록 했다. 그런데 유족과 함께 있던 고인의 친지가 소리를 쳤다.

"그래 잘 알았습니다. 그런데 여기서 제일 높은 사람 나와 보시오."

본능적으로 사람들의 시선이 내게로 쏠렸고 나는 향후 일어날 분위기를 직감하면서 앞으로 나섰다.

"제가 지사장입니다."

그러자 몇 명이 용수철처럼 튀어올랐다.

"오냐, 너 죽고 나 죽자."

그들은 바로 내 멱살을 잡고 와이셔츠를 찢어발겼다. 몇 대를 맞았는지 알아차리지도 못할 만큼 정신이 없었다. 직원들이 달려들어 뜯어말렸지만 소용없었다. 성질 같았으면 나도 너 죽고 나 살자고 덤볐겠지만 직장에 매인 몸에다가 가족을 먹여 살려야 할 가장이 아닌가. 무엇보다 가족과 친구를 잃은 사람들의 분노 앞에서는 무기력해질 수밖에 없었다.

폭풍 같은 화풀이가 지나간 뒤 유족 대표와 마주 앉았다. 쥐어뜯긴 머리로 산발을 하고 직원들이 급히 가져온 품 큰 와이셔츠를 엉성하게 걸친 채 그를 설득했다.

"아마 어떤 사람들이 이렇게 얘기할지도 모릅니다. 우는 애 젖 준다고 소란을 피워야 제대로 된 보상을 할 거라고. 절대로 아닙니다. 약속드리지만 저희가 할 수 있는 모든 일을 하겠습니다. 하지만 폭력을 쓰시거나 소란을 피워서 얻을 건 없으실 겁니다."

끈질긴 설득 끝에 회사가 제시한 보상안에 합의를 하고 한숨 돌리려는 참에 또 황망한 급보가 날아들었다.

"앞서 사망한 선원 옆 침대에서 자던 선원이 또 원인 불명으로 사망."

귀신이 곡할 노릇이었다. 이건 먼저 사망한 사람 개인의 문제가 아니라는 뜻이었다. 전염병이 돌고 있든지 배 안에서 영화에 나올 살인 사건이 일어나고 있든지 어느 쪽이든 보통 문제가 아니었다. 이윽고 날아온 소식에 나를 비롯한 회사 사람들은 그야말로 넋을 잃어버렸다.

"또 한 명 추가로 사망."

졸지에 두 팀의 유가족이 회사로 몰려왔다. 또 한번 내 옷이 찢겨나갔고 발길질도 적잖이 당했다. 넓지도 않은 사무실은 그야말로 난장판이었다. 언젠가 아내에게 이런 말을 한 적이 있다.

"그때 내가 당한 꼴을 당신이 봤으면 약국을 24시간 운영해서라도 먹여 살릴 테니 당장 그만두라고 했을 거야."

그러나 어찌 맞대응을 할 수 있겠는가. 이럴 줄 알았다면 집에 가둬서라도 배를 타게 하는 게 아니었다고 울부짖는 가족들 앞에서. 그 한없는 슬픔 앞에서.

그러던 중 갑자기 심각한 폭력 사태가 발생했다. 유가족 일행 중의 하나가 사정없이 직원을 두들겨 패기 시작한 것이다. 주먹을 휘두르는 품과 덩치가 이른바 '아마추어'가 아니었다. 저항조차 못하고 얻어맞는 직원과 덩치 사이를 가로막고 죽을힘을 다해 뜯어말렸다. 아무리 봐도 이 덩치는 유가족이 아닌 이 방면의 '전문가'였다. 나도 악이 받쳤다.

"센터파 연락해!"

우리와 긴밀히 관계를 맺고 있던 '조직'을 호출한 것이다. 혹시나 유가족들에게 자극이 될까 멀리 빼놨던 센터파 조직원들이 사무실로 몰려들었다. 부두목급인 이춘택이 왔다. 그와 몇 마디 나누고 있을 즈음 또 난리가 났다. 이번에는 사무실을 때려 엎으며 집기를 일일이 박살내면서 내 방으로 쳐들어왔다. 그때 이춘택이 성큼 나서더니 몽둥이를 든 덩치의 팔을 잡았다.

"형, 와 이라노."

안면이 있는 사람인 듯했다. 역시 유가족이 아니라 그쪽이 동원한 해결사(?)였다. 덩치는 "아 춘택이가?" 하면서 당황하는 게 눈에 보였다. 이춘택은 암탉이 병아리 어르듯 덩치를 싸안고 밖으로 나갔고 얼마간 대화를 나누더니 돌아왔다.

"지사장님 이제 폭력 사태는 없을 낍니더. 알아듣게 얘기해놨어요."

그제야 폭력 상황은 종료되고 유가족들과 정상적으로 대화할 수 있었다.

희생자는 세 명이 됐고 배는 긴급 회항 중이었다. 만약 전염병이라도 번지고 있다면 몇 명의 희생자가 추가로 생겨날지 모르는 상황이었다. 배에 탄 선원들의 마음은 오죽했을까. 하지만 귀항하고서도 선원들은 가족 품에 안기지 못했다. 3인의 사인이 불분명했기에 검역 당국은 선원들의 격리 관찰을 명령했다. 전염병이라도 옮긴다면 큰일이었기 때문이다. 선원들은 부산의료원에 격리됐다.

그런데 3일이 채 안 되어 이번에는 선원들이 들고일어났다. 선원과장과 문제의 배 선원들과 함께 조업한 적이 있는 선장들을 급거 파견했지만 멱살잡이만 당하고 돌아왔다. 나는 또 한번 홍역을 치를 각오를 해야 했다. 차라리 똥구덩이에 빠지고 말지, 분노로 이성을 잃은 사람들 앞에 나서는 것은 정말이지 피하고픈 일이었지만 도망갈 구석이 없었다. 누군가를 대신 내세울 수도 없었다. '이사야서 41장 13절' 말씀을 되뇌며 기도할밖에.

"나 여호와 너의 하나님이 네 오른손을 붙들고 네게 이르기를 두려워 말라 내가 너를 도우리라 할 것임이니라."

선원들의 불만은 두 가지였다. 격리 기간이 얼마나 될지 모른다는 불안감, 그리고 열악한 식사였다. 다른 건 몰라도 식사만큼은 내가 책임지고 만족할 만한 수준으로 바꿔놓겠다고 약속을 한 후, 전염병 여부는 매우 중대한 문제고, 당장 여러분이 집으로 돌아가면 가족들에게 위협이 될 수 있다고 설득했다. 관계 당국과 협의하여 격리 기간을 최대한 단축시키되 회사로서도 어쩔 수 없는 부분이 있다고 읍소했다. 다행히 선원들은 고개를 끄덕여주었고, 천신만고의 한숨을 내쉬며 회사로 복귀했는데 차원이 다른 문제가 터지고 말았다.

동원산업 측은 이 사건의 언론 노출을 극도로 경계했고, 전염병 등 사회 혼란 요인을 우려한 관계 당국 역시 비슷한 입장이었다. 그런데 신문에 대문짝만하게 르포에 가까운 사건 관련 기사가 터져나온 것이다. 회사의 일반 직원들도 잘 알지 못하는 고급 정보들, 배에서 일어난 상황과 전개 과정, 현재의 문제점까지 그야말로 훤하게 들여다보는 기사였다. 회사는 발칵 뒤집혔다. 이건 내부 정보 없이는 불가능한 일이다. 누구냐! 누가 기자에게 이 사실을 흘렸나. 당장 찾아내라는 김재철 사장님의 성화가 득달같았다.

# 이제는 말할 수 있는 일들

기사는 마치 회사 내 상황 일지를 들여다본 듯 자세했다. 누군가 분명히 정보를 넘기지 않고는 쓸 수가 없는 기사였다. 문제의 기사를 쓴 기자와 접촉한 사람을 찾아내려고 온 회사가 눈을 부릅떴고 여러 사람이 닦달을 받았다. 하지만 나는 벙어리 냉가슴을 앓고 있었다. 당시에는 누구에게도 말하지 못했지만 기사의 진원지는 나였기 때문이다. 한 회사의 지사를 책임지고 있는 처지로 무슨 제보 같은 것을 할 수도, 해야 할 이유도 없었지만, 본의 아니게 나는 기자에게 모든 사실을 털어놓은 셈이 됐다.

선원들이 부산의료원에 격리돼 있을 무렵 나는 전화 한 통을 받았다. 자신을 경찰이라 소개하면서 선원들 격리가 얼마나 지속될 것인지, 선원들의 불만은 없는지 등등을 물었다. 나는 성심성의껏 대답을 했는데, 그 경찰은 자꾸만 말꼬리를 잡았다.

"전염병일 수 있어서 당국의 허락이 있어야 격리가 끝납니다.”

“아 전염병. 죽은 사람도 있었던가요. 몇 명이죠?”

“세 명입니다.”

“아 세 명이 다 배 위에서 죽었나요? 그… 상륙한 뒤에도 죽은 걸로 아는데.”

“무슨 말씀입니까. 아닙니다. 다 항해 중에 원인 불명으로 사망했고 당국에서 사인을 조사하고 있습니다.”

“아 그러니까 남태평양 조업 중에 원인 불명으로 세 사람이 죽어나갔고 현재 나머지 선원들은 귀항하여 격리 중이고, 당국이 조사를 하고 있는 거군요?”

대충 이런 식의 대화였다. 하지만 이 사람은 가짜 경찰이었다. 어떻게 된 일인지 약간의 소스를 얻은 기자가 경찰을 사칭해서 나를 완벽하게 속였던 것이다. 경찰이라고 하니 고분고분하고 상세하게, 그리고 잘못 알고 있는 사실을 바로잡아주기까지 하면서 미주알고주알 얘기했다. 이러니 나는 ‘죽음의 항해’라는 제목으로 기억하는 그 무시무시한 기사를 생산하는 데 지대한 공헌을 한 셈이다. 그나마 기사에서 ‘동원 산업 지사장에 따르면’ 따위의 설명을 붙이지 않은 것이 다행이었다.

기사는 실로 충격적이었지만 다른 언론으로 확산되지는 않았다. 일단 내가 기자에게 속아 넘어가 밝혀준 사실 외에는 확인될 것도, 나온 것도 없었기 때문이다. 관계 당국도 사인을 밝히기 위해 노력을 다했지만 결국 우리에게 전달된 이유는 '풍토병'이었다. 원양 항해 중 보급을 받기 위해 들른 어느 항구에서 감염된 것 같다고 했지만 병명을 정확히 제시하지는 못했다. 문제의 기사를 쓴 기자로서도 아쉬웠을 것 같다. 터뜨리기는 했으나 이어지지는 못했으니까.

이 기자는 후일 이름 석 자만 대면 대한민국의 태반은 아는 체를 할 대기자로 입신했다. 그가 경찰을 사칭했다고 해서 비난하고 싶지는 않다. 나는 일어난 사실을 수습하고 봉합하고 정리하는 게 일이었고 기자는 그 사실을 캐내서 대중에게 알리는 게 직업이니 직업 정신에 투철했다고 해두자. 그저 속아 넘어간 게 부끄럽고 약 오를 뿐이다.

"대체 누가 이런 거냐"고 다그치는 사장님 이하 본사 임원들 앞에서 "알아보고 있습니다"라고 답한 게 부산말로 '쪽팔렸다'. 그래도 피난살이 이래 눈치코치로 살아왔다고 자부하던 내가 그 간단한 거짓말에 홀딱 넘어간 낭패를 떠올리면 지금까지도 부아가 치민다. 그래서 오랫동안 이 일은 나만의 비밀이었다. 동원산업 사장을 넘어 굴지의 동원그룹 회장이 된 김재철 사장님도 그때의 '배신자'를 궁금해할지도 모르겠다. 결코 배신한 건 아니지만 원인은 저였습니다.

하지만 무엇보다 가슴에 남는 것은 그렇게 원인도 정확히 알지 못하고 죽어간 선원 셋이다. 어디 그 셋뿐이랴. 우리나라가 암울했던 시절, 길면 몇 년 동안 고국 땅을 밟지 못하고

278

까마득한 남태평양에서 파도와 싸우고 물고기들과 씨름하고 만선(滿船)을 위해 발버둥 치다가 스러져간 뱃사람들은 그 백 배, 2백 배는 될 것이다.

육지의 공장의 노동 강도도 요즘과 비교할 수 없을 텐데 망망대해 위의 작업 환경과 근무 여건이 어땠을지는 미루어 짐작이 갈 것이다.* 지금도 말하기 두려운, 꺼내기조차 안타까운 사연들도 많았다.

'그때는 그랬지'를 말하려는 게 아니다. 다만 그때 그렇게 산 사람들, 선원들뿐 아니라 먹고살기 위해, 더 잘 먹고 잘 살기 위해, '쨍 하고 해뜰 날'을 맞이하기 위해 '죽지 못해 사는' 어둠을 통과해야 했던 사람들의 이야기가 보다 더 많이 기억됐으면 하는 바람이 크다. 이게 내가 부끄러움을 무릅쓰고 과거의 사연을 밝히는 이유다. 내가 다니는 회사 배에서 숨겨간 세 명의 선원들, 그리고 그 외 모든 희생자 분들의 명복을 빈다.

1980년대에 접어들면서 동원산업이 특히 관심을 기울인 어종은 참치였다. 1980년대 초중반 동원산업의 TV 광고에서 배에서 헬리콥터가 떠서 참치 어군을 확인하고 조업을 시도하는 광경이 나온다. 이 헬리콥터에 대한 사연도 한번 밝혀보기로 한다. 하루는 김재철 사장이 나를 호출했다.

"새로 도입되는 배의 설비에 대해 잘 알고 있지요?

* 1991년 8월 27일자 한겨레신문에는 "원양어업 실종자 절반이 원인 불명"이라는 기사가 실렸는데, 당시 어업 종사자들의 열악한 환경을 일부나마 알 수 있다.

세관에서 문제가 있는 것 같은데 가능한 빨리 해결하시오."

원양참치선망어선에서 날아오르는 헬리콥터에는 그물에 잡힌 참치들을 걷어 올릴 때 이를 먹으려고 달려드는 돌고래, 물개, 상어 등등을 쫓기 위한 총기가 탑재돼 있었다. 그러나 총기 문제에 관한 한 세계에서 가장 삼엄한 대한민국 아닌가. 당장 세관에서 딴지가 걸렸다.

더구나 당시는 1979년 박정희 대통령 서거 후 1980년 광주에 걸쳐지는 계엄령 치하였다.

"어선에 헬기를 싣고 그것도 모자라 총기를 달겠다고? 이 사람들 이거 미쳤구먼."

총기류는 빛의 속도로 몰수돼 세관 창고에 처박혔다. 헬리콥터는 어찌어찌 들여왔지만 부품 수입이 그 이상의 난관이었다. 김재철 사장도 애가 타서 직접 부산에 내려와 머물며 상황을 독려했다. 하지만 대한민국 공무원 사회는 예나 지금이나 한번 '신중 검토'가 시작되면 동해물과 백두산이 마르고 닳도록 신중하며, '시기상조라고 판단'되면 그 '시기'는 지구 지축이 바뀌어도 오지 않는다.

그 이전에 나는 세관과의 관계에서 문제가 생기면 중앙정보부 세관 분실을 움직였었다. 살아오면서 언제나 유효한 원칙. '힘 있는 놈을 일단 내 편으로 만들어라.' 유신시대의 실세는 중앙정보부였다. 그래서 각 부서와 기관에 똬리를 튼 중앙정보부 요원들과 친밀하게 지내고 유사시 동원할 수 있도록 애를 썼다.

언젠가 회사에서 선박을 사왔는데 세관은 거기에 실린 그물과 줄 등 어구(漁具)는 선박과 함께 통관이 불가능하고, 별도의 관세를 내야 한다고 통보해왔다. 이 관세 추징금이 어마어마하여 어찌할 도리를 찾지 못하고 중앙정보부 세관 분실장에게 통사정을 했더니 이 분실장이 사무실에 들어가 "이놈들아 그물 없고 밧줄 없이 다니는 배가 어디 있노?" 큰소리를 쳤고, 그걸로 모든 것이 해결된 바 있었다. 세관의 대응이 법적으로는 정당했음에도 불구하고 중앙정보부 분실장의 한마디가 더 위력적이었던 것이다.

하지만 헬기와 총기는 중앙정보부 빽을 동원해서도 넘어서기 어려운 벽이었다. 박정희 대통령이 중앙정보부장 김재규에게 살해당한 이후 중앙정보부는 그 코가 석 자 이상 빠져 있었다. 세관은 '원칙대로'를 고수했고 통관은 부지하세월이었다. 헬리콥터에 필요한 부품이 없으면 정비가 불가능하고 당연히 출항이 늦어지게 마련이며, 조업 손실은 글자 그대로 어마어마해질 것이었다. 어떻게든 해결을 봐야 했지만 모든 길은 막혀 있었다. 두드려라 그러면 열릴 것이라지만 도무지 문이 없는 벽뿐이었다.

그렇다면 할 수 없다. 벽을 부술 수밖에. 벽을 부술 도구도 없다면 결국 머리로 들이받을 수밖에 없다. 이왕 머리가 깨질 양이라면 가장 약한 벽을 골라야 하고, 그런 벽조차 없다면 부딪쳐서 소리라도 크게 날 만한 벽을 향해 헤딩해야 한다. 나는 헬기 부품을 움켜쥐고 있던 김해 세관을 찾았다.

안면 있는 사람들이 어색하게 인사해오는 걸 다 제쳐두고 세관장실로 직행했다. 세관장실 직원들이 어어 가로막았지만 밀치듯이 방문을 열고 들어갔다. 나이 예순을 바라보시는 점잖은 인상의 세관장님이 눈을 크게 뜨시기에 인사를 깍듯이 하고 명함을 내밀었다. 명함을 다 읽기도 전에 나는 이렇게 외쳤다.

"세관장님, 저한테 다이너마이트가 있다면 부산 본부 세관에 가서 확 터뜨려 저도 죽고 세관원들 다 같이 죽었으면 좋겠습니다!"

# 한국에서 참치 통조림을
# 처음 먹은 사람은

다짜고짜 쳐들어와서는 불문곡직 스트레이트로 다이너마이트를 터뜨려 세관원들과 같이 죽고 싶다고 대드는 나이 마흔 갓 넘은 수산업체 지사장을 보며 세관장도 어지간히 어이가 없었던 모양이다. 도대체 무엇 때문에 그러냐고 하시기에 그 말이 떨어지자마자 폭포수같이 우리 회사의 억울한 사정을 털어놓았다.

"우리 사장님이 정말 앞서가도 너무 앞서가는 분이어서 말입니다. 솔직히 저도 피곤합니다. 사장님 하는 얘기가 틀리면 뜯어 말리기라도 하겠는데 그것도 아닙니다. 그 뜻은 맞단 말입니다. 우리 원양어업도 이제 새로운 방식을 도입해야 하는데 지금 그게 세관 때문에 안 되는 겁니다. 배 타고 망망대해 누비면서 고기떼 발견하고 그물 내리는 게 아니라 헬기를 띄워서 공중에서 사방을 돌아보면 그만큼 어군(魚群) 찾기가 쉬워지지 않겠습니까. 헬기도 준비됐습니다. 그런데 세관에서 부품을 통관을 안 시켜주니 이런 원통할 데가 어디 있겠습니까. 이러니 다이너마이트 얘기가 안 나오겠습니까?"

애초 세관장실에 쳐들어간 데에는 계산이 있었다. 모든 조직이 그렇긴 하지만 결정권자가 결정하면 일사천리지만 층층이 결재받아 올라가다 보면 용두사미가 되거나 도로아미타불이 되기 십상이다. 더구나 헬기와 총기류 같은 민감한 문제는 최고 결정권자의 결단이 없으면 죽도 밥도 안 될 뿐 아니라 아예 물을 끓일 수조차 없다는 걸 직감했고, 사고를 치고 불쾌한 파열음이 나더라도 국장, 과장과 드잡이하는 것보다는 세관장에게 들이대는 게 효과적이라는 생각을 한 것이다. 잔뜩 독이 올라 사무실에서 끌려 나갈 각오로 눈 부릅뜨고 있던 내 앞에서 세관장은 허허 웃었다.

"내가 구룡포에 갔을 때 선망 어선을 본 적이 있어요. 망루라도 높이 세워서 사람이 올라가 사방을 살피면서 조업하면 좋겠다 싶었고, 비행기하고 같이 다니면서 조업하면 좋겠다고 내 멋대로 생각한 적이 있어. 그런데 배에 헬리콥터를 싣고 다니면서 고기떼를 찾는단 말이지. 허허, 당신 사장이 어업의 개척자로구만. 선구자야 선구자."

몇 마디 더 질문을 하고 고개를 연신 끄덕이던 세관장이 비서를 불렀다. "수입과장과 수입3계장 오라고 해." 부품 통관 라인의 실무진이었다. 그들이 허겁지겁 세관장실로 달려왔을 때 백발이 성성했던 세관장은 부하들의 의견을 물었다.

규정상 어렵고 전례가 없고 운운의 우물쭈물 엉거주춤의, 하지만 명백히 부정적인 답변이 흘렀다. 그때 세관장이 남긴 한마디는 지금도 선명히 기억한다. 최고 책임자란 이런 것이며, 나도 만약 저 정도의 직위에 가면 저렇게 하리라 마음먹게 했던 전범(典範) 같은 말이었다.

"나 곧 퇴직이야. 뭐 두려울 것도 없고, 금 갈 일도 없어. 하지만 당신들은 다르지. 이해하네. 그런데 이 문제는 달라. 전례가 없어 못한다면 새로운 일은 평생 못하지 않겠나. 우려하는 부분 알겠네. 모든 책임은 내가 지겠어. 당신들은 사인 안 해도 돼. 세관장 백지 결재 났다고 생각하고 동원산업 수입품은 오늘 당장 통관시켜."

직장 생활하면서 수많은 상사를 만나봤다. 어떤 영화에서처럼 "임자 뒤에는 내가 있잖아. 소신껏 해봐"라고 했다가 정작 일이 틀어지면 뒤통수를 치는 사람도 적지 않았고, 겉으로는 모든 책임은 내가 진다고 했다가 수훈만 가로채고 책임은 아랫사람에게 미루는 경우도 많았고, 자신이 결정해야 할 사항을 "당신 의견은 어때? 당신 의견이 제일 중요하지!" 하며 은근슬쩍 떠넘기는 일도 허다했다.

그러니 윗사람의 '신중 검토 지시'는 하지 말라는 얘기였고 윗사람이 결정 못할 일은 아예 상신하지도 않는 것이 회사에서의 처세술이었다. 그런데 "당신들은 빠져도 돼. 내 직권으로 결재할 거니까 나중에 문제되면 내가 그랬다고 해!"라고 청룡언월도를 내리치는 모습은 관운장보다도 더 멋있었다.

세관에서 헬기 부품들이 무사 통관된 후 이를 보고하자 김재철 사장도 파안대소를 하며 기뻐했다. 김해공항 세관장의 사연을 덧붙이니 김재철 사장 역시 크게 고개를 끄덕이며 감탄했다. "지사장, 코스타 데 마필 호(헬기 탑재 참치선망어선) 출항할 때 김해공항 세관장을 꼭 초대하시오. 그리고 특별히 상석에 모시도록 해요." 김해공항 세관장은 코스타 데 마필 호 출항식 때 VIP로 모시고자 했지만 본인이 고사하셨다. "공직자가 그런 데 가면 안 돼."

크든 작든 권력이란 상대가 하기 싫은 일을 시킬 수 있는 힘이라고 들었다. 좋아서 하는 일이야 시키지 않아도 매달릴 테니까. 권력 가진 이는 '왜' 이 일을 해야 하는지를 치열히 연구하고, 스스로를 납득시키고 남을 설득해야 한다. 한편, 그 이유에 확신이 설 경우 남들이 싫어라 하는 일이라도 밀어붙이는 집념을 가져야 한다고 생각한다. 자신도 납득하지 못할 일을 강요하는 이는 독재자가 되기 십상이고, 자신이 옳다고 생각하는 일에 날을 세우지 못하는 이는 무능한 권력자가 될 뿐이다. 김해공항 세관장이나 동원산업 김재철 사장은 자신의 힘을 제대로 쓸 줄 아는 사람들이었다.

어느 날 부산을 찾은 김재철 사장이 또 나를 호출했다. 숙소인 부산호텔 방 안에서 부산 시내를 내려다보던 김재철 사장이 다소 엉뚱한 질문을 해왔다.

"당신 식품가공학과 출신이지? 통조림 제조에 대해 잘 알겠네? 그 통조림 어떻게 만드는지 한번 설명해보시오."

통조림? 아닌 밤중에 홍두깨라고 웬 통조림인가. 우리 회사는 물고기를 파는 회사지 통조림을 만드는 회사가 아닌데. 하지만 사장이 불러서 묻는데 머리를 쥐어짜지 않을 회사원이 어디 있겠는가. 대학 때 지식과 수산검사소 시절 통조림 공장 입회 경험을 긁어 즉석 브리핑을 했다.

"원료를 해동키시고 세척한 후 내장 및 표피, 뼈를 제거한 다음 살코기만 선별 수거합니다. 그리고 절단해서 캔에 담고 면실유를 추가합니다. 이후 밀봉 작업을 한 뒤 냉각, 세척 작업을 거치게 됩니다."

김재철 사장은 꼼꼼한 사람이었다. 위에서는 간략하게 얘기했지만 내 설명은 꽤 장황했는데 그 모두를 받아 적고 있었다. 그렇게 한참을 들은 후 갑자기 또 한번 예상치 못한 말을 꺼냈다.

"당신 참치 통조림 한번 만들어볼 수 있겠소?"

이미 서구에서는 참치 통조림이 일반화돼 있었지만 당시 한국에서 참치는 통조림 '따위'로 만들기엔 너무 귀한 생선이었다. 어찌 참치를 고등어나 꽁치 정도로 만드는 통조림으로 만들 수 있을까 싶었다. 하지만 김재철 사장의 생각은 달랐다.

"난감해 보이지? 하지만 이제 한국 국민소득도 높아지고 있고 외국처럼 참치 통조림이 일반화될 날이 올 거요. 어떻게 할 수 있겠소? 참다랑어는 안 되더라도 가다랑어는 되지 않을까?" 참고로 참다랑어는 고급 횟감으로 쓰이고 가다랑어는 상대적으로 질이 떨어진다. 여튼, 이 질문에 "못하겠는데요"라고 대답하는 직장인은 지구가 끝날 때까지 없을 것이다. 나 역시 그랬다.

"대학 동기 중에 한일식품이라는 통조림 회사를 하는 친구가 있는데 그 친구와 협조해서 최대한 빨리 만들어보겠습니다."

김재철 사장의 결단은 빨랐다. 서울에 올라가자마자 지시가 내려왔다.

"동원냉장에 있는 참치 물량 10톤을 정확히 계량해서 한일식품에 보내시오."

시험삼아 만들어보라는 게 아니었다. 10톤으로 몇 개의 통조림이 나올 수 있는지까지 파악하라는 명령이었다. 그때부터 나는 동원산업 지사가 아니라 영도에 있는 한일식품으로 출퇴근을 하며 통조림을 만들어냈다. 라벨링도 없고 포장도 없는, 노란 양철캔 통조림이 완성되자 나는 집으로 가져와서 아들에게 먹여보았다. 당시 중학생쯤 됐을 아들의 반응은 뜨뜻미지근했다.

"뭐 비린내는 덜 나네요."

녀석은 몰랐지만 그것은 한국에서 참치 통조림이 소비자의 입에 처음으로 들어가는 역사적인 순간이었다.

# 동원참치의 신화와
# 홀로서기의 꿈

아들이 참치 통조림을 시식해본 다음 날, 생산된 통조림 견본과 생산원가 계산서를 동봉하여 서울로 보냈다. 그러자 김재철 사장은 그 이튿날 첫 비행기로 부산으로 날아왔다. 이제나 저제나 기다려왔다는 빛이 역력했다. 나를 불러앉힌 김재철 사장은 내가 보낸 원가 계산서를 들고서 미주알고주알 수준을 넘어 그야말로 먼지 하나 허투루 보지 않겠다는 듯 질문을 해댔다. 어찌어찌 답을 해나가는데 다음 질문에서 무너지고 말았다.

"면실유는 캔당 20그램 넣었군. 왜 20그램이야? 18그램은 안 돼? 15그램은 안 돼?"

대충 통조림 만들 때 그 정도 면실유가 들어간다는 정도로 알고 있었고, 그램 단위로 맛이나 질이 변한다고는 생각해본 적이 없었다. 즉 왜 20그램인가 하는 질문은 정말로 상상조차 못해본 것이었다. 하지만 김재철 사장의 생각은 달랐다.

"통조림 100만 통을 생각해봐. 면실유가 2톤 들어간다고. 그럼 왜 한 캔당 20그램인지 정도는 이유가 나와야지."

이후 인건비에 대해서도 어느 드라마 유행어마냥 '이태리 장인처럼 한 땀 한 땀' 파고드는데 등줄기에 식은땀이 폭포처럼 흘렀다. 하지만 김재철 사장은 그렇게 세밀하게 코치를 끝내고는 정반대의 통 큰 결정을 내렸다.

"자 그럼 당신이 책임지고 대량생산 계획을 수립하고, 실행하시오. 끝."

원가 계산서를 움켜쥐고 하나하나 식은땀 쥐어짜는 질문을 던지며 '나 지켜보고 있다'는 능력을 시전하는 보스가 "그럼 네가 한번 다 알아서 해봐, 믿는다"라고 하면 없던 힘도 나게 마련이다. 달리는 말에 채찍질하는 것보다 달리고 싶어 하는 말을 골라 당근을 주는 게 효율을 극대화시키는 일이듯 말이다.

처음 통조림을 생산해낸 한일식품의 역량으로는 대량생산을 감당할 수 없었다. 이 잡듯 주변을 조사하는 와중에 경남 창녕군 계성면에 버섯 가공을 위해 세운 통조림 공장이 있는데, 마침 수산대학 식품제조학과 선배 두 분과 후배 하나가 그 공장을 임대하여 소규모의 잡다한 통조림을 생산 판매하고 있다고 했다. 이 역시 소규모의 영세한 공장이기는 했다. 하지만 선배 중 박삼조라는 분이 통조림 생산에 관한 한 관록이 대단한 분이었다. 나와도 안면이 있었기에 직접 찾아

가서 동원참치 통조림 생산을 상의하니 크게 환영하는 것이었다.

"해보자고. 나도 가능성이 있다고 생각해."

거래처 결정은 일단 본사와 사장의 허락을 득해야 하는 일이었기에 김재철 사장에게 전화를 걸었다. 대답은 지극히 간단했다.

"알아서 결정하시오."

내가 알아서 하는 일에 어떻게 미적거릴 수 있을까. 바로 다음 날 나는 창녕으로 계약서를 들고 달려갔다. 그러고는 김재철 사장 흉내를 내며 공장의 위생 문제부터 노동자들의 숙련도까지 일일이 챙기며 개선을 촉구하고 공장 가동 준비를 했다. 마침내 처음으로 공장이 가동된다는 보고를 올리자 또 김재철 사장은 다음 날 첫 비행기로 날아왔다. 공항에서 악수를 나누자마자 김재철 사장은 부르짖었다.

"창녕으로 가자!"

차에 올라탄 김재철 사장이 지켜보는 가운데 공장 가동이 시작됐다. 참치 통조림 100만 통을 상정하며 '대량생산'을 주문하던 사장님의 마음에 흡족할 것인지 조마조마했지만 사장님 평가는 B+ 정도 된 듯하다.

"첫술에 배부를 수 있나. 괜찮아. 양산 체제를 계속 가동하도록 하시오."

그렇게 참치 통조림이 세상에 나오기 시작했다.

캔 하나에 '1천 원'은 비싼 가격이었다. 내 기억으로 당시 꽁치 통조림 가격은 그 반값 이하였다. 아무리 '바다의 귀족'이라 해도 일상적으로 먹던 통조림의 두 배 가격이라면 쉽게 다가설 수 없었을 것이다. 서울 본사에서도 여러모로 마케팅이 진행됐고 나 역시 몸이 달았다.

"이번 주 일요일은 전 직원 내원사 계곡으로 판촉 행사를 갑니다."

요즘으로서는 꿈도 못 꿀 일이지만 당시 유명한 통도사 계곡이나 인근 내원사 계곡에서는 텐트를 치고 버너로 밥을 해 먹고 고기 굽고 찌개를 끓여먹는 사람들이 인산인해를 이뤘다. 당시 김치찌개를 끓이자면 꽁치 통조림이 거의 딸림으로 들어갔고, 기타 술안주를 찾는 이들이 그득했으니 이를 포인트 삼아 참치 캔을 홍보해보자는 이벤트였다.

팔자에 없는 어깨띠를 두르고 전 직원이 목청껏 동원참치 드셔보시라며 외쳤지만 별 효과는 없었다. 이 일을 비롯해서 부산 지역 소비자 반응과 판매 현황, 그리고 유통 가능성을 담아 보고서를 올렸던 기억이 난다. 보고서를 올려 보낸 후 '예상보다는 잘 되고 있으니 더욱 열심히 해보자. 고생한다'는 칭찬을 받았던 것도.

이후 동원참치는 한국 사람들의 식탁을 줄기차게 파고들었다. 동원참치가 성공할 기미가 보이자 동아나 해태 같은 대기업들이 참치 캔 시장에 뛰어들었다. 대기업이라기보다는 중견기업에 가까웠던 동원산업은 엄청난 자본과 광고를 퍼붓는 유수의 '재벌 그룹'과 혈투를 벌여야 했다. 하지만 동원산업은 원양어선 선단이 있다. 아무리 대기업이라 해도 참치를 직접 잡아올 수 있는 원양선단을 보유하고, 선두 주자로서의 노하우를 지니고 있었던 동원산업을 당할 수는 없었다.

동원산업은 참치 캔 시장에서 부동의 선두로 올라섰다. 1984년 추석 연휴, 처음으로 출시된 동원참치 캔 선물세트는 30만 개 이상 팔려나갔다. 가히 동원참치의 신화라고 부를 수 있으리라. 그 신화의 한 페이지의 쉼표나 느낌표의 얼룩 하나 정도에 그칠망정, 그 신화를 써내려간 수많은 사람들 중 하나였다는 것은, 그 신화에 점 하나로 자리했다는 것은, 내 일생의 자부심으로 남아 있다.

그렇게 참치 통조림 생산과 판매에 정신을 쏟고 있었지만 그건 99%였다. 1%는 다른 생각을 하고 있었고, 그 생각은 점점 커져 나갔다. 다름 아닌 내 사업을 하고 싶다는 꿈심이었다. 부산 지사장이던 나를 서울로 불러올릴 것이라는 소문이 파다하게 퍼졌다. 하지만 나는 부산을 떠나고 싶지 않았다.

내가 착안한 사업은 선구(船具) 판매업이었다. 동원산업에 선구를 납품하던 김문조라는 이가 착하고 성실하여 여러 번 도와주었는데, 만약 내가 사업을 맡고 동원산업에서 밀어준다면 충분히 운영이 될 것이라 장담을 했고 내 계산도 다르지 않았다. 결심이 선 후 서울로 올라간 나는 김재철 사장에게 사표를 냈다. 김재철 사장이 물었다.

"그럼 뭘 할 건데?"

"부산을 떠날 생각이 없습니다. 이미 정도 들었고 집사람 약국도 어느 정도 궤도에 올라 있고 돈도 좀 벌어보고 싶습니다."

"당신이 뭘 한다면 당연히 도와주겠어. 하지만 당신이 선구점이나 할 급은 아니잖아. 한 달 동안 다시 생각해보시오"

그 한 달을 채우지 못하고 김재철 사장이 부산으로 내려왔다. 처음 보는 사람들과 함께였다. 한신증권 사장과 전무라 했다. 당시 동원산업이 한신증권을 인수한 지 얼마 안 되었을 때였다. 청사포 횟집에서 식사를 하면서 김재철 사장은 뜻밖의 말을 꺼냈다.

# 나의 달란트

김재철 사장은 대동한 한신증권 사장과 전무에게 이렇게 말했다.

"이 사람 내가 참 아끼는 사람인데 요즘 나를 떠나려고 그러네. 아마도 그간 수산 업무를 너무 오래 해서 지겨운 모양이니 당신들이 좀 데리고 있으면서 새로운 분야도 알게 했으면 좋겠소. 그럼 더 중요한 일을 할 수 있을 거야."

즉, 김재철 사장은 나를 어떻게든 붙잡으려는 것이었다. 그 마음이 너무도 고마웠다. 모시던 윗사람이 이렇게까지 선의를 보여주시는데 거절하는 것은 예의가 아니지 않나 하는 생각마저 들었다. 한신증권에서 오신 분들도 함께 일해보자고 힘주어 말하는데 마음이 복잡했다. 하지만 이미 엎질러진 물이었고 차려놓은 밥상이었다. 사무실도 구하고 직원들까지 다 뽑아놨는데 별안간 사장이라는 사람이 '나 다시 돌아갈래' 해버린다면 그 또한 얼마나 황망할 것인가. 그리고 월급을 받는 것이 아니라 월급을 주는 사람이 되고 싶다는, 즉 내 사업을 해보고 싶다는 욕망도 컸다.

내 친구의 토로를 빌리자면 '사랑에 빠진 딸과 제 사업 하겠다는 아들놈은 꺾지 못하는' 것이다. 나는 여지없이 거절했다. 안타까워하는 김재철 사장과 악수를 나누고 돌아서는데 마음이 가벼우면서도 스산했다.

아마 그 자리에서 못 이기는 척 고개를 끄덕였다면 내 인생은 또 어떻게 바뀌었을지 모르겠다. 부산에서 서울로 올라와 새로운 생활을 시작하고, 보다 넓은 무대에서 더욱 중차대한 일을 하면서 종횡무진 달렸을지도 모르고, 어리바리 적응 안 되는 서울 생활을 힘겹게 지속하다가 중도 탈락했을 수도 있겠다. 하지만 내 인생의 중대한 기로 중 하나에서 나는 망설임 없이 한 방향을 택했다.

선구점이 문을 열었다. 명칭은 동주상사. 나의 이름 동훈에서 동(東) 자를. 또 아내 이름에서 주(珠) 자를 따서 지은 것이었다. 동원산업 창설 이래로 회사 녹을 먹던 자가 동원산업을 상대로 영업을 개시한 예는 내가 처음이자 마지막이라고 들었다. 역시 김재철 사장의 배려였다.

개업 한 달 정도 되었을 때쯤 별안간 김재철 사장이 동주상사를 방문하겠다는 연락이 왔다. 창졸간에 들이닥친 김재철 사장은 동주상사를 한번 휘휘 둘러보시더니 "다음 주에 서울 본사 한번 들르시오" 말을 남기고 총총 발걸음을 옮겼다. '슈퍼 갑'의 언질을 어찌 소홀히 할 수 있을까. 다음 주일이 오자마자 서울 일정을 잡아 올라갔는데 김재철 사장은 다시 한번 나를 붙들었다. "아무리 생각해도 당신이 선구점을 운영하는 건 아닌 것 같아. 나랑 일합시다."

이렇게까지 나오는데 도저히 딱 잘라 거절할 수가 없어 한 달 시간을 달라고 했다. 하지만 나에게는 한 달이 필요 없었다. 마음 맞는 친구끼리 밀어주고 끌어주며 한 세상 보낼 자신이 있었던 데다, 바야흐로 마이카시대를 맞아 친구들과 함께 들로 산으로 놀러 다니는 재미도 한창이었다. 서울 가면 인간관계부터 새롭게 시작해야 할 텐데 나로서는 몸에 맞는 옷처럼 익숙한 부산을 떠나기 싫었다.

한 달 후 다시 서울 본사에 가서 김재철 사장님을 만나 뵙고 거듭 생각해보았으나 동원에 돌아오기는 이미 늦은 것 같다고 조심스레 말씀드렸더니 김재철 사장은 특유의 웃음을 살짝 지어 보이며 말씀하셨다.

"내가 내 밑에 있던 사람을 다시 오라고 청한 건 당신이 처음이자 마지막이오. 잘해 나가기 바랍니다."

그제야 나의 홀로서기가 시작됐다. 그 후로 8년 정도 이어진 나의 '경영 성과'는 중하(中下)였다고 스스로 평가한다. 망해 먹지는 않았지만 내세울 것도 없다고나 할까. 선구점을 하다가 생선 도매업에도 손을 댔고 그것도 큰 재미는 보지 못했으며 전복 양식업까지 진출할 뻔하다가 막판에 접는 등 적어도 기업 '경영'에 관한 한 내 스스로 만족할 만한 평가를 줄 수 없다. 빛 좋은 개살구처럼 외견상으로는 돈을 버는 것 같아도 뒤로는 남는 것이 거의 없었다. 돈도 많이 떼였고, 투자도 성공한 것이 없었다. 왜 그랬을까. 나는 그게 '달란트'의 차이가 아니었나 하는 생각이 든다.

성경에는 달란트의 비유가 등장한다. 어떤 사람이 세 종에게 각각 다섯 달란트와 두 달란트와 한 달란트를 주고 출타한다. 다섯 달란트 받은 종과 두 달란트 받은 종은 그 돈을 불려 받은 달란트만큼의 성과를 올렸다. 하지만 한 달란트를 받은 종은 땅에 파묻었다가 그 달란트 그대로 주인에게 돌려준다. 주인은 앞서 두 종은 크게 칭찬했지만 달란트를 땅에 파묻은 종에게는 '악하고 게으른 종'이라고 분노한다.

여러 해석이 있겠지만 내 멋대로 해석을 붙여 나 자신을 대입해보자면 나는 '한 달란트를 받았지만 그걸로 뭔가 해보려고 기를 쓰고 노력했던' 사람이라고 평가할 수 있겠다. 적어도 달란트를 땅에 파묻고 띵가띵가 놀아난 적은 없다. 어떻게 되겠지 손 놓고 있거나 부모 탓 남 탓하며 시무룩한 적도 없었고 주인(?)에게 인정받을 만큼 열심히 일했다. (김재철 동원그룹 회장을 아는 사람들이라면 그분이 나를 그렇게 붙잡았다는 사실을 믿지 못할 것이다.) 하지만 내 사업, 내가 직접 기업을 운영하고, 투자를 하고, 새로운 비전을 만들고, 돈 냄새 나는 곳을 번개같이 알아채 과감하게 뛰어드는 달란트는 내 것이 아니었다.

사업을 하겠다는 사람이라면, 그리고 거기서 성공할 사람이라면 참치 캔에 들어가는 면실유가 왜 20그램인지, 18그램이면 왜 안 되는지 이유를 물었던 김재철 사장의 섬세함을 지녀야 하고, 인쇄업을 하다가 5·16 혁명공약을 인쇄하는 기회를 얻어 정권 실세와 연결된 후 이를 기반으로 전혀 다른 분야였던 원양어업에 도전했던 고려원양 이학수 회장의 대담함이 필요하다. 다른 재벌 회장님들의 예를 가져오지 않더라도 내가 겪은 '보스'들만 해도 내가 갖지 못한 달란트들을 지녔던 사람들이었다.

처음 선구점을 시작한 것은 동원산업이라는 든든한 뒷배를 바라본 것이었고 김재철 사장도 밀어줄 만큼 밀어주었지만 계속 땅 짚고 헤엄칠 수는 없었다. 물이 점차 깊어지면 짚을 땅을 찾는 게 아니라 수영하는 법을 배워야 했지만, 거기서 나는 부족했다. 비슷한 위치와 조건에서 경쟁할 때는 나름 실력과 깡다구를 발휘했지만, 사업이란 위치와 조건을 아예 창조해내는 역량을 갖춰야 하는 일이었다. 즉, 달란트가 다른 일이었다. 한 달란트를 가진 사람에게 다섯 달란트 가진 사람들의 일이 벅찰 수밖에 없었다.

하지만 내게는 한 달란트 가진 사람의 장점도 있었다. 다섯 달란트 가진 사람만큼 성공하지 못했다 해서 실망하지도 않고 나는 왜 한 달란트인가 낙심한 적도 없었으며, 잘될 때는 물론 신났지만, 사업에서 재미를 보지 못할 때도 당시 맛

들인 골프를 치면서 친구들과 고스톱판을 열심히 벌이면서
낙천적으로 살았다. 도리스 데이가 부른 〈케 세라 세라〉를 흥
얼거리면서 말이다. "What will be will be", 즉 일이 되려면 어
떻게든 되겠지 주문을 외면서.

이 낙천성은 물론 "범사에 감사하라"는 성경 말씀을 배운
기독교인의 자세이기도 했거니와 (나는 그렇게 교회에 충실한
사람은 아니었다. 어머니의 간곡한 요청에도 불구하고 끝내 장로
되기를 거부하였으니) 그보다 더 튼튼한 축은 아내였다. 생판
와본 적도 없는 도시 부산에 남편 따라 와서 약국을 차리고
내 직장 생활과 각종 사업을 벌이던 기간을 합친 것보다도
오래 밤늦도록 일했던 아내의 존재가 없었다면 어찌 내가
〈케 세라 세라〉를 노래할 틈이 있었을까.

평생 내 성급한 성미와 버럭하는 습관 때문에 마음고생을
했던 아내는 내가 선택의 기로에 설 때마다 내 의견을 존중
해주었다. 반대를 하더라도 내가 마음을 먹으면 지지하고 도
와주었다. 정색을 하고 반대하여 내 의견을 꺾은 것은 크게
세 번이었다. 첫 번째는 도박에 가까웠던 전복 양식장 사업을
포기하게 한 것이었고, 두 번째는 한 사업을 정리하고 잠시
실업자 노릇을 할 때 개인택시를 사볼까 했을 때 아내는 반
대했다.

"무슨 생각하는지는 알겠는데 하지 말아요. 택시 기사는
온갖 사람을 상대해야 하는 직업인데 택시 몰다가 누구를 만

날지 알고요. 거기서 무슨 꼴 당하면 집에 와서 끙끙 앓거나 버럭 성질 내다가 멱살 잡을 게 뻔히 보이는데, 안 돼요. 잠깐 쉬어요. 당장 밥 굶는 것도 아닌데."

언젠가 어느 영화에서 "내가 돈이 없지 가오가 없냐" 하는 대사를 들은 적이 있는데 아내가 딱 그런 식의 표현을 했던 것 같다. "당신은 가오(이 단어는 아니었지만) 없으면 시첸데" 하며 엄한 데 기웃거리지 말라면서 작은 사무실까지 빌려 하릴없더라도 출근케 하니, 그 공간은 비슷한 처지의, 또는 함께 어울리고 싶은 친구들의 '아지트'로 유명해지기도 했다.

세 번째는 1990년대 초반을 풍미했던 노래방 사업이었다. 가라오케는 지천으로 널려 있었지만 노래 가사가 흐르는 한국식 노래방의 시작은 1991년경이었다. 노래방이 막 부산 곳곳에 간판을 내걸기 전, 나는 노래방 사업 제안을 받았고 매우 솔깃하게 받아들였다. 그러나 아내는 반대했다.

"나는 싫어요. 유흥업 같아서. 그런 장사에서 술이 안 따라갈 수 있어요? 결국 술장사가 될 건데."

이때 노래연습장을 차렸더라면 나는 아마 지금쯤 '모히또에서 몰디브 한 잔' 하면서 여유만만의 노후 생활을 즐기고 있을지도 모르겠다. 돌이켜보면 그럴 가능성이 훨씬 크다. 하지만 '그때 그 사업에 뛰어들면 좋았을걸' 하는 후회는 전혀 없다. 아내가 얼굴 붉히며 반대하는 일을 강행해서 얻을 것보다는 잃을 것이 더 많았으리라는 확신 때문이다. 범사에 감사하며 아내의 말을 잘 들으며 산 결과 지금까지 친구들에게 '부산에서는 제일 행복한 놈'이라는 칭호를 받고 있으니 이 또한 복되지 아니한가.

# 7

# 디아스포라
# 우리 가족

# 다섯 남매 이야기,
## 그리고 중국에서 온 편지

내 형제는 앞에서도 소개한 다섯 남매다. 큰형 동희, 둘째 형 동식, 나, 그리고 아래로 은자와 혜자 두 여동생이 있다. 은자는 나와 3년 차이인 42년생이다. 어릴 적 소꿉친구처럼 지내던 정다운 동생이지만 어릴 때부터 말수가 적고 과묵한 편이어서 부모님이나 오빠들로부터 귀여움을 받지는 못했다. 하지만 말수가 적은 반면 할 말은 딱 부러지게 했고 좋고 싫고가 분명하여 어영부영 하는 꼴을 못 보던 아이였다.

목사 아버지에 교육열 그득한 신여성 어머니 슬하에서 자라났음에도 우리 가족 역시 결국 남존여비(男尊女卑)의 시대적 한계를 벗어나지는 못했던 것 같다. 큰아들은 군대 장교로 풀렸고, 둘째와 셋째 아들은 어쨌건 4년제 대학생 노릇을 했지만 동생 은자는 부산의대 부설 간호전문대학을 졸업하고 일찌감치 생활전선에 뛰어들었다. 근무처는 부산 복음병원.

한국의 슈바이처로 이름 높은 장기려 박사를 도와 숱한 수술을 감당했던 능력 있는 간호사였다.

그러나 결혼 생활은 행복하지 못했다. 남편은 도박꾼에 바람둥이를 겸한 파락호였고 견디다 못한 은자는 이혼을 선택했다. 1970년대 한국에서 이혼이란 흔한 일이 아니었고 이혼녀라는 딱지 또한 가벼운 것이 아니었다. 은자의 선택은 이민이었다. 미국 이민 붐이 한창일 때이기도 했거니와 북한에서 내려온 이들은 남한 출신들보다는 훨씬 가볍게 이민을 바라보았다. 어차피 남한도 그들에게는 타향이었다. 뿌리 내릴 고향도, 찾아볼 선산도, 힘들 때 기댈 수 있는 고향 친구들도 없는 북한 출신 사람들이 제대로 자리를 잡지 못했을 경우, 한국은 오히려 더 힘겨운 타향일 수 있었다고 생각한다. 은자 역시 그랬을까.

이민을 위해 출국하는 은자를 환송하고 돌아오는 차 안에서 나는 펑펑 울었다. 저 아이의 앞날에 어떤 고난이 있을지 상상하기조차 어려웠다. 미국에서 간호사를 계속하겠다고 했지만 영어 몇 마디 제대로 구사하지 못하는 은자가 간호사 자격증은 어떻게 따며, 누구의 도움도 없이 혼자 어찌 버틸 것인가 생각하면 그저 눈앞이 캄캄할 뿐이었다. 당시 어머니 아버지의 가슴 또한 내 백배는 찢어졌으리라.

하지만 은자는 잘해냈다. 악바리처럼 공부하고 일하면서

미국에서 정규 간호사 자격증을 취득했던 것이다. 몇 년 뒤 잠깐 한국에 나왔던 은자는 여전히 씩씩했다.

"하루는 백인 간호사가 '너희 나라로 돌아가' 하지 뭐야. 그래서 내가 뭐랬는지 알아? 'You, too' 그랬지. 자기 아버지나 할아버지나 유럽에서 왔을 텐데 말이야."

그렇게 웃었지만 조용필 노래 가사처럼 '웃고 있어도 눈물이 났다'. 그 말을 어디 한두 번 들었을 것인가. 그리고 태연하게 "너도 돌아가"라고 맞받기까지 얼마나 많은 눈물을 삼켰을까.

미국에서 재미교포와 만난 후 함께 한국에 들어와 결혼식을 올렸다. 당시 부산에서 꽤 고급진 양식당인 '청탑그릴'에서 우리 부부가 주관하여 나름 성대한 결혼식을 열어주었다. 남들은 한 번밖에 못하는 결혼을 두 번 치른 은자이지만 두 번째 남편이 일찍 세상을 떠서 오랫동안 홀로 지내고 있다. 태평양을 사이에 둔 오빠가 챙겨주기도 어렵고, 만남조차 손으로 꼽을 지경이기에 항상 마음속 아픈 손가락으로 남아 있다.

막내 혜자는 귀염둥이로 자랐으나 오빠들 등쌀에 기 한번 펴지 못하고 살았다. 재능이 많은 아이였다. 어릴 때 교회 유치부 성탄발표회에 나가서 율동과 연극 등을 하면 늘 탁월한 재능을 발휘해서 엄청난 갈채를 받았고, 공부도 타의 추종을 불허할 만큼 우등이었다. 그런데 우리 가정 형편은 이 아까운 재원을 살리지 못했다. 혜자는 명문 경남여중에 충분히 입학할 실력이 있었지만 장학금 때문에 다른 중학교를 택해야 했고, 이후로도 인문계 고등학교 대신 여자상업고등학교 전액 장학생으로 진로를 잡아야 했다.

본인에게는 엄청난 좌절이었을 것이다. 자기보다 훨씬 못하던 아이들이 경남여중 배지를 달고 으스대거나, '똥통' 여상 다닌다고 깔아보는 꼬락서니가 어디 하루이틀이었을까.*

하지만 혜자는 한번도 침울한 낯빛을 보인 적이 없었다. 졸업 후 중소기업은행에 다니며 직장 생활을 무난하게 했지만 녀석 역시 늦은 결혼 후 미국 이민을 택한다. 그 딸과 아들이 훌륭히 잘 자라주어 평온한 노후를 보내고 있지만 수십 년 동안 얼굴을 몇 번 보지 못한 막내 여동생을 생각하면 지금도 가슴 한편이 저릿하다.

당시 수많은 한국 가정의 딸들처럼 우리 두 여동생도 결국 오빠들의 뒷바라지 때문에 자신들의 꿈을 제대로 피워보지 못했다. 이른바 '삼팔따라지'에다가 여자라서 그 굴레는 더욱 무거웠을 것이다. 그들이 하고 싶은 공부를 더 할 수 있었더라면, 힘들 때 기댈 수 있는 친척이나 집안이나 고향이 있었더라면, 그들의 인생은 분명히 바뀌었을 것이다.

그들에게 미국은 기회의 땅이자 탈출구이자 도피처였다. 형제들도 마찬가지였다. 한때 잘나가던 둘째 형도 사업에 실패한 뒤 이민을 택했

* 혜자 고모가 다닌 여자상업고등학교는 1980년대에도 '껄렁한' 학교로 유명했다. 'OO 7공주' 하면 면도날 씹고 다니는 이들로 악명이 높았다.

고 심지어 큰형도 전역 후 사업을 전전하던 중 이민을 감행했다가 되돌아왔으니 나를 제외한 모든 형제가 이민자의 삶을 경험한 셈이다. 같은 미국에 살아도 둘째 형은 포틀랜드, 동생들은 시카고에 살아서 그들조차 자주 얼굴을 마주하지 못하며 세파를 헤쳐왔다.

그렇게 한국과 미국에 디아스포라처럼 흩어져 오래 얼굴 못보고 살았을망정 소식은 닿았고, 연락이 힘겨울망정 원하면 목소리를 들을 수 있었다. 하지만 안 그런 사람들도 많았음을 우리는 안다. 1983년 KBS에서 이산가족 찾기 특별 생방송이 시작됐을 때 우리 가족은 해당 사항이 없다고 믿으며 가슴을 쓸어내렸는데 뜻밖의 일이 터졌다. 발단은 아들 형민이었다. 생방송 도중 할머니 이름과 비슷한 사연을 본 것 같다는 말을 한 것이 화근이었다.

"장 무슨 춘이라고 하는 거 같은데 황해도에서 함경도로 시집 간 뒤 소식이 없다고 했어요."

이 말이 어찌어찌 어머니 '장난춘' 여사에게 전해진 순간 서울의 큰형 집과 부산의 우리 집에는 동시에 비상령이 떨어졌다. 어머니는 밤잠을 이루지 못하며 가족을 만날 설렘을 호소하셨고 모든 가족이 한번씩은 KBS 앞에 나가서 그 많은 사연을 읽거나 밤을 새가며 방송을 봐야 했던 것이다. 어머니가 고향을 떠난 것은 1920년대이니 전쟁 때 이산가족이라고 보기는 어려웠고, 어머니가 친정 쪽 가족에 대한 그리움을 호소

한 적도 없으셨기에 그 집념은 다소 놀라울 정도였다.

비슷한 사연은 찾았지만 결국 지역도 나이도 모두 달랐다. 방송 다시보기도 없던 옛날이니 일단 나간 방송을 확인할 수도 없었다. 어머니는 한동안 우울함을 떨치지 못하셨다.

"한동안 잊고 살았는데 막상 이렇게 되고 나니까 마음을 주체할 수가 없더라. 왜 이제 이 난리를 치는가 싶기도 하고, 바로 앞 동네에 내 동생이 살고 있는데 혹시 내 모르고 사나 싶기도 하고."

그런데 뜻밖의 곳에서 '가족'의 소식이 들려왔다. 그 가족은 중국에 있었다. 1985년쯤 아버지 기일(아버지는 1979년 돌아가셨다) 참석 차 서울에 갔는데 둘째 형이 사진 한 장을 내놓았다. 그건 내가 한 번도 본 적 없는 아버지의 젊은 시절 사진이었다.

"이거 어디서 났어?"

사연인즉슨 황망했다. 만주에 선교사로 갔던 둘째 형님의 친구 분이 룽징(용정)을 방문했는데 어떤 분이 '동희, 동식, 동훈'이라는 이름을 가진 남한의 삼형제 가족을 찾아달라는 부탁을 해왔다고 한다.

"동식이? 제 친구도 동식이인데요?"

둘째 형의 친구는 사진을 받아와서 둘째 형에게 보였고 우리는 중국 옌벤(연변)에 거주하는 삼촌의 존재를 그제야 알게 된 것이다. 둘째 형 친구 편에 편지를 보내고 주소를 알려주었더니 답장도 왔다. 한자로 된 주소 표기가 낯설었지만 동시에 정겨웠다.

"朝鮮南半部 釜山直轄市 釜山鎭區… 金東勳氏 前(조선남반부 부산직할시 부산진구… 김동훈씨 전)"

중국에 삼촌이 살아계시고 사촌 형제들 여럿이 살고 있다! 이상하리만큼 가슴이 뛰었다. '나의 살던 고향' 두만강변과 만주 땅에 여직 내 '가족'들이 살고 있는 것이다. 가보고 싶었다. 그러나 당시 중국은 쉽게 갈 곳이 아니었다.

# 중국으로 가는 길

지금은 거의 역사 속의 표현이 돼버렸지만 소련과 동구권은 '철의 장막' 저편의 나라라고 했고 중국은 '죽(竹)의 장막'을 치고 있다고 했다. 6·25 당시 중공군들이 그야말로 '중공군처럼' 몰려와 압록강까지 진출했던 우리 군대와 유엔군의 뒤통수를 후려치고 남북을 오르내리며 혈투를 벌인 이래 '중공'은 북한 다음가는 적성 국가였다. 그런데 1980년대 접어들면서 조금씩 분위기가 바뀌었다.

1983년 5월 5일 어린이날 대한민국을 떠들썩하게 했던 중국 민항기 납치 사건을 통해 한국과 중공 정부가 공식적으로 접촉하게 됐고, 이후 중국 어뢰정 망명 사건 처리 과정에서 또 한번 양국 정부가 협력하면서 호의적인 분위기가 쌓였다. 결정적으로 86아시안게임 때 중공은 북한의 불참에도 불구하고 대규모 선수단을 파견하는데 잠실벌에 아나운서가 또박또박 읽은 그들의 국명은 이미 '중화인민공화국'이었다. 88올림픽 때쯤 되면 이미 '중공'이라는 호칭 자체가 생경할 지경이 된다.*

이제 우리 같은 범상한 사람에게도 '중국'은 기존의 '자유 중국', 즉 대만에 위치한 중화민국이 아니라 대륙을 장악한 '중공'을 가리키는 말이 됐다. 아울러 통신과 우편을 포함한 인적 교류도 활발히 이뤄지고 있었다. 수십 년 동안 소식을 모르고 있던 삼촌과 연락이 닿았던 데에는 그런 역사적 배경이 있었다.

내 기억에 아버지의 형제는 삼형제이고 아버지는 둘째였다(고모들도 있었지만 정확히 기억나지 않는다). 수십 년 만에 연락이 닿은 막내 삼촌은 북한으로 들어오지 않았기에 내 어린 시절 그 가족들과 마주한 기억은 별로 없다. 큰아버지는 내가 북한에 있을 때 이미 돌아가셨고 큰어머니와 그 고명딸인 사촌 희선 누나는 생생하게 기억났다. 나를 무척 귀여워했던 희선 누나는 6·25 때 우리 가족이 월남하면서 소식이 끊겼다. 혹시 희선 누나도 중국에 있지 않을까. 묻혀 있던 기억 속에서 그리움이 뭉게뭉게 솟아올랐다.

핏줄이라는 게 묘한 것이라 한 번도 뵌 적은 없지만 아버지를 꼭 빼닮은 작은아버지, 즉 삼촌과 그 가족들이 보고 싶었다. 아울러 그들이 살고 있는 만주 땅, 내 어릴 적 추억도 서리서리 담긴 그곳으로 한 번은 가보고 싶었다. 수교도 이뤄지지 않은 적성 국

* 네이버에서 신문을 검색해보면 '중공' 사용 용례가 1988년 봄 이후 급감하는 것을 볼 수 있다.

가의 땅이어서 그랬을까. 여러 번 편지를 주고받으면서 중국으로 가고픈 마음은 날이 갈수록 커지고 단단해졌다. 그러던 중 1987년 7월 어머니가 돌아가셨다.

황해도 태생으로 개성 호수돈여학교를 나온, 당시로는 꽤 드문 인텔리 여성이었지만 새어머니와 사이가 좋지 않아 홀로 함경도로 옮겨와 간호사 생활을 하며 나이 서른 즈음까지 홀로 살았던 어머니. 품성과 신앙은 존경할 만했으나 경제적으로는 무능했던 목사 남편을 만나 평생 또순이 노릇을 하며 3남 2녀 식구들을 건사하고, 살아남기 위해 온갖 일을 다 해야 했던 어머니는 향년 여든다섯에 세상 소풍을 마치고 천국으로 가셨다.

이 소식을 전하니 중국에서 삼촌의 편지가 왔다.

"…소식을 고대하고 기다리던 중 너의 편지에서 어머님이 세상을 떠나셨다는 소식을 읽을 때 나의 가슴은 무어라 비할 곳 없이 슬픈 맘 억제할 수 없구나. … 형수님 생전에 꼭 대면하여 그립던 하소연하리라 믿던 것이 인제는 정말 생전에 만나보지 못하고 세상을 떠났구나 하는 생각에 무어라 표현할 수 없구나…"

삼촌은 아버지와 거의 띠동갑으로 북한의 김일성과 동갑내기 정도로서 1987년 당시 연세는 76세였다. 내일 당장 돌아가셔도 이상하지 않을 연세였다. 편지를 보니 더욱 마음이 굳어졌다. 무슨 수를 쓰든 중국으로 들어가리라. 수산업 관련하여 민간 교류와 무역도 행해지고 있었고 여기저기에서 '중국통'들이 생겨날 때였다. 어찌어찌 하면 통할 길이 있지 않을까 싶었다.

궁하면 통하고 두드리면 열리는 법. 중국 다롄(대련)의 해운회사에 근무하는 조선족 최용걸이라는 이와 선이 닿았다. 사정을 털어놓았더니 그는 홍콩에 있는 CITS(중국 여행사)에 근무하는 감혜분이라는 여성이 있는데 그 사람과 통하면 중국으로 들어올 길을 모색할 수 있으리라 귀띔해주었다.

"저는 중국어를 못하는데 영어로 통화해야 합니까?"

"아니오 그 감혜분 씨는 한족(漢族)이긴 한데 북조선 갔다 온 적도 있어서 조선말을 곧잘 합니다."

국제전화를 걸었을 때 수화기 저편의 여성에게 다짜고짜 "여보세요" 했더니 바로 "네" 하는 답변이 돌아왔다. 감혜분 씨였다. 몇 번 통화한 끝에 중국 비자 발급이 가능하다는 사실을 알았고, 한국 측 관계 기관에도 신고하고 상담하니 중국 입국이 가능하다는 답이 돌아왔다. 단 북한 사람과 일체 접촉하지 말고, 중국 법 어기지 말며, 접촉한 모든 사람의 인적 사항과 근황을 입국 시 상세 보고하는 조건이었다.

아내도 함께 갈까 했지만 중국 내부의 사정을 모르고, 행여 발생할지 모를 사태를 방지하기 위해 나 혼자 다녀오기로 했다. 1988년 겨울, 나는 드디어 중국으로 가는 비행기를 탄다. 홍콩에 떨어지자 감혜분 씨가 마중을 나와 있었다. 그는 중국인이었지만 북한에 오래 근무해서 그런지 나보다 우리 말을 더 잘하는 느낌이었다. 감혜분 씨는 친절하게 나를 안내하여 홍콩 체제 일정은 물론 홍콩에서 중국 광저우로 들어가는 기차와 다롄까지 가는 교통편까지 일괄 예약해주었다.

당시 중국은 미수교국이었기에 여권에 입국 도장을 찍지 않고 '입국명령서'로 갈음해야 했는데 이런 서류 처리도 깔끔하게 해주었다.

"선생님 무사히 다녀오십시오. 고향 방문하시니 감개가 무량하시겠습니다."

아마 내가 처음으로 만난 '중공' 사람이었을 감혜분 씨는 그렇게 친절했다.

자본주의 세상이었던 홍콩에서 공산주의 국가의 관문 광저우까지 약 두 시간이 걸렸다. 그 두 시간은 나에게 무척 길고도 설레면서도 불안한 시간이었다. 이제 나는 중공 땅에 들어가는 것이다. 광저우 역에서 나는 택시를 잡아타고 감혜분 씨가 가르쳐준 대로 발음하려 애쓰면서 행선지를 불렀다.

"둥팡(東方)호텔!"

목적지에 도착은 했으나 도무지 얼마를 줘야 하는지 알 수가 없었다. 한동안 기사와 나 둘이 머리를 싸매던 중 내가 아이디어를 냈다. 중국 돈을 화투장 펼치듯 촤르륵 펼친 것이다. 거기서 기사는 자신의 요금만큼을 빼갔다. 조금 더 챙겨가는 느낌은 있었지만 유쾌하게 '라이라이'.

둥팡호텔의 규모는 어마어마했다. 지금껏 해외여행을 다닐 만큼 다녀봤지만 그 정도 규모의 호텔은 없었던 것 같다. 호텔 식당에는 수백 명의 중국인들이 먹고 마시며 즐기고 있었다. 다리 넷 달린 건 책상 말고는 다 먹는다는 중국인들답게 식탁은 풍성했고 분위기는 자유로워 보였다. 이럴 줄 알았으면 아내도 같이 올걸 싶었다. 중국의 개혁개방 초기 광저우의 분위기는 전혀 '중공'스럽지 않았다. 하지만 놀랍게도 그 큰 둥팡호텔에 영어를 할 줄 아는 종업원이 없었다. 물론 나도 영어를 잘하지는 못했지만, 지배인까지 불러서야 겨우 영어와 손짓 발짓으로 의사소통이 가능할 정도였다. 개방에 나섰다 해도 죽의 장막의 잔해는 아직 여실히 남아 있었다.

지배인에게 택시를 대절해 달라고 했다. 나는 구경을 좋아한다. 광저우라는 도시를 내가 언제 다시 올지 모르는데 내일 다롄으로 떠나는 마당에 호텔 방에 들어앉아 있어서야 되겠는가. 30불짜리 대절 택시를 타고 광저우 시내 구경을 하고 중산 손문기념관 등을 둘러본 후에야 공항으로 갔다. 그런데 문제는 공항에서도 영어가 제대로 통하지 않는다는 것이었다.

"캔 유 스피크 잉글리시?"를 수백 번 하다가 작전을 바꿔 "니홍고가 데키마스카?"를 되뇌고 다녔다. 그러나 이놈의 중국 공항에는 그저 쌀라쌀라 하는 중국말의 홍수일 뿐이었다. 그러다가 한 젊은 공안(경찰)이 일본어로 말을 걸어왔다. "다

렌니 이키마스카?" 서로 짧은 일본어였지만 무척 고마운 의사소통이었다. 그의 안내로 다롄행 비행기 수속 카운터까지는 왔다. 그제야 중국 공항 풍경이 눈에 들어왔다. 글자 그대로의 무질서 그 자체였다. 중국어 자체가 경상도 사투리처럼 성조가 있어 사람들이 떠들면 안내방송이 들리지 않을 만큼 시끄러운데 화물 짐은 내 머리 위로 날아다녔고 수백 명의 사람들이 공항 바닥에 길게 드러누워 있었다. 수속 과정도 우리와는 달라서 애를 먹었지만 가장 큰 문제는 각 방향으로 가는 사람들을 한 방에 모아놓고 방송을 통해 탑승 안내를 한다는 것이었다.

티켓팅을 마친 뒤 역시 다롄으로 가는 한 중국 젊은이를 눈여겨보았다. 그러고는 그에게 다가가 손짓발짓으로 다롄 비행기 탑승 방송이 나오면 알려달라고 했다. 고개를 끄덕이는 청년에 "셰셰" 하고 손을 모았는데 가만히 방송을 듣던 이 녀석이 갑자기 냅다 뛰기 시작한다.

아니 이 자식이! 평생 눈치코치로 살아온 나 아닌가. 녀석이 달리는 이유를 금방 알아챘다. 당시 중국 국내선 비행기에는 좌석 지정이 따로 없었다. 즉 먼저 가는 사람이 좋은 자리를 차지할 수 있었기에 이 녀석이 선수를 친 것이다. 하, 만만디 나라 녀석이 빨리빨리의 본고장 사람을 우습게 봐도 분수가 있지. 나도 중공군 쫓는 국군 기세로 내달리기 시작했다.

# 간도에서 만난 주현미

비행기가 착륙하여 멈춰 서자마자 벌떡 일어나서 짐을 챙기는 건 한국 사람뿐이라던가. 먼저 온 사람이 좋은 자리를 찾는 비행기가 지금도 있다면 상석은 무조건 한국 사람들 차지일 것이다. 좋은 자리라고 해봐야 다리를 좀 뻗을 수 있는 맨 앞자리거나 통로 쪽 자리겠지만 그래도 선착순이라면 역시 한국 사람 따를 족속이 있겠는가. 나도 다른 사람들을 앞질러 자리를 잡았다. 이제는 중국의 관문 광저우가 아니라 중국 대륙을 가로질러 랴오둥반도의 끝 다롄으로 가는 것이다.

이륙 후 약 세 시간 정도가 지났다. 드디어 다롄 공항에 도착하였다. 공항에 내리자마자 나는 인상을 찡그렸다. 연탄내 비슷한 고약한 냄새가 도시 전체를 뒤덮고 있었기 때문이다. 당시 석탄으로 도시 난방을 해결했기 때문이 아닌가 싶다. 냄새는 냄새고 이 낯선 중국 대륙에서 내 이름을 적은 팻말을 흔드는 사람들을 만나는 건 반가웠다. 앞서 나의 중국행의 디딤돌을 놓아준 중국 해운회사 소속 최용걸 씨, 그리고 내 사촌 여동생의 아들, 즉 오촌조카였다.

간단한 수속 후 공항을 나와 숙소로 향하는데 웬 허름한 여관으로 택시를 몰아가는 것이 아닌가. 나는 여행을 가면 숙식에는 돈을 별로 아끼지 않는 터고, 먹을 건 못 먹더라도 숙소에는 더욱 신경을 쓰는 스타일이라 허름한 그곳을 참아주기 어려웠다.

"왜 이런 숙소를 잡았나."

조카의 대답이 '경제적으로 해야 할 것 같아서'기에 또 한번 한국 사람 티를 냈다. 허세를 부린 것이다.

"돈 없으면 여기 오지도 않았다. 제일 좋은 호텔로 가자."

그제야 그럴싸한 숙소, 이름은 기억나지 않는 '빈관(儐館)'에 짐을 풀 수 있었다. 하룻밤 여독을 풀고 룽징(용정)까지 기차를 타고 여행할 예정이었다. 용정. 내가 마지막으로 보았던 만주의 도시. 어렸을 적 눈에 담았던 만주 벌판과 아버지가 목회하던 이도구 풍경, 그리고 만주 쪽에서 두만강 너머 바라보던 조선 땅이 황토 바람처럼 눈앞을 스치고 지나갔다. 42년 만에 추억 속에만 갇혀 있던 그 땅으로 돌아가는 것이다. 다롄시 풍경을 내려다보며 감회에 젖어 있는데 뜻밖의 방문객이 찾아왔다. 소개를 받아보니 다롄시 부시장이라고 했다.

다롄시 부시장이라 자처하는 여성은 조선족 통역까지 대동하고 찾아왔다. 내가 여기에 묵는 것을 어찌 알았는지는 알수 없지만, 자체 정보망을 통해 '남조선 사람'이 다롄에 왔다는 것이 파악된 모양이었다. 공산국가 특유의 통제 사회를 어릴 적 경험한 적이 있는지라 바짝 긴장했는데 다행히 방문 목적은 딱딱한 것이 아니었다.

"우리 다롄시도 이제 여러 측면에서 발전을 하고 있지만, 외부인으로부터 더 다양한 경험과 견문을 들어보고 싶습니다. 그래서 찾아온 겁니다. 한국에서 무슨 분야에 종사하십니까?"

"저는 수산업 쪽에서 일했습니다."

"우리도 그쪽에 관심이 많습니다."

다롄시 부시장이 반색을 했다. 그러고는 폭포수 같은 질문을 쏟아내기 시작했다. 서해 쪽의 어군(魚群)과 어종(魚種)을 비롯하여 한국 수산업과 원양어업 현황, 그리고 수산물 가공 산업 실태와 그에 종사하는 인구, 국내 소모량과 해외 수출량, 수출을 통해 벌어들이는 외화 규모 등등 질문은 꼼꼼하고도 방대했다. 그래도 내가 수산대학을 졸업하고 직장과 사업을 일관하여 수산업 밥을 먹었기에 별 막힘없이 충실한 대답을 해줄 수 있었다. 내 대답을 일일이 통역을 거쳐가며 분주히 메모하는 여자 부시장도 매우 인상적이었다. 하나라도 놓치지 않겠다는 투로 펜을 놀렸고 통역의 말이 끝나자마자 새로운 질문을 던져댔다. 한창 개혁개방 정책이 추진되던 분위기를 새삼 절감할 수 있었다.*

부시장은 크게 만족한 듯 나를 저녁 식사에 초대했다. 당

간부들이나 간다는 으리으리한 식당에서 맛보는 중국식 산해진미는 환상적이었다. 그때껏 한국이 선진국이라는 생각을 해본 적은 없었지만 당시 중국에 비해서는 많이 발전한 나라라는 생각으로 사뭇 우쭐해지기까지 했다. 식당에서도 이런저런 질문을 중지하지 않던 부시장이 이런 제안을 해왔다.

"내일 아침 헬리콥터로 다롄 주변을 다 돌아보시지 않겠습니까. 그렇게 조망을 보면서 질문드릴 것도 있을 것 같은데."

동원산업 재직할 때 참치잡이 어선에 탑재된 헬기를 여러 번 타보긴 했어도 다롄 상공 비행이란 다시없을 기회로서 호기심이 크게 일었지만, 미수교 국가인 중국 방문은 일정이 정해져 있었고 출국 일자를 지켜야 했기에 아쉽지만 사양을 해야 했다. 다롄에서 룽징도 먼 길이었고 봐야 할 사람들도 많았기 때문이다. 부시장도 고개를 끄덕이며 양해를 해주었다.

다롄에서 선양, 즉 심양(瀋陽)가는 기차를 탔다. 나에게는 심양보다는 만주국 시대의 지명 봉천(奉天, 펑톈)으로 귀에 익은 도시다. 청나라가 만리장성을 넘어 대륙을 장악하기 전의

* 1989년 봄 아버지의 중국 방문 1년 반쯤 전인 1987년 11월 1일 중국공산당 13차 당 대회가 마무리됐다. 여기서 자오쯔양(趙紫陽) 당 총서기리는 '사회주의 초급 단계 이론'을 제창했다. 자오쯔양은 중국이 역사적 사회 발전 단계에 비추어볼 때 현재 낙후되어 있고 빈곤을 벗어나지 못한 사회주의 초급 단계에 있으며, 이 단계를 벗어나기 위해서는 사회 생산력을 발전시켜야 하는바, 경제 개혁 및 대외 개방이 불가피하다고 주장했다. 중국의 전년적인 개혁개방정책에 본격 드라이브가 걸린 것이다.

수도였고, 병자호란 후 소현세자 등 조선의 왕자들이 볼모살이를 했던 곳이다.

만주 벌판을 달리는 철도는 그야말로 끝이 없었다. 하지만 역시 좌석제가 아니었다. 오촌조카는 늠름하게 기차에 올라탔지만 차 안은 북새통이었다. 이 냄새나는 북새통 속에서 입석으로 서울 부산보다 훨씬 먼 길을 가야 한다는 사실에 망연자실했지만 어쩔 수 없었다. 먼저 오는 대로 좌석을 차지한다는 데에야. 얼마간 조카와 이런저런 얘기 나누며 흔들리는 기차를 감당하고 서 있었는데 갑자기 북한 사투리, 요즘은 한국 사람들 귀에도 익은 옌볜 말투가 들렸다.

"한국에서 오셨습까?"

조선족 젊은이들이었다. 중공 당국이 한국인의 옌볜 방문을 허용하겠다고 발표한 게 불과 1년 전이었으니 한국 사람들이 그리 흔하지 않을 때였다. 나는 당시 중국에서는 보기 힘들었던 자색의 오리털 잠바를 입고 있었으니 눈에 띄었을 것이다.

"이리 앉으시라요."

복잡한 열차에서 자리 양보를 받을 만큼 늙지는 않았기에 사양했으나 조선족 청년은 완강했다.

"먼 길 오셨는데 앉아 가시라요."

자리에 앉았는데 주변의 조선족 청년들은 잠깐 우리말로 인사를 나눈 뒤엔 이내 중국어로 떠들었다. 그래도 그들은 고향 사람들처럼 친밀해 보였다. 한때 아버지처럼 총 들고 일본군과 싸우던 독립투사의 후예들일 것이고, 이국땅에서 우리말과 문화를 지키며 살아온 동포들이라는 연민이 강했던 때문이리라. 그들이 이따금 말하는 '우리나라'가 중국이라는 걸알았을 때는 적잖이 놀랐지만.

선양에서 옌지(연길)로 가는 기차를 타기 위해서는 하룻밤 묵어가야 했다. 역시 조카에게 '고급 숙소'를 주문했지만이번에는 여의치 않았다. 그날따라 랴오닝성 공산당 간부 회의가 열려서 호텔 방이 동난 것이다. 할 수 없이 일반 여관을가야 했는데 이건 여관이 아니라 일종의 공동 숙소 느낌이었다. 한 방에 침대가 여섯 개 놓여 있었고 손님이 들어오는 대로 침대를 배정했는데 투명한 유리 밖에서 여자 복무원이 불침번을 섰다. 도무지 이유를 알 수 없는 불편함이었지만 어쩔수 없었다. 아무리 개혁개방을 하고 있다고는 해도 아직은'중공'이었다. 화장실에서 음모를 꾸민다고 화장실 변기 사이에도 벽을 두지 않아 옆 사람과 어색한 미소를 지으며 옆 사람 똥냄새를 맡아야 했던.

철도 역시 일본인들이 '만철(滿鐵)' 시절 만들어놓은 그 철도를 그대로 운용하고 있었다. 선양을 새벽에 떠난 열차는 오후 늦게야 옌지역에 닿았다. 그나마 선양은 대도시였지만 옌지는 상대적으로 초라했기에 더 생경한 느낌이었다. 옌지에서 룽징까지는 택시를 이용하기로 했다.

겨울 해는 빨리 저물었다. 길은 이내 캄캄한 어둠으로 뒤덮였고 가로등은 거의 없고 불빛도 거의 찾아볼 길 없는 칠흑 같은 어둠 속을 헤치는 택시 안에서 나는 사뭇 불안했다. 조카가 있긴 했지만 문명과 동떨어진 듯한 그 암흑이 공포를 자아낸 탓이다. 그런데 차에서 들려오는 노래 하나가 내 두려움을 녹여주었다. 귀에 익은 멜로디, 간드러진 여자 목소리. 그리고 익숙한 지명. 그건 가수 주현미의 〈신사동 그 사람〉이었다.

이 노래를 부른 주현미 씨는 화교 출신이라고 들었다. 한국에서 자란 중국인 가수가 부르는 한국 대중가요를 룽징 가는 택시 안에서 들으면서 마음을 가라앉히고 없던 흥이 되살아나는 경험이라니.

"희미한 불빛 사이로~"로 시작하는 이 노래를 지금도 잘 따라 부르지는 못하지만 그래도 나는 그날의 택시 안을 잊지 못한다.

# 강 건너 고향

드디어 삼촌댁에 도착하였다. 옛날 광부들의 합숙소로 쓰였던, 여러 채의 작은 집들을 이은 연립주택 같은 집이었다. 손바닥만 한 집이었지만 한국에서 조카가 왔다고 인근의 친척친지들이 다 모였다. 작은아버지를 처음 뵈었을 때 깜짝 놀랐다. 아버지와 얼굴이 판박이였다. 더 넓적하고 큼직했던 아버지와는 달리 야위고 말랐지만 누가 봐도 형제라 알아볼 만했다. 나 역시 아버지를 다시 만난 듯 눈물을 흘렸다. 생전 처음보는 작은아버지도, 그리고 역시 편지로만 존재를 확인했던사촌 동생들도 반가워 어쩔 줄을 몰랐다. 이런 게 핏줄인가 싶었다. 피는 물보다 진하다는 말이 큰 거짓은 아니구나 싶었다.

마침 저녁 시간이 되어서 온 친척이 한자리에 둘러앉았다. 조카가 왔다고 나름의 진수성찬을 차리는 분위기라 고픈배를 부여안고 흐뭇하게 기다리고 있었는데, 막상 상차림을보고 깜짝 놀랐다. 중국 입국 후 계속 느끼한 중국 음식으로만 끼니를 해결했던지라 상큼한 김치나 시원한 동치미 생각이 간절했는데 몽땅 다 중국풍의 볶고 튀기고 기름칠한 음식이 상을 차지하고 있는 게 아닌가. 그래서 이거 우리 음식은 없습니까, 하니 사촌 동생이 "아, 가지고 오겠습니다" 하며 부리나케 자전거에 오른다.

이윽고 가져온 김치는 내가 바라던 김치였다. 동네에서 이렇게 먹는 사람이 흔치 않아서 일껏 그 집에 가서 얻어왔다고 했다. 세상에 간사한 것이 사람 입이라는데 이미 조선족들은 완전히 중국 입맛에 길들여졌구나 싶었다. 급격한 발전과 변화를 겪지 않은 중국의 '소수민족'으로서 옛 풍습과 전통을 간직한 면도 있었으나 조선족의 식탁은 완연히 중국인의 식탁이었다.

그래도 아버지의 만주 시절 이야기를 비롯한 옛날 이야기가 나오면 어느새 추억에 젖고 정다운 감회에 사로잡혔다.

"형수님(우리 어머니)이 참 대단한 아즈마이였다. 네 아버지를 동경 유학시키고 그 비용 다 대지 않았니. 먹고살기도 어려웠던 때라 리해가 안 가기도 했지만 지금 돌아보면 참 대단한 사람이었다. 형님도 멋있었지. 해란강 강변에서 말을 타고 달리는데 그 모습 지금도 눈에 선하구나."

단잠을 자고 일어나 구경도 할 겸 산책을 나섰는데 몇 사람이 신문지를 들고 어딘가로 뛰어가는 게 보였다. 무슨 일인가 싶어 따라가 보니 문도 없는 공중변소 앞에 기다란 줄이 늘어서서 자기 차례를 기다리고 있는 게 아닌가. 아이고 나는 여기서 더 묵지는 못하겠다 싶었다. 돌아와 아침을 먹고 난 뒤에 삼촌에게 미안하지만 나는 룽징관광호텔로 옮겨야겠다고 말씀을 드렸다.

"죄송하지만 한국에 나오시게 되면 그 이유를 이해하실 겁니다."

룽징관광호텔이라 해도 옛날 일본 사람들이 사용하던 여관 정도였다. 단지 화장실이 방마다 있다는 정도가 달랐을 뿐 시설은 매우 낡아 있었다. 그래도 여장을 새로이 풀었으니 룽징 시내 구경에 나서야 했다. 아버지가 말 타고 다니셨다는 해란강을 가보고는 크게 실망했다. 일송정 푸른 솔이 늙어 늙어 가도 천년을 두고 흐른다는 해란강은 부산 동천, 서울로 치면 안양천 정도도 못 되는 개천 느낌이었기 때문이다. 그러나 내가 어릴 적 손가락을 짚어 대고 빙빙 돌았던 '영국덕이'의 벽이 그대로 남아 있는 모습에는 감개무량할 수밖에 없었다. 마치 타임머신이라도 탄 듯 나는 여섯 살 어린애로 돌아가 영국덕이의 벽을 연신 만지며 걸었다.

그리고 찾은 곳이 국경도시 투먼(도문)이었다. 두만강을 두고 중국과 북한이 맞닿은 곳. 두만강의 폭은 좁아서 반대편에 선 사람과 대화를 할 수 있을 지경이었다. 바로 두만강 너머가 바로 내가 태어난 남양이었다. 행정구역으로 따지면 함경북도 온성군 남양면이다. 독립군 시절 마주쳤던 밀정을 십수 년 만에 일본 경찰 간부로 다시 마주치고, 그 서슬에 놀라 두만강을 건넜던 아버지 어머니와 가족의 풍경이 눈앞에 그려졌다. 어머니 배 속에 있던 나도 저 강을 건넜으리라. 북한 땅은 황량했다. 도긴개긴이긴 했지만 중국보다도 더 낙후해 보였다. 정신없이 이곳저곳 눈길을 던지고 있는데 한 조선족 아주머니가 다가왔다.

"한국에서 오셨습까?"

"예 그렇습니다."

그러자 이 아주머니가 한숨을 내쉬며 말했다.

"아 어쩌면 좋소? 북조선 사람들 저렇게 못살고 있으니 말임다. 선생님들이 좀 어떻게 해보시기요."

1988년 겨울의 시점에서도 조선족들이 걱정할 만큼 북한의 형편이 좋지 않았던 모양이다. 주워들은 말로는 문화혁명 때에는 조선족들이 조선에 들어가서 먹을 것을 구해왔는데 요즘은 북조선 사람들이 두만강 건너 먹을 것을 구하러 온다고 했다. 난들 뾰족한 수가 있겠는가. 그저 아주머니와 함께 한숨을 내쉴밖에.

룽징 친지들과 함께하는 가운데 가장 궁금했던 사람은 큰아버지(아버지의 형) 쪽 사촌 누나였던 희선 누나의 소식이었다. 어렸을 적 나를 유난히 귀여워해서 무릎 위에 앉히고 맛난 것 먹이고 재미난 얘기 들려주던 희선 누나 역시 해방 이후 만나지 못했었다. 살아 있기는 한 것일까 연락은 되는 것일까. 사촌 여동생의 남편 하나가 답을 해주었다.

"그분이라면 평양에 살고 있습니다. 원래 함경도에서 선생 일을 했댔는데 무슨 계기로든지 배우 쪽으로 풀려서 인민배우급으로 평양에 살고 있습니다. 평양 사는 거이 조선에서는 엄청난 특권이고 시댁도 괜찮은 집안으로 알고 있습니다. 내가 운전하면서 조선을 몇 번 들어갔는데 몇 년 전 마지막으로 청진에서 그분 만나봤습니다."

"잘 지내던가?"

"인민배우에 평양 살아도 형편이 좋지는 않았습니다. 내한테 뭐 도움도 청하고, 이것저것 구해 달라고 하더라구요. 꼭 만나고 싶으십니까?"

나는 고개를 저었다. 희선 누나는 또 북한에 살고 있었구나. 내 할아버지 삼형제의 후손들은 각각 대한민국, 조선민주주의인민공화국, 중화인민공화국 세 나라 국적을 가지고 저마다의 삶을 산 셈이다. 그나마 작은할아버지네 가족은 이렇게 만났지만 북한의 희선 누나는 만날 수도 없고, 만나고자 해서도 안 되었다. 어쨌든 평양 시민에 인민배우라면 굳이 '남조선' 친척이 연락을 시도하지 않는 게 좋을 것이기 때문이다. 일가친척 가운데 가장 기억에 선명하고, 만나면 얼싸안고 눈물 흘릴 사람 하나를 중국 천리 길을 통해서도 그 행방만 알고 가슴에 묻어야 했다.

자본주의에 익숙한 나에게 룽징에서의 일상은 짜증투성이였다. 식당에 가면 종업원들은 자기들끼리 중국말로 쏼라

쌀라거릴 뿐 주문받을 생각조차 하지 않았다. 또 음식이 나와
도 갖다주는 것도 귀찮아했다. 어떤 이들은 이걸 '여유'라고
표현할 수도 있겠지만 내 보기엔 그저 게으른 사회주의 근성
일 뿐이었다. 정신없이 돌아가고 때로는 사람 귀한 줄 모르는
자본주의의 병폐도 문제지만, 나는 차라리 그 병폐가 백 번
낫지, 저런 '여유' 부리다가는 다 같이 망할 거라고 투덜거렸
다. (그리고 몇 년 뒤 소련이 망했다.)

어영부영 귀국 일자가 다가왔다. 여장을 챙기는 나를 삼
촌이 불러 앉혔다.

"내 나이도 이게 곧 여든이고 세상 볼 나이도 얼마 안 남
았는데 죽기 전에 꼭 한국 땅을 밟아보고 싶다. 그런데 나 혼
자는 도저히 여력이 안 되니 맏딸(내 사촌)을 데리고 갈 수 있
게 해다오."

나는 즉석에서 쾌히 승낙했다. 돌아가신 아버지께 못한
효도를 하는 마음으로 귀국하면 초청장과 비행기표를 보내
드리겠노라 약속했다. 그리고 1989년 2월, 삼촌은 마침내 한
국 땅을 밟게 된다.

# 피는 물보다 진하고
# 돈은 피보다 진하다


1989년 초, 아직 매운 겨울바람을 뚫고 작은아버지와 사촌 여동생이 서울 김포공항으로 들어왔다. 서울 살던 큰형이 옌볜 손님들을 맞았고 서울에서 1박을 한 후 큰형이 안긴 선물 보따리를 안고 부산으로 내려왔다. 부산역에서 삼촌과 다시 상봉하자마자 삼촌이 한 말은 이것이었다.

"네가 룽징에 왔을 때 왜 우리 집에서 안 묵고 관광호텔 가겠다고 했는지 이해가 간다. 한국은 중국하고는 완전히 다른 세상이구나."

모르긴 해도 당시 멀쩡한(?) 집 놔두고 관광호텔에 가겠다고 고집 부린 조카가 내심으로는 그리 마땅하지 않았던 것 같다. 하지만 한국 온지 며칠 만에 그 심경을 너끈히 이해하신 것이다.

그때만 해도 옌볜 조선족이 한국 친지 방문하는 경우가 그리 흔하지 않았다. 탈북자도 전혀 없을 때였으니 작은아버

지가 억센 옌볜 사투리를 쓰면 사람들이 한번씩 돌아볼 정도
였다. 아내와 함께 작은아버지를 모시고 경주 관광을 나섰다.
석굴암을 둘러보는데 누군가 손을 흔들며 다가왔다.

"여어, 김 사장 오랜만이오."

알고 지내던 국제신문 이부강 기자였다. 수인사 나누고
간단히 삼촌과 사촌 여동생이 옌볜에서 와서 함께 왔노라 소
개를 하고 헤어졌는데 다음 날 아침 국제신문사 취재팀이 우
리 집에 들이닥쳤다. '반세기 만의 해후'를 취재하겠다는 것
이었다.

밥 먹다 말고 이리 찍고 저리 포즈를 취하며 한바탕 난리
를 피우고 취재팀이 돌아간 다음 날 국제신문에는 거의 한
면 전체를 할애하다시피 한 우리 집 기사가 떴다. 정확한 제
목은 기억나지 않지만 북간도에 떨어져 살았던 삼촌과 부산
에서 살고 있는 조카의 극적인 만남…. 대충 그런 내용의 기
사였다. 당시 '신문에 난다'는 건 요즘으로 치면 '검색어 몇 위
에 오른' 정도의 무게가 있었다. 졸지에 나는 여러 사람으로
부터 인사를 받는 유명인사가 됐다.

그렇게 즐거운 시간을 보내고 출국 일정이 다가올 즈음 삼
촌은 우리 부부에게 긴히 할 얘기가 있다고 했다. 그러고는 보
따리를 풀었다. 거기에는 뭔지 모를 한약재들이 들어 있었다.

"이건 웅담 두 개하고 중국 동인당 제품 우황청심환 한 박
스, 사향 두 개, 그리고 동충하초들이다. 이걸 팔아서 1만 불

을 만들어줬으면 좋겠다. 조카며느리가 약사라니 어떻게 길이 있지 않겠는가."

난감한 일이었다. 아내가 한약을 취급하지도 않았거니와 거액의 한약재를 처분할 방법도 경로도 몰랐다. 웅담이든 우황청심환이든 가짜로 보이지는 않았지만 유통 방법을 모르는 이상 제값을 받을 수 있을지도 의문이었다. 하지만 어떻게든 돕고 싶었다. 언제 다시 만날지 모를 삼촌이 애달픈 눈빛으로 호소를 하는데, 이것만 되면 우리도 고향 가서 허리 좀 펴고 살 수 있다 하는데, 어떻게든 방법을 찾아보고 싶었다.

친구들에게 소문을 내고 여유 있는 이들에게 분주히 기별하며 약을 처분해보기로 했다. 평생 친구인 김수봉이 우황청심환 전부를 150만 원에 사주고 당시 어울리던 다섯 친구가 손을 모아 웅담을 다섯 등분해 가지기로 하고 각 100만 원씩을 내주었다. 또 다른 분들의 도움으로 예상보다 빠르게 1만 달러를 만들어낼 수 있었다.

이를 삼촌께 드리니 삼촌은 눈물을 글썽이며 고마워했다. 드리는 나 또한 가슴이 뿌듯했다. 처음에 약을 받아들었을 때의 낭패감마저 면구스러울 정도였다.

"아, 내가 왜 그렇게 쪼잔한 생각을 했을까. 조금만 서로 도우면 이리 기쁜 것을."

귀국 전 마지막 서울 관광과 출국 배웅은 아들 형민에게 부탁했다. 형민은 작은할아버지와 오촌당고모를 모시고 서울 곳곳을 다니고 출국을 지켜본 뒤 이렇게 얘기했다.

"개장한 지 얼마 안 되는 롯데월드 얘기를 어떻게 들으셨
는지 거기를 가보면 어떨까 하시더라구요. 그래서 모시고 갔
습니다. 와! 롯데월드 화려하더군요. 저도 눈을 크게 뜰 지경
이었으니 작은할아버지도 와와 소리만 낼밖에요. 하지만 작
은할아버지는 뭐랄까 위엄을 잃지 않으셨어요. 제가 뭘 사드
리려 하면 '일없다'고 사양하기 일쑤였고, 제가 아니라 아버
지 돈이라고 해도 '네 아바이하고 맏아바이(큰아버지) 돈 마이
썼다. 더 미안할 수는 없다' 하면서 완강히 고사하시더라구
요. 어려우니 도움을 받긴 하지만 필요 이상으로 기대지는 않
겠다, 그래서도 안 된다 뭐 그런 느낌? 자존심? 그런 게 느껴
졌습니다. 출국장 들어서시면서 저를 보고 우셨어요. 이제 다
시 보지는 못하겠구나 하시면서요."

삼촌은 그렇게 돌아가신 몇 년 후 세상을 떠나셨다. 그래
도 수십 년 만에 상상하지도 못했던 곳에서 잊고 살던 혈육
들을 만나고 돌아가셨으니 그나마 가벼운 마음으로 가셨으
리라 싶었다. 그런데 현실은 기묘하게 뒤틀렸다.

삼촌이 장만해간 1만 달러는 옌볜에서는 꽤 큰돈이었다.
꼭 친척 방문이 아니더라도 어찌어찌 한국을 들렀던 조선족
들이 웅담 등 한약재를 팔아 목돈을 만지면서 갑자기 옌볜의
조선족들 사이에 한국을 향한 '골드러시'가 일어난 것이다.
거기에는 내 조카도 끼어 있었다. 그는 약을 가지고 나와 처

분을 부탁했고 아내가 난색을 표하는 가운데 나는 고집을 부려 어찌어찌 부족하나마 어느 정도의 금액을 마련해주었는데 이미 고마워하는 기색이 적었다. 급기야 다시 한국을 방문했을 때에는 산달의, 즉 출산이 임박한 배부른 아내까지 데리고 왔다. 어떻게 해서든 돈을 '벌어' 가야겠다는 집념이 시퍼렜다. 하지만 꽃노래도 한두 번이지, 혈육을 돕는 일도 한두 번 이상은 못할 짓이었다.

드디어 아내가 단호하게 NO(노)를 선언했다. 더 이상은 도울 힘도 없고, 해줄 방법도 없다는 것이었다. 나도 동의했다. 우리 사정을 완곡하게 옌볜 식구들에게 말하니 오촌조카 부부는 유쾌하지 않은 얼굴로 집을 나섰다. 그 이후 옌볜 가족과 우리 가족과의 연락은 더 이어지지 않았다.

피는 물보다는 진하다. 그러나 돈보다 진한 피는 드물 것 같다. 한때 새롭게 발견한 '동포'로 조명되던 조선족은 1990년대 초반이 되면 어마어마하게 몰려와 시청 앞 지하도를 각양각색 정체불명의 한약재 노점으로 검거한 불청객들로 자리매김한다. 그 이후의 이야기는 우리 모두가 잘 알고 있다.

애초 조선에서 살다가 기근을 당해 두만강 넘어 만주로 흘러들어갔던 나의 조부나 증조부 시대 이래 우리 역사는 참으로 각박하고도 혼란스러웠다. 얘기했듯 아버지의 삼형제의 자식들은 중국, 북한, 한국의 국민으로 저마다의 평생을 살았다. 무슨 기적이 일어나 그 혈육들이 한자리에 어울릴 수 있다면 며칠은 좋을 것이다. 서로 닮은 점을 발견하고, 까마득한 추억을 나누며 울고 웃으며 서로의 음식을 나누고 술하는 사람들은 술잔 부딪치고, 고구려시대 이래 잘 놀기로 소문났던 우리 민족답게 음주가무를 즐길 것이다.

그러나 그건 며칠에 불과할 것 같다. 이해관계가 개입되고 서로의 경제적 수준을 실감하고, 어느 쪽으로 돈이 흘러갈지, 어떻게 하면 누가 득을 챙길지 계산기가 두드려지기 시작하면 그때는 혈육의 정이고 민족의식이고 다 한여름 밤의 잠꼬대가 돼버린다. 한중수교가 이루어지기도 전, 그 돈과 시간과 노력 들여가며 옌볜을 찾았던 나의 열망이 몇 년 사이에 차갑게 식었던 것은 나의 민족의식이 부족한 탓만은 아닐 것이다.

그래서 나는 감상적인 통일론을 얘기하는 이들을 무척 싫어한다. 언젠가 아들이 다니는 향린교회를 방문했을 때 북한을 방문해 만경대 정신 어쩌고 했던 대학 교수의 뒤통수를 바라보며 주먹이 울었던 기억도 새롭다. 그러나 동시에 아쉽기도 하다. 나도 그랬지만 조선족이 '우리나라'를 일컬을 때 그게 중국이라는 사실을 알고 흠칫 놀란다. 우리들로서는 우리말로 표현되는 '우리나라'가 외국일 수 있다는 상상 자체가 불가능한 것이다. 그리고 불쾌해한다. "조선족들 조국은 중국이야. 한국이 아니야."

그런데 또 그런 생각도 해보게 된다. 중국 대륙에 붙어서

도 끝끝내 독자적인 문화와 언어를 지켜왔던 한민족의 일부
인 조선족들이 기꺼이 '우리나라'로 중국을 일컫게 만든 중국
의 힘은 무엇일까. 아울러 수십 년 함께 공존하면서도 조선족
을 우리의 일부로 이끌어내고 그들의 '우리나라'를 한국으로
바꿔내지 못한 채, 각종 영화들 속에 등장하는 기묘한 이미지
의 이방인으로 겉돌게 만든 우리의 문제는 없는 것일까.

이제는 세상에 없는 삼촌, 그리고 여전히 이 세상 어딘가
에서 좌충우돌하며 살아갈 친척들을 떠올리면서 곰곰 상념
에 잠긴다. 이제 내 이야기는 막을 내리지만 우리 가족의 이
야기는 계속 이어져야 하니까. 그들이 행복해야 하니까.

글을 마치며

# 화살 같은 여든네 살의 돌아보기

1939년 토끼띠인 나는 이번에 윤석열 대통령이 설정한 나이 통일령(?)에 따르면 2023년 7월 말로 여든네 살이 되었다. (그런데 글을 쓸 때는 통일령 이전이니 우리식 '세는 나이'를 사용했음을 양해해주기 바란다.) 84년. 내가 태어나 숨 쉬고 기어다니고 서고 뛰고 구르고 살아내고 버티며 희로애락을 쌓은 그 기간은 격변기라는 표현조차 진부한, 그야말로 세상이 천지간에 요동을 치고, 하늘과 땅이 그 위치를 바꾸는 시간이었다.

내가 태어날 때는 없던 나라가 둘이나 생겼고, 그 두 나라는 참혹한 전쟁을 치렀고, 이 좁은 땅덩이에서 스무 개 가까운 나라의 군대가 복닥거렸다. 수천만 명이 그 전쟁을 온몸으로 치르고, 전쟁만큼이나 무서운 가난 속에서 어떻게든 살아보고자 발버둥 치는 동안, 직접 우리가 경험을 해놓고도 믿기 어려운 변화가 그 세월을 타고 왔다. 말도 많고 탈도 많지만 대한민국이 세계에서 이만큼의 위치를 누리게 된 것 또한 믿기지 않는다. 한국 가수의 노래가 세계를 휩쓸고, 외국 사람들에게 한국어 배우기 열풍이 불고, 우리가 아메리칸 드림을 꿈꾼 것처럼 수많은 외국인들이 코리안 드림을 꿈꾸며 한국을 바라보는 현실 자체가 말이다.

평생 '선진국을 본받자'는 말로 귀에 못이 박힌 터에 '한국은 이미 선진국'이라는 평가가 얼마나 생경하게 들리는지 젊은 사람들은 이해하기 어려울 것이다. 동원산업에 근무하던 즈음, 김재철 사장의 특명을 받고 참치 캔을 영세하게 만들어내던 것이 불과 40년 전인데, 동원산업은 당시 참치 통조림의 롤 모델이었던 미국 회사들을 인수해버린 지가 오래이니 이 어찌 상전벽해(桑田碧海) 아니겠는가. 아니 천지개벽인들 아니겠는가.

하지만 나의 마음에는 항상 공포가 자리 잡고 있기도 하다. 참으로 운수 없게도 세계 최강대국들만 골라서 이웃으로 둔 이 나라는 아직도 반으로 갈라져 있고 휴전 60년이 된 지금도 전쟁이라는 이름의 유령으로부터 자유롭지 못하기 때문이다.

나야 무슨 일을 겪었든 이제 아플 것도 쓰라릴 일도 없지만, 눈에 넣어도 아프지 않을 손주들이 행여나 내가 겪었던 일들을 다시 겪게 되지 않을까 생각하면 그저 조마조마한 마음에 두 손이 모아진다. 영화 〈국제시장〉에서 주인공 덕수의 애기처럼 "그 망할 놈의 6·25사변을 우리 아이들이 겪지 않아서 얼마나 다행인가"를 되뇌게 된다.

눈보라 휘날리던 바람 찬 흥남부두, 그 통곡과 비명의 홍수 속에서 이리저리 떠돌던 그날의 무서움은 지금까지 지워지지 않는다. 평생 그렇게 악을 쓰며 울어본 적도 없고, 절망해본 일도 없고, 그리 슬펐던 때도 없는 것 같다. 진실로 바라고 하나님께 기도하건대 다시는, 정말로 다시는 그런 일이 내 아들과 손자, 그리고 그 후대에 이 땅에서 벌어지지 않기를 바란다. 그 공포가 우리 아이들 머리와 가슴에 내려앉지 않기를 바란다.

이런 현실을 만든 가장 큰 책임은 북한 '왕국'을 3대째 지배하며 지금도 인민들 굶겨가면서 제 정권 유지하기 위해 핵무기 개발에 광분하고 있는 김씨 왕조에 있다고 확신한다. 그러나 이 분단과 대결의 전선을 끝내 무너뜨리지 못한 것은 우리 세대, 그리고 현재의 기성세대 모두의 실패이기도 할 것이다. 우리는 이 공포를 70년째 해결하지 못했다.

하지만 암담하지만은 않다. 어쨌든 우리는 나락에서 떨쳐 일어나 구름 위를 걸어본 사람들이고, 전 세계에서도 이런 기적적인 변화를 일군 나라는 없지 않은가. 최소한 드물지 않은가. 고민 없는 사람이 없듯, 골칫거리 없는 나라, 감당하기 어려운 모순덩어리로부터 자유로운 나라 또한 없을 것이다. '요즘 젊은 애들은' 소리를 하는 사람들만큼 한심한 사람들도 없다. 예나 지금이나 한심한 쪽은 항상 젊은이들이 아니라 늙은 이들이었다. 젊은 그들에게는 그들의 일이 있을 것이고, 그들은 그들의 과제를 거뜬히 해결하며 미래를 열어갈 것이다. 그들을 믿는다.

결코 짧지 않을, 그러나 돌이켜보면 화살 같았던 여든네 살의 돌아보기를 끝맺으려 하니 여러 얼굴이 몽글몽글 떠오른다. 아버지와 어머니, 어려서 우리 곁을 떠난 옥자 누나와 2022년 천국으로 간 큰형, 미국에 살고 있는 둘째 형과 여동생 둘. 그 외에도 수많은 얼굴이 비눗방울처럼 맴돌다 사라진다. 그 모두 이 세상 어딘가에서 저마다 열심히 세상을 살며 가족을 건사하고 새로운 세대를 낳아 기르며 살았을 것이다.

그리고 저마다의 현장에서, 일터에서, 영역에서 작은 역사를 일구었을 것이다. 고생스럽기도 하고 후회스럽기도 하고 아쉬운 것도 많았겠지만, 그래도 우리 스스로 멀미가 날 정도였던 대한민국의 격동기를 살아내면서 "다 이루었다"고 말할 수는 없을지언정 "열심히 살았다"고 자부하며 눈을 감았거나 담담히 과거를 돌아보고 있을 것이라 믿는다. 그들 하나하나가 다 역사가 아니겠는가.

4년 전 가족이 모두 모여 자그마한 팔순 잔치를 할 때 아들 형민에게 "나중에 내가 세상 떠난 후 문상하러 온 사람들에게 내 살아온 이야기를 글로 남겨 소개하고 싶다"고 했는데, 이게 내가 평생 배우지 않았던 워드프로세서를 익혀 어쭙잖은 한평생을 정리해본 이유다. 그리 내세울 것 없고 자랑할 것도 없지만, 거인의 일생이든 무명소졸의 평생이든 내뿜는 빛이 다를지언정 삶의 무게는 비슷하지 않겠는가.

그런데 아마 내 글을 읽은 독자들은 동원산업 이후의 나의 '역사'가 빈약하다는 걸 금세 눈치 챘을 것이다. 나 역시 그 점이 아쉽지만, 이후 시기에는 그전만큼 열심히 살지 못했고, 그래서 내 자신에게도 깊이 각인된 사연이 많지 않았기 때문이 아닐까 한다. 아내는 나를 이렇게 평가한 바 있다.

"당신은 남의 일할 때는 모든 걸 다 바쳐 일했는데 막상 자기 일을 할 때는 설렁설렁했어요."

내 사업이야 내가 망하면 그만이지만 남의 사업을 내가 망칠 수는 없다는 기묘한 자존심 때문이었을까. 아무튼, 그러다 보니 동원산업 이후는 기록할 일이 적고, 남길 말이 드문 시기였다. 하지만 동시에 내 인생에서 가장 평온하고 즐겁게 보낸 시기이기도 하다. 그렇게 다복하게 늙어왔다.

내가 제일 좋아하는 노래는 〈고향의 봄〉이다. 친구들과 가족 모임을 할 때나 어떤 행사를 주관할 때 나는 마지막 곡으로 항상 〈고향의 봄〉을 부르면서 마무리하기를 즐겼다.

나에게 '나의 살던 고향'은 너무나 많다. 세상에 태어난 함경북도 남양일 수도 있고, 어린 시절을 보낸 만주일 수도 있고, 인민학교 학생으로 4년을 보낸 함경남도 홍원일 수도 있다. 제주와 거제의 풍경도 고향처럼 정겨우며 남한에서 호적을 받은 대구 역시 고향처럼 포근하게 들리며, 수십 년 살아온 부산도 떠나기 싫은 고향이 됐다.

그 모든 풍경을 눈앞에 흘려보내며 나직하게 노래를 불러본다. 고향이 많은 사람만이 누릴 수 있는 행복이 아닐까.

# 자서전 쓰기,
# 우파 아버지 세대를 이해하는 또 하나의 방법

"내 살아온 이야기를 글로 남겨보고 싶다!"

아버지의 이 말씀을 처음 들었을 때 느낌은 덤덤했습니다. "컴퓨터로 타자 연습 중이다"는 말씀에도 마찬가지였습니다. 겉으로는 "아유 훌륭한 말씀이죠" 맞장구를 쳤고, "쓰기만 하시면 정리는 제가 하겠습니다" 하며 팔뚝을 걷어붙이는 시늉은 했습니다. 하지만 평소 일기를 쓰시거나 메모를 남기지도 않았던 분이, 더구나 우리 집안에서 알아주는 '기계치(痴)'께서 컴퓨터를 이용하여 본인의 삶을 정리하는 글을 써내려간다는 것은 불가능에 가깝다고 여겼습니다.

그런데 띄엄띄엄 '원고'가 날아오기 시작했습니다. 이메일 사용도 못하시기에 발신자 주소는 좀 더 개명(?)하신 어머니 이메일이었지요. 간략한 이력서 정도가 아닐까 싶었던 아버지의 '살아온 이야기'는 어느덧 꽤 많은 분량의 '회고록'으로 변신해갔습니다. 대수롭지 않게 생각하고 있던 '원고 정리' 작업 역시 차일피일 미뤄질 수밖에 없었습니다. 본격적으로 나서기에는 너무 큰일이 되어버렸기 때문입니다.

어느 날 아내가 작심하고 왜 아버지가 쓰신 글을 정리하지 않느냐며 다그치지 않았다면 시작조차 못할 일이었는지도 모르겠습니다. 아버지는 당신의 삶을 스스로 정리해보신 것이었을 뿐, 후반 작업에 대한 재촉도 독려도 하지 않으셨으니 말입니다.

아버지의 첫 이야기는 아버지가 태어나기 전, 만주에 살던 할아버지 가족이 어떻게 두만강을 건너 식민지 조선 땅에 들어오게 됐는가의 사연이었습니다. 젊어서 독립군이었던 할아버지가 밀정 혐의로 험악하게 두드려 맞던 나무꾼을 구하고, 그가 수십 년 뒤 일제 고위급 경찰로 돌아와 할아버지 앞에 버티고 섰던 이야기를 보면서 새삼 흥미가 돋았습니다. 이미 어릴 적부터 들었던 이야기였지만, 새삼 내 아버지와 그 선대의 역사가 그림처럼 눈앞에 펼쳐진 것입니다.

1899년생 제 할아버지는 1932년경 결혼했는데, 그 시대로서는 상당한 만혼이었던 셈입니다. 그런데 그분의 20대, 즉 홍범도 장군 휘하의 독립군으로 활동을 시작한 뒤 어떤 일이 있었는지, 홍범도 장군을 따라 어디까지 갔는지, 독립군끼리 충돌했던 자유시 참변을 겪었는지, 아니면 기독교인으로서 좌익세 강했던 홍범도 휘하 독립군을 자진해서 벗어난 것인지, 여타의 사정은 오늘날 완벽한 깜깜이가 되어 있습니다. 만주의 독립투쟁사의 작지만 유의미한 한 조각이었을, 그리고 충분히 드라마틱했을 할아버지의 젊은 시절은 아버지의 단편적 기억으로만 제게 전해질 뿐이었지요.

아버지가 독수리 타법을 가동하여 몇 년 동안 보낸 이 글들을 무심히 흘려보낸다면, 아버지의 기억은 내 아들에게는 일절 전해지지 않을 것이고, 1939년에 태어나 21세기의 4반세기까지를 살아온 한 개인의 역사는 방대한 세월의 창고 속에서 부스러져 먼지가 될 따름이었겠지요.

"그렇게는 만들지 말아야겠다!"

그래서 마음을 단단히 고쳐먹고 아버지의 독수리 타법 원고를 다듬고 덧붙이고 매끄럽게 만들어보기 시작한 것이 오늘에 이르게 됐습니다.

그런데 독수리 타법으로 정리해 보내준 아버지의 원고 분량이 생각보다 두터웠습니다. 찬찬히 읽어보니 아버지의 글은 평생 희로애락을 함께한 가족도 전혀 몰랐던 새로운 사실을 담고 있을 뿐 아니라 개인이라는 작은 구멍을 통해 그 너머에 펼쳐진 역사를 드넓게 굽어볼 수 있는 망원경 같은 느낌도 들었습니다. 그 생각은 저만의 것은 아니었습니다.

"당신의 어릴 적 피난 시절부터 역경을 헤친 사업 얘기까지 파란만장한 삶의 굴곡이 어쩌면 영화 〈국제시장〉의 장면들처럼 자연스럽게 연결된다. 80여 년 인생 역정을 마치 하드디스크에서 꺼낸 듯한 놀라운 기억력에 또 한번 감탄하면서, 많은 밤 독수리 타법으로 컴퓨터와 씨름했을 노고에 감사"드렸던 아버지의 사위, 즉 제 매제는 페이스북에 '아버지의 돌아보기' 글이 올라올 때마다 곳곳의 카톡방에 올리며 '장인의 일생'을 자랑했고, 제 아내 역시 "이야기 하나하나가 충분히 소설의 소재가 된다. 차제에 당신 가족 3대의 이야기를 소설로 써보라"며 제게 무리한 요구를 해올 정도로 예상밖의 호응을 보여주었습니다. 그 이유는 제 여동생이 한 다음의 말로 갈음할 수 있을 듯합니다.

"나와는 한 세대 차이인데 어떻게 이렇게 다른 나라, 다른 시대 사람처럼, 완전히 다른 삶을 살 수 있었을까?"

그렇게 소용돌이치며 급변해온 것이 이 나라의 역사였고, 그 물줄기 속에서 부서지고 휩쓸리며 살아낸 자갈들이 차돌이 되고 짱돌이 되고 징검돌이 되고 초석이 되고 디딤돌이 돼서 오늘을 일구었다고 생각합니다. 아버지뿐 아니라 아버지 세대의 모든 분들께 경의를 표합니다.

아래 세대는 위 세대의 영향을 받는 동시에 부정하면서 성장합니다. 제 아들이 제 세대의 '민주화 타령'을 지겨워하는 것처럼, 저 역시 한때 아버지 세대의 꽉 막힌 반공 이데올로기, 집착에 가까운 신념에 고개를 절레절레 저었고, 명절마다 아버지를 만날 때면 한바탕 격돌(?)을 불사했었습니다.

하지만 아버지의 일생을 읽고 다듬으며 그 세대를 새삼 이해하게 되었습니다. 물론 동의하는 것은 아닙니다. 다만 왜 그러셨는지, 왜 그렇게 생각하시는지를 넉넉히 짐작하게 되었다는 것입니다. 별것 아닌 듯하지만 제게는 매우 유의미한 사고(思考)의 확대였고, 만시지탄이 우러나오는 아버지 세대와의 교감의 과정이었습니다.

아버지의 기억 속에서 역사적 사건을 발견하고, 그 의미와 맥락의 갈피를 잡아보는 것 또한 흥미로웠습니다. 본문 곳곳에 등장하는 '주'는 아버지의 역사를 구체화하기 위한 제 오지랖의 결과입니다. 또 아버지의 기억뿐 아니라 어릴 적 할아버지, 할머니가 전해주신 사연들을 덧대는 재미도 있었습니다.

바람이 있다면, 이 책처럼 아버지 세대의 여러 분들이 스스로의 일생을 정리해보거나, 또는 후대가 나서서 선대(先代)의 지난날을 '개인(個人)'의 역사로 가다듬는 작업이 더 풍부해졌으면 하는 것입니다. '내 인생을 책으로 묶으면 대하소설감'이라는 분들이 이 나라에는 아직도 수십만 수백만이 계실

터인데, 그분들의 스토리가 속절없이 땅에 묻힌다면 얼마나 안타까운 일이겠습니까. 이 책이 하나의 본보기로 내세워질 수 있다면 더할 나위 없겠습니다.

나의 살던 고향들, 그 속에서 놀던 때가
39년생 김동훈의 파란만장 해방일지

초판 1쇄    2024년 1월 2일 발행

지은이      김동훈, 김형민

책임편집    최세정
편집도움    이솔림
디자인      조주희
마케팅      최재희, 신재철, 김예리
인쇄        아트인

펴낸이      김현종
펴낸곳      메디치미디어
경영지원    이민주, 김도원
등록일      2008년 8월 20일 제300-2008-76호
주소        서울특별시 중구 중림로7길 4, 3층
전화        02-735-3308
팩스        02-735-3309
이메일      meeum@medicimedia.co.kr
페이스북    facebook.com/medicimedia
인스타그램  @__meeum
홈페이지    www.medicimedia.co.kr
블로그      blog.naver.com/meeum__

© 김동훈·김형민, 2023

ISBN 979-11-5706-326-0 (03810)